CUENTOS

HORACIO QUIROGA

CUENTOS

SELECCIÓN SEGÚN ORDEN CRONOLÓGICO, ESTUDIO PRELIMINAR
Y NOTAS CRÍTICAS E INFORMATIVAS

POR

RAIMUNDO LAZO

DÉCIMA EDICIÓN

EDITORIAL PORRÚA, S. A.
AV. REPÚBLICA ARGENTINA, 15
MÉXICO, 1980

Primera edición: Buenos Aires, 1917 y siguientes
Primera edición en la Colección "Sepan Cuantos...", 1968

Esta edición y sus características son propiedad de la
EDITORIAL PORRUA, S. A.
Av. República Argentina, 15, México 1, D. F.

ISBN - 968 - 432 - 077 - 9

IMPRESO EN MÉXICO
PRINTED IN MEXICO

ESTUDIO PRELIMINAR

HORACIO QUIROGA

1. El hombre

La vida de Horacio Quiroga, que se extiende desde el último día del año 1878 hasta que él mismo le pone trágico fin la noche del 18 al 19 de febrero de 1937, constituye un relato que, por sus notas de intensidad, de dramatismo y rareza, puede incluirse entre los de sus *Cuentos de amor, de locura y de muerte*. Esos tres motivos fundamentales del escritor están omnipresentes en la vida del hombre, la impulsan, la llenan con su influencia y le comunican insólitos caracteres. Fue Quiroga hombre de intrincada complejidad, huraño, inabordable, desgarradoramente agresivo, para quienes no alcanzaban a penetrar en su recóndita interioridad; pero, a la vez, capaz y aun necesitado de sentir profundamente las cálidas emociones de la amistad y del amor, lo que se evidenciaba cuando humanas afinidades operaban el milagro de transformarlo, convirtiéndolo en su ser de enternecida cordialidad, amigo o amante. Como es natural, esa complejidad suya generaba la incomprensión en torno a su persona. Visto en lo externo de su conducta, impresiona por su excentricidad, por su extravagancia, por lo anárquico de su vida. Podía contarse entre los *raros* de Darío, pero diferenciándose por la mezcla de refinamiento y primitivismo, y por tales caracteres llama la atención en una época en la que la rareza dejaba de serlo a fuerza de buscarse y reiterarse. Su rareza comenzó siendo más bien literaria; pero el transcurso del tiempo la va tornando más humanamente suya. Hay en él una sorprendente aleación de temperamento y de carácter. Es un temperamental en la voluptuosidad dominante y agresiva y en la anarquía de su vivir, mientras que el carácter aflora en la férrea y persistente voluntad de trabajo —aunque sus empeños sean muchas veces utópicos— y en la estricta sujeción a normas estéticas y morales que él mismo se imponía como deberes de inexorable cumplimiento: laboriosidad, amor a la Naturaleza y a los seres menos comprendidos que en ella encontraba, a los niños, a los animales; y estoica resistencia ante todas las formas de la incomprensión, la adversidad y el desamparo. Sin embargo, no todo en su vida nace de su modo de ser. Lo envuelve una larga serie de acontecimientos desgraciados que parece que se deben a un destino trágico. La muerte trágica parece rondarlo a lo largo de su vida. Su padre, el argentino Prudencio Quiroga, murió al disparársele una escopeta de caza. Años después, su padrastro, herido por una penosa en-

fermedad incurable, se suicida Posteriormente, siendo ya escritor en
formación, al disparársele fortuitamente una pistola, mata a quien era
entonces uno de sus amigos de mayor intimidad, el joven Federico
Ferrando, compañero de proyectos y labores literarias. En plena juventud, murieron dos de sus hermanos. Después, estando ya en las
selváticas soledades de Misiones, se suicida su primera esposa. Y su
propio suicidio pone fin trágico a su vida; pero no a la fatalidad que
parece perseguirlo hasta más allá de la muerte, y dos años después,
empuja al suicidio a su hija Eglé.

Con un paréntesis de residencia en la ciudad argentina de Córdoba, su infancia y su primera juventud transcurren en la tierra natal,
la ciudad provinciana uruguaya del Salto, y después en Montevideo.
Lo anárquico de su idiosincrasia se enmarca en una vida bohemia en
la que progresivamente se entrelazan la curiosidad intelectual, la despreocupación con respecto a cualquier forma de disciplina y el espíritu de aventura. Sus estudios regulares se detuvieron al llegar al nivel
universitario, en Montevideo. No fue en ellos la literatura motivo
preferente, sino que su atención hubo de compartirse con los de carácter filosófico y científico. Pero su formación cultural se alimenta de
lecturas seleccionadas al acaso por sus heterogéneas aficiones perso-
nales, y por el trato de jóvenes de su promoción histórica. Uno de sus
primeros trabajos fue la publicación de la juvenil y efímera *Revista del
Salto* (1899). Establecido en Montevideo, fue allí el personaje central de un grupo literario de la juventud finisecular, que ellos denominaron el *Consistorio del Gay Saber* y que hubo de ser entidad
semejante a la que entonces presidía el poeta Julio Herrera y Reissig,
la *Torre de los panoramas*. La trágica muerte de Federico Ferrando
determinó a Quiroga a abandonar al Uruguay. Continuó sentimen-
talmente vinculado a su patria de nacimiento, cuya nacionalidad polí-
tica conservó siempre; pero fue desde entonces la Argentina, Buenos
Aires y las selvas del Norte, el escenario de su vida. Entre sus tem-
pranas experiencias son de las más significativas las de un viaje a París, por su congénita imprevisión económica, jalonado por episodios
de miseria y desamparo; y su entrega a una vocación múltiple, que
desde entonces lo acompañaría durante toda su vida, atrayéndolo a
las más diversas actividades: la fotografía, el ciclismo, la química
aplicada, la carpintería, la mecánica, la horticultura, la cerámica, la
fabricación de pequeñas embarcaciones, en las que, sin saber nada y
temiendo riesgos, se aventuraba en frecuentes incursiones.

En Buenos Aires, se incorporó al círculo de Lugones, y a éste
debió el ser admitido, como fotógrafo, en la expedición de estudios
que, bajo la dirección del poeta argentino, fue enviada en 1903 a la
región de las antiguas Misiones de los jesuitas en el Norte argentino.
Este hecho fue de decisiva trascendencia en la vida y en la obra literaria de Quiroga. Desde entonces se siente vinculado a aquellas tierras

desiertas, en el más distante alejamiento de la civilización y de la convivencia social. En contacto con aquella Naturaleza, gusta la morbosa fascinación del peligro, y viviéndolo, descubre y cultiva el gran tema de su obra literaria. Su vida desde entonces se comparte entre Buenos Aires y los viajes a Misiones y sus largas residencias en aquellas tierras, dominios del peligro y la aventura. En Buenos Aires fue profesor de literatura, funcionario consular del Uruguay, arisco asistente a las reuniones de grupos literarios y jefe de uno de ellos, nombrado *Anaconda;* y paralelamente, en su tierra de promisión del desierto de Misiones, es colono empeñado en empresas agrícolas e industriales generalmente terminadas por el fracaso; y, sobre todo, era allí el hombre que realmente era, el primitivo, subyacente y dominante en su compleja personalidad. Ésta se despliega entonces y alcanza su más intenso desarrollo, ya en contacto con la Naturaleza, para él a la vez fascinadora y temible de la selva, ya en relación siempre de tensa beligerancia con la vida social que encontraba en la capital argentina. El hombre íntimo comenzó a vivir entonces su cuento de amor, de locura y de muerte, mientras que el escritor muy difícil, laboriosamente conquistaba renombre, que nunca se tradujo en el apacible y seguro bienestar que por ello merecía.

El hombre íntimo temperamental, rebelde, desgobernado, despreocupado, imprevisor utopista ante el futuro de sus intereses materiales, aunque hipersensible en lo que hería su modo de ser, lejos de admitir la disciplina rectificadora de la experiencia, persiste y de manera creciente aflora y consolida su dominio en su vivir siempre colmado de afanes, proyectos y dramáticos episodios. Su biografía esencial, fundamentable en lo anecdótico generalmente preferido y divulgado, muestra un fluir de contradicciones cuyo violento y persistente entrechocar integra el drama de su vida. Era un hipersensible ingenuo y violento, empeñado en imponer los caprichos de su sensibilidad en el amor y aun en la amistad y en las relaciones sociales cotidianas; un infatigable imaginativo, porfiado en la pretensión de vivir sus ensueños con sorprendente desconocimiento de la realidad. El resultado de estas fuertes contradicciones convierte su vida en drama de creciente intensidad, al par que presta materia viva y espíritu excepcional a su obra literaria, particularmente a su obra de narrador imaginativo.

De este modo, en Quiroga el escritor nace del hombre, lo que naturalmente lo empareja con los grandes artistas; y lo que ha vivido y cómo lo ha vivido, en su realidad o en su imaginación, explica, caracteriza y avalora lo que escribe. Esa transubstanciación de su vida en creación literaria puede apreciarse en el tormentoso proceso de sus relaciones sentimentales. En el amor es un caso de muy peculiar y tenaz ensimismamiento que, al oponerse a la necesaria entrega amorosa, genera y alimenta el drama. Como era inevitable, las dos veces que el amor lo conduce al matrimonio éste termina en fracaso de muy

resonantes consecuencias para él. Apenas le propiciaron fugaces paréntesis de felicidad. En 1909, a los treinta y un años de edad, se casa
con una de sus alumnas, Ana María Cirés. Todas las circunstancias
externas eran favorables a la felicidad conyugal; pero Quiroga, sin
advertirlo, las torna contrarias. Abandona a Buenos Aires para volver
a la selva, y como el amor no logra suavizar las violentas y caprichosas
irregulares de su modo de ser, la situación que crea a su esposa es
tan insufrible que ella se suicida. Recurre a un veneno. La muerte no
es inmediata, sino tras varios días agónicos, de angustia, de reconciliación y arrepentimiento de ambos; pero la terrible experiencia no
sirve para transformar el carácter de él ahogado por su temperamento.
El matrimonio apenas duró seis años.

En 1916, con sus dos pequeños hijos, regresó a Buenos Aires. El
recuerdo de su tragedia conyugal deja huellas en su obra, pero la
vuelta a la vida social lo serena, y se abre entonces el período de mayor estabilidad y trabajo creador de su vida. Su nombre literario llega
a ser sobresaliente, y como tal lo difunden periódicos y revistas. Su
obra de cuentista ya es muy copiosa, y queda en las páginas de *La
Nación, La Prensa, Caras y Caretas, Fray Mocho, Atlántida, El Hogar.*
Sus libros la han ido recogiendo en series temáticas, prescindiendo de
su cronología. En 1917, aparecen sus *Cuentos de amor, de locura y
de muerte*, que marcan un punto culminante en su producción de
narrador imaginativo vigoroso y original. Al año siguiente aparecen
sus *Cuentos de la selva*, para niños, que revelan otro aspecto excepcionalmente valioso de esa labor. Presta servicios —con su característica indisciplina— como funcionario consular del Uruguay, y con gente afín, preside el grupo literario *Anaconda*, entre cuyos componentes
se cuenta una poetisa, como él de trágico destino, Alfonsina Storni,
y la recitadora Berta Singerman. Sus series de cuentos continúan apareciendo y extienden y consolidan su renombre: *El salvaje* (1920),
Anaconda (1921), *El desierto* (1924), *Los desterrados* (1926), la de
unidad artística propiamente definida. Aunque nunca pudo gozar del
seguro bienestar que debía ser justa recompensa de su trabajo, fueron
estos años los de mayor holgura, aquellos en que parece victorioso
relativamente en su lucha contra la soledad que lo persigue, la soledad
afectiva que es como su trágico destino. Ezequiel Martínez Estrada
—el *hermano menor*— quien mejor pudo penetrar en lo más hondo
de su intimidad, atribuye el aislamiento de Quiroga a una especie de
desesperada reacción ante el medio social y familiar que persistente-
mente no lo comprende; pero. sin negar la realidad de este motivo,
hay que hacerlo acompañar de otro que está en el mismo Quiroga,
en lo contradictorio de su ser. No se reconoce con criterio justo el
valor de su obra de escritor, no se le comprende ni socialmente se le
recompensa por ello. Pero también Quiroga incurre en la contradicción, que nunca advierte, de necesitar imperiosamente la comprensión

y los afectos del amor y de la amistad y al propio tiempo empeñarse en que se acaten sus reacciones de aislador egocentrismo. Hay que reconocer que vive de espaldas a la realidad, en explicables choques con ella, y que sus experiencias nada le enseñan. Ejemplos elocuentes de esa inalterable proyección de su idiosincrasia egocentrista son las decisiones con las que, sin advertirlo, sin sospecharlo siquiera, pone fin a la relativa tranquilidad y bienestar de estos años ricamente creadores en Buenos Aires, que van desde su regreso de Misiones, en 1916, hasta 1927, cuando teniendo ya cuarenta y nueve años se casa con una joven amiga de su hija Eglé, María Elena Bravo, de sólo veinte. Para comprometer más su porvenir, termina abruptamente su vida social en Buenos Aires, consigue su traslado a San Ignacio, como cónsul uruguayo, y, en 1932, llevando consigo a su segunda esposa, quiere compartir con ella la soledad selvática y los peligros naturales de Misiones. Las consecuencias de tales decisiones muy explicablemente no se hicieron esperar. Sobrevienen graves conflictos conyugales, su mujer se aleja y vuelve a Buenos Aires; el hombre siente la decadencia de una madurez sombría, y el escritor disminuye su trabajo, que, si prolonga cierta platónica admiración, no se le traduce en medios para la vida segura y tranquila a la que tiene derecho. Entonces va enmudeciendo, como en una dolorosa y estoica preparación para la muerte. Cuando tiene la convicción de que una enfermedad que padece es cáncer, él mismo la hace llegar suicidándose en Buenos Aires, en 1937, en el silencioso aislamiento de un hospital, que no quebranta ni con las palabras de algún mensaje de despedida. Sin un pensamiento religioso o filosófico que lo reconciliara con la vida, contumaz en el impávido desconocimiento de sus circunstancias, vivió inmerso en un desolado fatalismo. La vida se le impone como adaptación necesaria, inteligente y legítima; pero él persiste en su plural desadaptación, desafiando las consecuencias que conlleva su actitud. Fue así un adolescente difícil, un joven más despreocupado que activamente rebelde, y un hombre imprevisor, escéptico y honrado, que amaba la Naturaleza y amaba el trabajo como medios liberadores de las consecuencias de su congénita desadaptación. De este modo, siempre en el vórtice de sus dramáticas contradicciones íntimas, fue su vida el más típico de sus cuentos de amor, de locura y de muerte.

2. AUTOCRÍTICA E IDEAS LITERARIAS

No fue la formación cultural de Quiroga obra metódica, unilateralmente literaria, de acarreo de materiales para la creación propia, sino, muy de acuerdo con su anárquica idiosincrasia, acumulación incesante de lecturas muy variadas, literarias y también científicas, realizadas sin otra orientación que la de sus aficiones y afinidades. Particularmente en literatura, según el reiterado testimonio de sus amigos íntimos y biógrafos —José M. Delgado y Alberto J. Brignole, Ezequiel Martínez Estrada— ateníase a lo esencial que captaba en cuanto leía, con desdén para cuanto consideraba adjetivo y formal. Su adhesión a escritores afines es expresa, reiterada y vehemente, y permite fijar con precisión sus modelos favoritos y sus ideas literarias, particularmente en el campo de la narración imaginativa. Tiene por maestros indiscutibles a Poe, Maupassant, Dostoievski, Chejov, y, aunque escribe novelas, artículos periodísticos y de crítica literaria y alguna obra de teatro, su acertada autocrítica le permite precisar su vocación y sus aptitudes: *creo*, dice con categórica sencillez en carta que *La Nación* de Buenos Aires publicó en enero de 1954, *que no se me puede sacar del cuento*.

En algunas páginas periodísticas —*El decálogo del perfecto cuentista, La retórica del cuento*— en gráfica síntesis, recoge sus ideas acerca de su especie literaria favorita, y hace de ellas principios a los que guarda estricta fidelidad en su obra. Refuerza su caracterización del cuento comparándolo de pasada con la novela, y empeñado en dar el mayor relieve posible a su pensamiento, apela a fórmulas ultrasintéticas que él mismo reconoce que no son exactas: *el cuento es una novela depurada de ripios,* manera muy quiroguiana de llamar la atención acerca de lo que hay de síntesis en el cuento en contraposición con la novela, que tiende siempre a ser análisis. El *decálogo* de Quiroga se funda sobre un supuesto básico: la sostenida intensidad, síntesis y desnuda naturalidad del cuento. Hacia esta meta se orientan sus *mandamientos,* a los que, con inquebrantable lealtad, deberá someterse el perfecto cuentista: firme creencia, que deberá ser estímulo, no imitación, en un maestro indiscutible —Poe, Kipling, Maupassant, Chejov—; sujeción a un plan claramente previsto; mantenimiento y culminación de la intensidad; eliminación implacable de todo lo superfluo, de toda emoción o interés que de modo natural no brote de la narración; absoluta subordinación de lo formal a lo esencial.

Si en sus primeros tiempos de labor, Quiroga se ejercita en el despliegue de su narración de acuerdo con las normas de sus modelos, el descubrimiento literario de la selva de Misiones le franquea el camino hacia un arte personal cuya abnegada realización es, más que teórico problema de doctrina, cuestión de conducta operante, conjunción de ética y estética. No cedió nunca a la presión de tendenciosas velcidades de la crítica, ni hizo concesiones a desorientadoras preferencias del público; no mercantilizó nunca su arte en busca de retribución económica y de fácil y engañosa popularidad; y, de este modo, fue ejemplo de austeridad, de escrupulosa sujeción a una ética artística, que preserva la pureza estética de su arte.

3. AL MARGEN DEL CUENTO. PERIODISMO Y CRÍTICA. NOVELA Y TEATRO

Si para su compatriota y contemporáneo Rodó es la vocación tema de preciosista divagación filosófica, Quiroga la busca en la tormentosa realidad de su vida, la descubre en las eventualidades del diario vivir, la cultiva, la perfecciona y la tiene siempre por punto de referencia de todo lo que hace. Constató así su esencial vocación y aptitud para el cuento, y aunque hay en su obra otros aspectos, él tiene la firme y clara noción de que es labor secundaria, realizada al margen de la obra definidora del cuentista.

El periodismo tenía que ser y siempre fue su vehículo inmediato de expresión. Sus cuentos fueron apareciendo en periódicos y revistas antes de coleccionarlos con cierto sentido de unidad temática, prescindiendo de la cronología. Aunque escribía para sí mismo, según confesión propia, gustó también de entreverar el monólogo artístico de sus narraciones y el diálogo con el público en artículos ocasionales de crítica y de información y comentario propiamente periodístico. En ellos da muestras de perspicacia y tolerancia, lo que le permite comprender y valorar obras por muchos motivos opuestas a la suya, aunque del mismo tema fundamental, como la de José Eustasio Rivera, a quien tiene por *el poeta de la selva* —*Repertorio Americano*, S. José, Costa Rica, 20 de julio de 1929. También la admiración y la simpatía le dictan juicios elogiosos de la obra de Lugones, y dedica muchos artículos a la divulgación científica y a comentarios diversos. Evidente afinidad explica la simpatía que anima sus comentarios y referencias a Guillermo Enrique Hudson, el autor de *El ombú*, y a Axel Munthe. A partir de 1927, adaptándose a los caracteres del comentario periodístico, en la revista *Caras y Caretas*, publica biografías sintéticas de personajes por los que siente explicable afinidad, exploradores geográficos, inventores —Scott, explorador del Polo Sur; Horacio Wells, descubridor de la anestesia general; Pasteur, Fulton— y sobre la ficción científica de Julio Verne, considerada desde el punto de vista de su adecuación a la imaginación infantil. Vinculado así al público por medio de comentarios periodísticos, lleva al periodismo la entonces incipiente crítica del cine, y sus interesantes y ponderados juicios acerca de la incomprensión y la injusticia con que se trata al escritor, lo que equivalía a tener que presentar el balance deprimente de sus propias experiencias, como en su artículos *El capital invisible* —en *Caras y Caretas*, 22 de octubre de 1927— *La profesión literaria* —en *El Hogar*, 6 de enero de 1928— *La inicua ley de propiedad literaria* —crónica en *La Nación*, 9 de diciembre de 1928—. Algunos de esos trabajos son de particular importancia para esclarecer el independiente y ponderado pensamiento literario de Quiroga, como el titulado *Los tres fetiches*

—en *El Hogar*, 19 de agosto de 1927— definido exponente del universalismo literario en contraposición con respecto a tendencias nacionalistas que él consideraba tan limitadas como poco prometedoras, aunque ocultaran su intrascendencia tras nombres simpáticos al patriotismo encerrado entre fronteras nacionales o diluido en una vaga americanía externa, pintoresca y verbal. Teoriza también sobre su especie literaria preferida en *El manual del perfecto cuentista* —en *El Hogar*, 10 de abril de 1925— y en *La retórica del cuento* —*El Hogar*, 21 de diciembre de 1928—. A estos trabajos de teoría literaria y crítica social hay que añadir el titulado *Ante el tribunal* —en *El Hogar*, 11 de septiembre de 1930, incluido en *Los perseguidos*— alegato en defensa de su obra con motivo de las objeciones de la generación hipercrítica, revisionista, que entonces aparecía. Es una sosegada lección de tolerancia y de buen sentido, sin acre resentimiento, sobre el inexorable proceso de las generaciones y la perenne evolución del arte. Sin abjurar de la obra realizada, implícitamente satisfecho de ella, espera la llegada de futuros creadores, a quienes la posteridad habrá también de juzgar. En suma, no son muy abundantes ni excepcionalmente valiosas estas páginas periodísticas en las que Quiroga piensa en el público al escribir; pero son reveladoras de lo que de equilibrado y reflexivo hay en su compleja personalidad que de tan diferente manera se manifiesta al actuar en los dominios de la desasida fantasía dramática de sus narraciones.

Cuando se acerca a la novela, en *Historia de un amor turbio* (1908), ampliación de un relato breve, *Rea Silvia*, no lo acompaña la buena fortuna, lo que se reitera en *Pasado amor* (1929): al ampliarse el relato en la novela, Quiroga, apto para la intensidad del cuento, lo diluye sin alcanzar los valores de lo propiamente novelesco. En este recuento de ensayos literarios ocasionales, apenas merece mencionarse *Las sacrificadas* (1920), teatralización sin relieve del cuento de raíz autobiográfica *Una estación de amor*, incluido en *Cuentos de amor, de locura y de muerte*.

4. EL PUNTO DE PARTIDA HACIA SÍ MISMO: DESPUÉS DE "LOS ARRECIFES DE CORAL"

Cuando apenas iniciaba la tercera década de su vida, en 1901 publicó su primer libro, *Los arrecifes de coral*, colección de poemas y relatos en prosa, que parece que se deben a un anti-Quiroga, lector y admirador de modernistas y decadentes hispanoamericanos —Darío, Lugones, Herrera y Reissig— y de algunos de sus antecedentes franceses. La frívola vaguedad en que se diluye este anecdotario pueril determina su intrascendencia, y fatiga al lector. En general, la crítica contemporánea le fue adversa, más que por su frívola puerilidad, por lo caprichoso, anárquico, que encontraba en este fruto literario primerizo de un joven al que acompañaba ya una incipiente leyenda local de rareza. Lo anecdótico persiste y se diluye en una atmósfera de seudopoesía decadente. Hay atención a lo formal, y hasta se buscan efectos musicales del verso; *el sonoro glu-glu de tu garganta* que inevitablemente recuerda *el tierno glú-glú de la ele* del cubano Emilio Ballagas, en *Júbilo y fuga,* treinta años después; pero el libro inicial de Quiroga vale para la crítica por dar a conocer la magnitud del cambio de rumbo del autor en la búsqueda de su verdadera vocación, de la índole de su talento, apto para la narración intensa, desnuda de adornos, de naturalidad y dramatismo escuetos, esenciales.

5. EL CUENTISTA

Adquirida, con nitidez y seguridad, la conciencia de su vocación, y fiel a ella, Quiroga es un artista laborioso, perseverante y austero que ama su arte. Propiamente no fue nunca para él un medio de vida sino una consciente razón de ser enraizada en su persona, a lo que, como secundaria añadidura, podía acompañar la popularidad y la eventual y siempre mezquina remuneración económica. En el transcurso de unos treinta años, escribió y publicó, en periódicos y revistas, más de doscientos cuentos. Un poco al acaso, prescindiendo de la cronología y ateniéndose en lo posible a la unidad de caracteres artísticos, los coleccionó en libros: *El crimen del otro* (1904); *Los perseguidos* (1905); *Cuentos de amor, de locura y de muerte* (1917); *Cuentos de la selva, para los niños* (1918); *El salvaje* (1920); *Anaconda* (1921); *El desierto* (1924); *La gallina degollada* (1925); *Los desterrados* (1926); *Más allá* (1935).

Amaba y respetaba su trabajo literario, lo sentía como necesidad de su espíritu, hermanándolo con el trabajo manual, con sus variadas artesanías; y cuando la vida social lo perturbaba y oprimía, refugiábase en la selva, y ésta devolvíale la serenidad perdida. El trabajo anchamente concebido y sentido es para él una especie de religión creadora, con sus principios y sus ritos. *Hacer, amigo mío. Somos hombres; no hay que olvidarlo,* dice a su amigo fraternal Ezequiel Martínez Estrada. *(El hermano Quiroga,* XI.) No hay que añadir que por tan poderosos motivos, libre de frivolidad y del egoísta profesionalismo, constituye Quiroga un caso de excepcional ejemplaridad del escritor entregado al puro cumplimiento de su misión social y humana. Se ha señalado en sus relatos su falta de interés en el destino de sus personajes; pero lo cierto es que esa falta de solidaridad emotiva con los seres del mundo de sus creaciones es sólo un requisito de objetividad para servir al hombre, presentándole, con el relieve del arte, la íntima realidad de su vida, muchas veces estilizada o rehecha a la luz transformadora de la fantasía. Por eso, la narración quiroguiana es siempre humanamente formativa por medio de la intensa y desnuda emoción estética que produce. Por eso es perdurable lo mejor de ella, porque ahí está el hombre con su complejidad y las proyecciones de su fantasía, con las incertidumbres de su destino terrestre y los seres que lo rodean en el devenir de la Naturaleza.

La crítica del cuentista tiene que ser la historia de su empeñoso trabajo para alcanzar el dominio artístico de la forma más intensa de la narración imaginativa. Y como es natural, arduo y prolongado tuvo que ser el esfuerzo, guiado por una exigente. autocrítica que se torna más y más lúcida.

Cierto afán clasificacionista de los críticos, que suele conducir al establecimiento de esquemas cerrados, ha dividido la evolución del cuento de Quiroga en períodos, y pueden aceptarse, con tal que se distinga cada uno, no por tener caracteres exclusivos, sino dominantes. Hechos decisivos de su vida determinan tres etapas: el primer período que comienza en 1901 con los gérmenes de narración de *Los arrecifes de coral,* período de formación y de ascenso que termina en su establecimiento en Buenos Aires en 1916. En aproximadamente quince años, el autor cultiva el cuento de estudiado efecto de horror a la manera de Poe, que es entonces su modelo preferido, como en *El almohadón de plumas* (1907), y *La gallina degollada* (1909), ambos publicados en *Caras y Caretas* y recogidos después en *Cuentos de amor, de locura y de muerte* (1917). La influencia de Poe comienza siendo absorbente, de lo que es ejemplo típico *El crimen del otro* (1904). que sigue las normas y detalles de técnica de *El tonel de amontillado* del cuentista norteamericano. Esta influencia y la posterior de grandes narradores, Maupassant, Chejov, Kipling, que lo convierten en un técnico del cuento, van cediendo a la integración de la obra personal con el descubrimiento y captación del tema literario de la selva. Así persiste, aunque decreciendo, la técnica aprendida en otros autores, y se desarrolla a su vez la expresión personal en el tratamiento del motivo de la vida en Misiones, como se observa en el curso de la producción de aquellos años, *La insolación* (1908); *A la deriva* (1912); *Los pescadores de vigas* (1913); *Los mensú* (1914); *Una bofetada* (enero de 1916); y acaso *La miel silvestre,* seguramente anterior a 1917, caso muy expresivo de elaboración técnica y de materia de la vida en Misiones.

El segundo período, el de su más copiosa y valiosa producción y de mayor estabilidad y relativo bienestar de su vida, comprende los años de su larga permanencia en Buenos Aires, desde fines de 1916 hasta que, después de su segundo matrimonio, que habría de ser de muy perturbadoras consecuencias para él, regresa a Misiones, en 1932. Son los tiempos culminantes del gran cuentista de trabajado estilo personal, cuya producción abundante parece escindirse entonces en tres direcciones: el tratamiento del motivo de la vida selvática captada en términos de impresionante y trascendente dramatismo, como en

El hombre muerto (1920); *El desierto* (1923). Puden incorporarse a esta sección aquellos cuentos en los que la vida en la selva se enlaza con elementos autobiográficos concretos más que esenciales, como en *Los fabricantes de carbón* (1918); *Techo de incienso* (1922); *Los destiladores de naranja* (1923). El segundo grupo de este período puede constituirse con relatos en los que la técnica llega a su más alto grado de perfeccionamiento, y es, por eso, elemento característico diferenciador. Son ejemplos excelentes de técnica narrativa y de selección del contenido, ya sea la vida en Misiones, las anormalidades sicológicas o motivos de creación imaginativa, *Miss Dorothy Phillips, mi esposa* (1919); *El síncope blanco* (1920); *El hombre muerto* (1920); *Juan Darién* (1920); *El desierto* (1923); *Más allá* (1925); *El conductor del rápido* (1926); y el caso admirable, no superado, de *El hijo* (1928), primeramente publicado con el título de *El padre,* en *La Nación,* y recogido después con el título con que se le conoce, en la colección *Más allá* (1935).

El tercer grupo de este período lo forman sus excelentes relatos para los niños, recogidos en sus *Cuentos de la selva* (1917), entre los que sobresalen *El loro pelado* y especialmente *La abeja haragana.*

El tercer período es de producción escasa y sin relieve, lo que correspondía a la decadencia física y las angustiosas preocupaciones del hombre en su permanencia final en Misiones, en San Ignacio. Se inicia con un comentario autobiográfico, *El regreso a la selva* —publicado en *La Nación,* el 4 de diciembre de 1932— a lo que sólo se puede añadir una media docena de cuentos correspondientes al año 1935, precursores del silencio definitivo del gran escritor. La compilación postrera que entonces publica, *Más allá* (1935), lleva un nombre de aciagas premoniciones.

El alejamiento de la literatura de imitación libresca de lo modernista pone a Quiroga en la vía hacia el descubrimiento de su ser auténtico, que espontáneamente aflora en contacto con la Naturaleza bravía del Chaco, y que en Misiones, en San Ignacio, pueblo penetrado de selva, se le transforma en fuerza fascinante, dominadora de su persona y de lo más genuino y perdurable de su creación. Desde este punto de vista, es una especie de anti-Sarmiento que detesta la civilización en cuanto tiene ésta de falsificación del hombre, y en cuanto la barbarie no lo es, sino significa humanización, vuelta del hombre a las primitivas fuentes de lo más auténtico de su personalidad. De este modo, es él, en el seno de la vida social urbana, un crónico, irremediable desadaptado, y un amante de la vida intensa al sumergirse en aquel mundo de fuerzas naturales intactas y de seres primitivos sin artificios de civilización ni coercitivas disciplinas de cultura. Como no se trataba de una vuelta al romántico, imaginativo *nouveau sauvage* de antaño, sino de un arte de contenido, de escuetas vivencias de lo primitivo, hombre y Naturaleza, la obra de Quiroga fue admirada sólo por adeptos que pasaron de la afinidad a la comprensiva admiración; pero no pudo ser justamente valorada por los críticos y creadores de la literatura culta, para quienes la tradición de la forma y los puntos de vista de la cultura heredada eran requisitos, supuestos inviolables de la creación artística. Y para colmo, Quiroga, con cierta actitud desafiante, exageró la desatención de la forma, y ostentó como una divisa su impávido primitivismo. A su muerte, quienes se le contraponían, pertenecientes a su generación o a la que entonces se iniciaba, en lugar de aceptar la reivindicativa revisión de valores del escritor desaparecido, adoptaron una actitud más pasivamente tolerante que comprensiva. Y si la revista *Sur* publicó un ponderado elogio del narrador y del hombre por Ezequiel Martínez Estrada, la redacción de la conocida publicación, a pesar de lo poco oportuno del momento, se sintió obligada a consignar el *criterio diferente del arte de escribir* que la separaba del *excelente cuentista* que acababa de morir. El hecho era claramente significativo. Quiroga había roto, en efecto, con lo usual de la generalidad de sus contemporáneos; pero —hoy lo podemos decir— no con la posteridad.

Quiroga se fugó de los dominios del arte modernista, que eran para él como una cárcel de su rebeldía; pero no fue para refugiarse en ninguna de las formas realistas del regionalismo pintoresco hispanoamericano, que victoriosamente comenzaba a difundirse en su tiempo. Entre estas corrientes literarias contrapuestas, sin poder gozar de la franca simpatía y de la fácil comprensión de los partidarios de ninguna de las dos, cultiva y perfecciona su arte independiente, inconfundiblemente personal, de cuentista, en un medio literario en el que el poema o la novela eran las únicas vías mayores abiertas a los triunfos de la celebridad. Contrariamente a lo que ocurre a los grandes autores hispanoamericanos de su época, Quiroga es un escritor que, *además* de ser cuentista, se acercó a la lírica, a la novela y al teatro. Su primer valor característico es hacer del cuento, comunicándole desnuda naturalidad y vitalidad poderosa, una especie de creación literaria, por su entidad y calidad, apta para servir de fundamento a la celebridad perdurable que hasta entonces parecía patrimonio exclusivo de los grandes líricos, dramaturgos, novelistas y ensayistas.

Más que dividir su obra en secciones transversales, siguiendo su evolución cronológica, parece preferible hacer la división longitudinalmente en dos tipos de relatos de paralelo aunque diferente desarrollo: el *cuento literario* inspirado en modelos reconocibles y expresamente reconocidos por el autor, y el conjunto más numeroso que, a falta de término más apropiado, pudiera denominarse de *cuentos naturales*, de estilo personal, espontáneo, por su materia, llamados por Quiroga *cuentos de monte*, clases de las que, por razón de la finalidad específica, puede diferenciarse una tercera, la de los *cuentos de la selva para niños*. Pero esta clasificación, lo mismo que la meramente cronológica, no puede establecer grupos de relatos con caracteres exclusivos, sino que se funda en notas predominantes, que, en cada caso, no excluyen, aunque con función secundaria, lo propio de las otras agrupaciones. Lo que se quiere precisar es que hay cuentos en los que la técnica es lo característico diferenciador, técnica derivada de la de un modelo, que Quiroga progresivamente hace suya; y cuentos en los que la materia, el dramatismo de la vida en Misiones, del hombre convertido en ser primitivo en el torbellino de las fuerzas naturales, es lo distintivo dominante, mientras que los cuentos para niños, en su concreta finalidad, de tan difícil consecución, felizmente lograda, tienen su carácter diferenciador. Lo que hemos llamado cuentos *literarios* son cuentos *diferenciables* por lo predominante de la técnica de la narración. Se distinguen por la intensidad de su contenido, y también pudieran llamarse cuentos *de ambiente,* si se despoja a este último término de todas las referencias a lo pintoresco que usualmente acompañan a lo considerado como ambiental.

Los cuentos literarios o de técnica en muy laborioso y prolongado perfeccionamiento conducen al lector hacia un fin imprevisible o incierto para éste, y son, por eso, cuentos *de efecto.* En menor o mayor grado, el contenido se presenta gobernado por la estrategia y la táctica de la narración. En los primeros tiempos, abundan los cuentos de esta clase; pero después la técnica va siendo dominada por la intensidad dramática del contenido. Es éste el proceso que puede advertirse en la serie que forman *El almohadón de plumas* (1907); *La insolación* (1908); *La gallina degollada* (1909); *Una bofetada* (1916); *El síncope blanco* (1920); *Juan Darién* (1920); *El hombre muerto* (1920); *Anaconda* (1921); *El regreso de Anaconda* (1925); *El conductor del rápido* (1926). Con respecto a esta serie, de la que son ejemplos notables las piezas anteriores, importa observar que la técnica tiende a ir perdiendo su predominio sobre el contenido del relato, mientras que éste, en los casos de anormalidad sicológica —*Los perseguidos, La gallina degollada*— se convierte, no en motivo básico de análisis, sino en circunstancia al servicio de los efectos de la técnica narrativa. Y perfeccionada ésta, es sólo elemento subsidiario del proceso del drama enmarcado por lo grandioso e inexorable de la Naturaleza, en obras sobresalientes, como *A la deriva* (1912); *La miel silvestre* (1912); *Los mensú* (1914); y los casos particularmente admirables de *El desierto* (1923), y *El hijo* (1928).

La lucidez de una exigente autocrítica permite a Quiroga orientar su abnegada laboriosidad y conseguir el dominio del arte del cuento de modo que parece ser la cabal realización de su *decálogo* del perfecto cuentista. Todo lo superfluo, que es lo que no comunica intensidad al relato, paisaje, costumbres, episodios o divagaciones, todo lo ornamental, desaparece. Y la acción, en suspenso, que suele ser sobrecogedor, de tensión reforzada por precisos detalles significativos, mar-

cha directamente hacia el esperado desenlace, imprevisible y sorprendente en sí o en la manera de producirse. Es un arte liberado de
recursos retóricos, hasta de preocupaciones idiomáticas, cuadros sobrios y fuertes del proceso natural del hombre ligado a sus tres grandes motivos, el amor, la locura y la muerte, el drama humano en lo
grandioso e inexorable de la Naturaleza.

El dominio de la narración imaginativa en la síntesis e intensidad
del cuento permite a Quiroga pasar del relato trágico al de delicada
y atractiva naturalidad adaptable a la sicología infantil, especie difícil
por la sencillez expresiva de sus recursos artísticos y la requerida habilidad para insertar el implícito mensaje moral. Muestra la maestría
y flexibilidad de su talento su transformación en el autor de los *Cuentos de la selva, para niños* (1918), amenos y sugeridores relatos como
el de *El loro pelado,* o como *La abeja haragana,* admirable lección
poética, impregnada de sobria ternura y de atractiva insinuación, de
amor al trabajo.

Habiendo en los cuentos de Quiroga literatura y autobiografía, lo
que les da entidad y valor es el arte original, independiente, del
autor. Él no crea, como en el caso, por ejemplo, de Ricardo Palma y
la *tradición,* una nueva especie literaria, sino que a una de ellas, el
cuento, de abolengo milenario y variedades modernas muy numerosas,
le comunica, con los caracteres de un estilo inconfundible, de insólita
simplicidad y vigor, una visión e interpretación directa y original del
mundo, sin la interposición de doctrinas y tendencias entre el artista
y la vida. Aunque fue hombre de muy abundantes lecturas y de vehementes adhesiones literarias, a medida que evoluciona, cuando escribe
es él y su mundo elemental, incontaminado, sin lo predeterminado de
estilos, doctrinas y tendencias, lo que anima y singulariza su obra.
Por eso, por su originalidad tan laboriosa y tenazmente creadora, sus
proclamados antecedentes fueron, en realidad, sólo sus estímulos, como
sólo estímulo, no modelo inmediato, puede ser él para la posteridad
dentro del ancho ámbito de las letras hispanoamericanas. Si se desvió
muy pronto del cuento artístico ligado en lo esencial a los primores
de la forma, no fue para adherirse al realismo documental o pintoresco, nativismo, criollismo más o menos localista. El material narrativo de sus cuentos más famosos y valiosos está tomado de una región
de las selvas americanas; pero el arte del cuentista, por la perspectiva
de su interpretación, universaliza sus asuntos, al dar a los personajes
y al drama que viven, puro sentido humano. Su obra encierra una
lección de sobriedad, de necesaria superación de lo anecdótico y pintoresco, de superación y tenacidad en el trabajo, de arte trascendente
y esencializador, en el que la forma es elemento ancilar en la expresión del contenido humano, en la manifestación de esencia y sentido
que la vida demanda del artista. Hay maestría en el empleo de lo imaginativo real y de lo imaginativo fantástico, con frecuencia combina

dos en inesperadas y felices transiciones, y es cualidad predominante y más caracterizadora el no haber señal del meticuloso e incesante trabajo del cuentista, ni su narración pierde su virtud más preciada, la parquedad de sus recursos, la sencillez y naturalidad en la consecución de lo trascendente.

6. El escritor

Muchos admiradores incondicionales de Quiroga se han empeñado en bordar eufemismos en torno a su obra para explicar y justificar lo que en ella hay de despreocupación por el uso correcto del idioma. Alguno, como Emir Rodríguez Monegal —en *Las raíces de Horacio Quiroga,* capítulo *Sobre el estilo*— de juicio certero e información copiosa y precisa, discute la controvertida cuestión, como si alguien pudiera negar los valores de la expresión idiomática de Quiroga con el inadmisible criterio de la estrecha sujeción a la gramática y al diccionario de la Academia Española de la Lengua. Y parece evidente que, para defender a Quiroga, no hay que recurrir al supuesto de que exista tan extravagante concepto del uso del idioma. Lo cierto, que, por serlo, debe llanamente reconocerse, es que Quiroga no se preocupa ni por las normas de la Academia Española, ni por el ejemplo de los buenos autores que lo fueron sin necesidad de esa impensable —o punto menos— sujeción despersonalizadora a las normas académicas. La cuestión parece esclarecida por el mismo Quiroga, cuando dice al crítico y escritor español Guillermo de Torre: *a mí no me interesa el idioma;* pero, por dos razones, no puede aceptarse la interpretación literal de tal afirmación: en primer término no está completamente de acuerdo lo que el autor dice con lo que él hace, y además la frase, tomada en el contexto de que forma parte, parece irónica, hiperbólica, como anticipándose a cualquier prejuicio de inferioridad que en cuanto a uso del idioma pudiera existir entre los españoles contra los hispanoamericanos. Lo que parece más exacto en esa frase ocasional de Quiroga, ateniéndose además al examen del conjunto de su obra, es que él quiso ser cuentista antes que escritor, que va derecho al contenido de la narración, a la determinación de su estructura, a la regulación de su ritmo, y dominado, con cierto ensimismamiento muy suyo en cuanto le interesaba, por la consecución de lo esencial del relato, reducía lo idiomático a su función estrictamente expresiva, sin preocuparse por su pureza, su propiedad y su valor ornamental. En suma, ese señalado e innegable abandono en el manejo del idioma parece ser el resultado de lo indisciplinable, anárquico, de su modo de ser, y también una espontánea adecuación de lo verbal al mundo primitivo en que conviven el autor y sus personajes. Todos ellos conviven en lo cotidiano y vulgar de un mundo primitivo, y una de las singularidades del cuentista es hacer del vulgarismo instrumento eficaz de expresión, y en este sentido, materia de arte. Vistas las cosas de este modo, hay que llegar a esta final diferenciación: en sí, en abstracto, separado de sus circunstancias, nadie puede presentar a Quiroga como modelo del uso correcto del idioma, dominado por el vulgarismo; pero apreciado en relación con su obra, hay que reconocer el poder de comunicación, de evocación, la eficacia artística de la lengua vulgar tal como en su habla la usan el autor y sus personajes.

Los vulgarismos y regionalismos de expresión no contradicen lo que de universal humano hay en la obra de Quiroga. Hay vulgarismos en ella tan evidentes —*coatís, los mensú*— que es claro indicio de su aceptación consciente; y abundan los hispanoamericanismos, léxicos regionales referentes a la flora y la fauna, a prácticas y utensilios; pero, empleado todo ello sin finalidad meramente ornamental, sino como integrante necesario del relato, pendiente de la acción, se olvida su existencia por seguir el curso interesante del relato en despliegue de creciente atracción.

El escritor no divaga, no describe sino lo necesario, en función del relato; es, en suma, un notable y prolongado ejemplo de economía verbal, de escritor al servicio de un narrador entregado al esforzado cumplimiento de su absorbente menester artístico.

7. Lo social a través de lo humano

No hay relato de Quiroga sin fuerte raigambre en su mundo; pero éste, real o fantástico, es múltiple, porque tiene la dimensión y el cariz que le da cada uno de sus personajes. Pasa así por sus páginas narrativas una variada pluralidad de mundos penumbrosamente semejantes e identificables por la referencia a un mismo esquema de convivencia primitiva. Lo social no es en su obra ni causa ni efecto, sino circunstancia, contingencia compañera del hombre en el drama que éste vive en su lacerante aislamiento y desamparo. En sus narraciones, más que la dialéctica de un devenir colectivo, hay las variantes innumerables de la tensa sensibilidad de un hombre, siempre individualizado, en el seno de una Naturaleza inexorable, ante una vida enigmática; y sólo partiendo de ese hombre individualizado y concreto, a través de sus hechos, de sus ideas y sentimientos, se presupone o se vislumbra la existencia de una sociedad en germen, aceptada como un fatalismo más; pero, como sus personajes no se rinden sino ante la muerte, la vida de ellos tiene la intensidad y el impávido denuedo de lo heroico.

8. Lo perdurable

Aunque para justificar su obra esgrime Quiroga convincentes razones, como en *Ante el tribunal*, discutiendo con la generación siguiente, para la que comenzaba ya a ser pasado inmediato, es naturalmente su obra, espejo de su vida, su mejor defensa, no ante una generación, sino ante la posteridad. Hay en lo que escribió la perdurabilidad de lo vivido y sentido, a lo que la creación literaria, sin desnaturalizarlo, da forma y acento, relieve y matiz. Su versión de la vida es trágica y fatalista; pero es medularmente humana. En ella caben el humor y el heroísmo moral, el horror y la ternura. Por no depender de teóricas especulaciones que el tiempo deshace, ni de lo pintoresco localista limitador, lleva en su acerbo de vivencias y fantasías motivos de perdurabilidad, como un testimonio de lo humano universal en que el hombre se reconocerá siempre, con sus enigmas, sus proyectos, sus ansias y sus luchas a su paso por el mundo.

RAIMUNDO LAZO

La Habana-México, 1967.

ÍNDICE BIOGRÁFICO CRONOLÓGICO

1878. Nace Horacio Quiroga y Forteza el 31 de diciembre, en la ciudad uruguaya de El Salto, hijo del comerciante argentino Prudencio Quiroga, tenido por lejano pariente del famoso Facundo Quiroga, y de la salteña Pastora Forteza. Es el menor de cuatro hermanos.

1879. Muerte de Prudencio Quiroga al disparársele fortuitamente una escopeta de caza delante de la madre, que tenía en sus brazos al pequeño Horacio. Al caer éste de los brazos de la madre, recibe un golpe que le causa fuerte conmoción. Es un niño de reacciones lentas, lo que suele atribuirse a consecuencias de este accidente.

Este año o el siguiente, la madre, en busca de clima más favorable para la salud de sus hijos, se traslada con ellos a la ciudad argentina de Córdoba, en donde permanecen casi cinco años. A su regreso, comienza Horacio sus estudios en el colegio masónico Hiram, y después los continúa en el Instituto Politécnico de El Salto. Se distingue ya por su inteligencia, pero también por su carácter díscolo, brote de un temperamento de agudezas, caprichos y rebeldías. Es lector apasionado de obras novelescas y de información geográfica e histórica.

1891. Hacia esta fecha contrae segundo matrimonio la madre de Quiroga, y reside dos años en Montevideo, en donde Horacio estudia en el Colegio Nacional. El padrastro, víctima de una hemorragia cerebral, terminó suicidándose. Quiroga, desde su adolescencia, muestra multiplicidad de aficiones muy heterogéneas: el ciclismo, la fotografía, experimentos químicos, la cerámica, la carpintería, la mecánica; pero falta de vocación definida hacia una profesión determinada. Instado por su familia, piensa en ser marino; pero teniendo que hacer esos estudios en la Argentina, por no renunciar a la nacionalidad uruguaya, abandona ese propósito. Pasa los últimos años del siglo en El Salto y en Montevideo. En la Universidad, estudia libremente algunas materias que le interesan.

1897. Comienza sus colaboraciones en revistas literarias juveniles con el seudónimo de *Guillermo Eynhardt*. Por estos años finiseculares, con Alberto J. Brignole y otros amigos y compañeros de proyectos literarios —se autodenominaban *mosqueteros,* y Quiroga era *D'Artagnan*— se constituyó un centro de ruidosas reuniones que ellos denominaron el *Consistorio del Gay Saber*. Mantuvo relaciones cordiales con la *Torre de los Panoramas,* en que presidía actividades similares Julio Herrera y Reissig.

1898. Atraídos por la admiración que sentían por Leopoldo Lugones, Quiroga y Brignole lo visitan en Buenos Aires. Amores tormentosos de Quiroga con una joven, María Esther, episodio que se refleja en la pieza *Las sacrificadas*.

1899. El 11 de septiembre comienza a publicar Quiroga la *Revista del Salto*.

1900. El 4 de febrero se publica el último número de la misma revista.
El 21 de marzo sale de Montevideo hacia París.
El 12 de julio regresa a Montevideo procedente de París.

1901. En noviembre, publica *Los arrecifes de coral*, primer libro, que dedica a Leopoldo Lugones.
Es premiado en concursos por algunos de sus ensayos literarios, entre ellos un relato, *Sin razón, pero cansado*, presentado por aquel tiempo a un certamen de la revista *La Alborada*. Emplea entonces el seudónimo de *Aquilino Delagoa*.
Mueren sus hermanos Prudencio y Pastora.

1902. Al disparársele fortuitamente una pistola, causa la muerte de su amigo y compañero de actividades literarias Federico Ferrando.
Se traslada a Buenos Aires, y es nombrado allí examinador escolar.

1903. Ingresa en el profesorado secundario.
Por su amistad con Leopoldo Lugones, consigue ser incorporado a la expedición de estudios que bajo la dirección del poeta argentino es enviada a la región de las antiguas Misiones de los jesuitas, en el Norte.

1904. Reside en el Chaco dedicado al cultivo del algodón.

1905. Regresa a Buenos Aires. Publica la serie de doce cuentos *El crimen del otro*.
Asiste a tertulias literarias. Trata a Florencio Sánchez. Continúa la publicación de sus colecciones de cuentos, y aumenta sus colaboraciones en periódicos y revistas.

1906. Reingresa en el profesorado. Adquiere tierras en San Ignacio, en Misiones; las visita en las vacaciones.

1908. Publica la novela *Historia de un amor turbio*.

1909. Se casa el 30 de septiembre con Ana María Cirés, una de sus alumnas. Se establece con su esposa en San Ignacio, en donde posteriormente se empeñaría y fracasaría en empresas industriales como la fabricación de carbón y la destilación de jugo de naranjas para licores.

1911. El 29 de enero nace su hija Eglé.

1915. Su esposa se suicida. Muere el 14 de diciembre.

1916. Regresa a Buenos Aires con sus hijos.

1917. El 17 de febrero es nombrado secretario del consulado del Uruguay.
Con *Cuentos de amor, de locura y de muerte*, inicia la publicación de sus libros más valiosos, que lo acreditan como gran cuentista.
Realiza viajes a Montevideo en los años siguientes, y además de asistir a tertulias, como la de Lugones, es la figura principal del grupo literario *Anaconda*.

1925. Temporada en Misiones. Amores allí con una joven llamada también Ana María, terminados por la familia de ella, y que sirven de motivo a *Pasado amor*.

1926. Activa vida literaria en Buenos Aires. Integración del grupo *Anaconda*. Asistencia a las reuniones de *Caras y Caretas*. Llama la atención sobre el valor de la obra de Ricardo Güiraldes. Crítica de cine. Se opone después al cine hablado.

1927. Se casa el 16 de julio con María Elena, una amiga y compañera de su hija Eglé. Tenía él cuarenta y nueve años, y ella veinte.

1931. El 20 de octubre se ordena su traslado como cónsul a San Ignacio.

1932. El 10 de enero sale con su segunda esposa para establecerse en Misiones. Después de desavenencias conyugales, su esposa regresa a Buenos Aires con la hija de este segundo matrimonio de Quiroga.

1934. El 15 de abril se declaran terminados sus servicios como cónsul del Uruguay en San Ignacio. Decae físicamente, y se reduce su producción literaria. Su correspondencia con Ezequiel Martínez Estrada y otros amigos recoge sus angustiosas preocupaciones, los efectos de su soledad y su precaria situación económica.

1935. En marzo, es nombrado cónsul honorario con muy reducida asignación.

1936. Obtiene su jubilación consular, que se le reconoce desde el mes de mayo.
En septiembre, regresa a Buenos Aires para tratarse una penosa enfermedad: prostatitis.

1937. Recluido en el Hospital de Clínicas, al comprobar que su enfermedad era cáncer, se suicida la noche del 18 al 19 de febrero. Entonces se le tributaron homenajes póstumos. Sus restos fueron trasladados al Uruguay y sepultados en su ciudad natal.

R. L.

RESUMEN BIBLIOGRÁFICO

BIBLIOGRAFÍA ACTIVA

Los arrecifes de coral. Imprenta El Siglo Ilustrado. Montevideo, 1901.

El crimen del otro. Ed. Emilio Spinelli. Buenos Aires, 1904.

Los perseguidos. Ed. Arnoldo Moen y Hno. Buenos Aires, 1905.

Historia de un amor turbio.—Los perseguidos. Ed. Arnoldo Moen y Hno. Buenos Aires, 1908.

Cuentos de amor, de locura y de muerte. (Las dos primeras ediciones, de Ed. Lautaro, Buenos Aires, sin fecha, y la de Cooperativa Editorial Limitada, Buenos Aires, 1917).

Cuentos de la selva, para los niños. Cooperativa Editorial Buenos Aires, B. A. 1918.

El salvaje. Cooperativa Editorial Buenos Aires. B. A. 1920.

Las sacrificadas. (Cuento escénico en cuatro actos). Cooperativa Editorial Buenos Aires, B. A. 1920.

Anaconda. Biblioteca Argentina de Buenas Ediciones Literarias. Buenos Aires, 1921.

El desierto. (Dos ediciones de 1924, de Biblioteca Argentina de Buenas Ediciones Literarias, y de la Editorial Babel, Buenos Aires).

La gallina degollada y otros cuentos. Biblioteca Argentina de Buenas Ediciones Literarias, y Babel. Buenos Aires, 1925.

Los desterrados. Id. id. Buenos Aires, 1926.

Pasado amor. Id. id. Buenos Aires, 1929.

Más allá. Sociedad de Amigos del Libro Rioplatense. Buenos Aires, 1935.

Cuentos. Ed. de Claudio García y Cía. Trece volúmenes. Montevideo, 1937-1945.

Cuentos escogidos. Prólogo de Guillermo de Torre. Madrid, 1950.

El diario de viaje a París. Introducción y notas de Emir Rodríguez Monegal. *Revista del Instituto Nacional de Investigaciones y Archivos.* I, 1. Montevideo. 1949.

Diario de viaje a París. Introducción y notas de Emir Rodríguez Monegal. Edición de la revista citada. Montevideo, 1950.

Cartas inéditas. Instituto Nacional de Investigaciones y Archivos. Montevideo, 1959.

Cartas inéditas. Tomo II. Id. id. Montevideo, 1959.

Cuentos. Selección y prólogo de Ezequiel Martínez Estrada. Ed. Casa de las Américas. La Habana, 1964.

Bibliografía pasiva

Obras generales fundamentales

Zum Felde, Alberto. *Proceso intelectual del Uruguay y crítica de su literatura.* Tres volúmenes. Montevideo, 1930.

Delgado, José María y Brignole, Alberto. *Vida y obra de Horacio Quiroga.* Ed. Claudio García y Cía. Montevideo, 1939.

Orgambide, Pedro G. *Horacio Quiroga. El hombre y su obra.* Ed. Stilograf, Buenos Aires, 1954.

Speratti Piñero, Emma Susana. *Hacia una cronología de Horacio Quiroga.* En *Nueva Revista de Filología Hispánica.* Año IX, núm. 4. México, 1955.

Martínez Estrada, Ezequiel. *Horacio Quiroga.* En la revista *Sur,* VII, 29, Buenos Aires, 1937.

Id. *El hermano Quiroga.* Ed. Arca, Montevideo, 1966.

Rodríguez Monegal, Emir. *Horacio Quiroga en el Uruguay. Una contribución bibliográfica.* En *Nueva Revista de Filología Hispánica.* XI. México, 1957.

Id. *Las raíces de Horacio Quiroga. Ensayos.* Ediciones Asir. Montevideo, 1961.

Reck, Hanne Gabrielle. *Horacio Quiroga. Biografía y crítica.* Ed. de Andrea, Col. Studium, México, 1966.

Estudios especiales o sintéticos

Englekirk, John Eugene. *Horacio Quiroga.* En *Edgar Allan Poe in Hispanic Literature.* Instituto de las Españas. Nueva York, 1934.

Crow, John A. *Estudio biobibliográfico de Horacio Quiroga.* En *Cuentos,* Ed. García, vol. VII. Montevideo, s. f.

Id. *La obra literaria de Horacio Quiroga.* En *Memoria del primer congreso de catedráticos de literatura iberoamericana.* México, 1940.

Espinoza, Enrique. *Trayectoria de Horacio Quiroga.* En la revista *Atenea,* XXXVII, 140. Universidad de Concepción, Chile, 1937.

Id. *Notas sobre la narrativa de Quiroga.* En *Revista Cubana,* La Habana, diciembre, 1937.

IDEAS DE QUIROGA SOBRE TEORÍA LITERARIA

Aunque la obra de Quiroga es literatura imaginativa que se concreta en seres y ambientes, el escritor, en sus años de avanzada madurez, recogiendo y examinando experiencias, reflexiones e inconformidades, publicó algunas páginas en las que, con escéptica ironía y sesgo frecuente de implícita y sosegada polémica, formula muy precisas y orientadoras ideas sobre tendencias generales de la literatura de muy particular aplicación a Hispanoamérica; o bien, repasando los vivos recuerdos de consciente y laborioso escritor, impulsado por ansias de perfeccionamiento esencial, sintetiza principios, modos y fines de lo que él considera como un *manual del perfecto cuentista*. Leyendo su artículo *Los tres fetiches* —en *El Hogar*, 19 de agosto de 1927— contra engañosas nociones de lo llamado panamericano, hispanoamericano, hispanoamericanista o nacionalista, se nota que propende a un arte, que como el de su obra, se dirige sin vacilaciones al descubrimiento de lo humano universal en personajes, situaciones y ambientes sólo en lo externo y circunstancial ligados al pequeño mundo de lo llamativo y limitadoramente inmediato. Comentario de más profusa argumentación sobre sus propias ideas sintetizadas en el *manual* es *La retórica del cuento* —en *El Hogar*, 21 de diciembre de 1928— artículo levemente impregnado de cierta escéptica prevención contra lo normativo de cualquier retórica y sus *flamantes cánones*.

Las otras páginas más importantes de lo relacionado con la creación y la crítica del cuento se deben a las reflexiones e inconformidades del escritor con respecto a las injusticias e incomprensiones del medio social, y ante los negativos prejuicios de las nuevas generaciones de escritores al querer juzgar a los que les anteceden. Con relación a esto último vale mucho lo finamente intencionado y discreto de *Ante el tribunal* —en *El Hogar*, 30 de septiembre de 1930— comparecencia y serena defensa ante nueva generación de escritores, y, por este medio, ante la indefinida sucesión de la posteridad. Lo que primeramente resaltaba en todo este capítulo de la obra de Quiroga es la activa presencia de otro hombre y otro escritor, de equilibrada cordura y disciplinado razonamiento en marcado contraste con la estampa que tenemos del cuentista y del hombre que se le asocia, caso de dualidad no muy rara, como la del lírico y del crítico y el orador político del romántico cubano José María Heredia.

Insiste Quiroga en estas cuestiones, pero con más concreta referencia a la vida incomprendida y difícil del escritor socialmente marginado y desconocido. Lo asombra su propia experiencia, y el recuento y balance deprimente del juicio y tratamiento social con respecto a sabios y escritores, en *El capital invisible* —artículo en *Caras y Caretas*, 22 de octubre de 1927— y, sobre todo, en *La profesión literaria* —en *El Hogar*, 6 de enero de 1928— con datos importantes para conocer la historia íntima de su obra literaria. En estas páginas y en su correspondencia con amigos íntimos, Ezequiel Martínez Estrada, Asdrúbal Delgado y algunos más, con noticias y datos de matemática exactitud, esboza la impresionante historia documentada de su obra, mezquinamente retribuida e inseguramente aceptada para su publicación lo mismo antes como después de alcanzar merecido renombre literario.

MANUAL DEL PERFECTO CUENTISTA *

I. Cree en el maestro —Poe, Maupassant, Kipling, Chejov— como en Dios mismo.

II. Cree que tu arte es una cima inaccesible. No sueñes en dominarla. Cuando puedas hacerlo, lo conseguirás, sin saberlo tú mismo.

III. Resiste cuanto puedas a la imitación; pero imita si el influjo es demasiado fuerte. Más que cualquiera otra cosa, el desarrollo de la personalidad es una ciencia.

IV. Ten fe ciega no en tu capacidad para el triunfo, sino en el ardor con que lo deseas. Ama a tu arte como a tu novia, dándole todo tu corazón.

V. No empieces a escribir sin saber desde la primera palabra adónde vas. En un cuento bien logrado, las tres primeras líneas tienen casi la misma importancia que las tres últimas.

VI. Si quieres expresar con exactitud esta circunstancia: "desde el río soplaba un viento frío", no hay en lengua humana más palabras que las apuntadas para expresarla.

Una vez dueño de las palabras, no te preocupes de observar sin consonantes o asonantes.

VII. No adjetives sin necesidad. Inútiles serán cuantas colas adhieras a un sustantivo débil. Si hallas el que es preciso, él, solo, tendrá un color incomparable. Pero hay que hallarlo.

VIII. Toma los personajes de la mano y llévalos firmemente hasta el final, sin ver otra cosa que el camino que les trazaste. No te distraigas viendo tú lo que ellos no pueden o no les importa ver. No abuses del lector. Un cuento es una novela depurada de ripios. Ten esto por una verdad absoluta; aunque no lo sea.

IX. No escribas bajo el imperio de la emoción. Déjala morir, y evócala luego. Si eres capaz entonces de revivirla tal cual fue, has llegado en arte a la mitad del camino.

X. No pienses en los amigos al escribir, ni en la impresión que hará tu historia. Cuenta como si el relato no tuviera interés más que para el pequeño ambiente de tus personajes, de los que pudiste haber sido uno. No de otro modo se obtiene la *vida* en el cuento.

---

* Publicado en *El Hogar*, 10 de abril de 1925.

ANTE EL TRIBUNAL *

Cada veinticinco o treinta años, el arte sufre un choque revolucionario que la literatura, por su vasta influencia y vulnerabilidad, siente más rudamente que sus colegas. Estas rebeliones, asonadas, motines o como quiera llamárseles, poseen una característica dominante que consiste, para los insurrectos, en la convicción de que han resuelto por fin la fórmula del Arte Supremo.

Tal pasa hoy. El momento actual ha hallado a su verdadero dios, relegando al olvido toda la errada fe de nuestro pasado artístico. De éste, ni las grandes figuras cuentan. Pasaron. Hacia atrás, desde el instante en que se habla, no existe sino una falange anónima de hombres que, por error, se consideraron poetas. Son los viejos. Frente a ellos, viva y coleante, se alza la falange, también anónima, pero poseedora en conjunto y en cada uno de sus individuos, de la única verdad artística. Son los jóvenes, los que han encontrado por fin en este mentido mundo literario el secreto de escribir bien.

Uno de estos días, estoy seguro, debo comparecer ante el tribunal artístico que juzga a los muertos, como acto premonitorio del otro, del final, en que se juzgará a los "vivos" y los muertos.

De nada me han de servir mis heridas aún frescas de la lucha, cuando batallé contra otro pasado y otros yerros con saña igual a la que se ejerce hoy conmigo. Durante veinticinco años he luchado por conquistar, en la medida de mis fuerzas, cuanto hoy se me niega. Ha sido una ilusión. Hoy debo comparecer a exponer mis culpas, que yo estimé virtudes, y a librar del báratro en que se despeña a mi nombre, un átomo siquiera de mi personalidad.

No creo que el tribunal que ha de juzgarme ignore totalmente mi obra. Algo de lo que he escrito debe de haber llegado a sus oídos. Sólo esto podría bastar para mi defensa (¡cuál mejor, en verdad!), si los jueces actuantes debieran considerar mi expediente aislado. Pero, como he tenido el honor de advertirlo, los valores individuales no cuentan. Todo el legajo pasatista será revisado en bloque y apenas por gracia especial se reserva para los menos errados la breve exposición de sus descargos.

---

* *En llano modo,* como él mismo dice, con descuidado estilo que es aquí displicencia en la ironía, sin excluir la falta de propiedad o exactitud en la expresión —como ese *resolver* una *fórmula*— interviene en el viejo y perenne pleito entre los viejos, que olvidan que fueron jóvenes, y los jóvenes, que olvidan que serán viejos. Publicado en *El Hogar,* 11 de septiembre de 1930.

Mas he aquí que, según informes en este mismo instante, yo acabo de merecer esta distinción. ¿Pero qué esperanzas de absolución puedo acariciar, si convaleciente todavía de mi largo batallar contra la retórica, el adocenamiento, la cursilería y la mala fe artísticas, apenas se me concede en esta lotería cuya ganancia se han repartido de antemano los jóvenes, un minúsculo premio por aproximación?

Debo comparecer. En llano modo, cuando llegue la hora, he de exponer ante el fiscal acusador las mismas causales por las que condené a los pasatistas de mi época, cuando yo era joven y no el anciano decrépito de hoy. Combatí entonces por que se viera en el arte una tarea seria y no vana, dura y no al alcance del primer desocupado...

—Perfectamente —han de decirme— pero no generalice. Concrétese a su caso particular.

—Muy bien —responderé entonces—. Luché porque no se confundieran los elementos emocionales del cuento y de la novela, pues, si bien idénticos en uno y otro tipo de relato, diferenciábanse esencialmente en la acuidad de la emoción creadora, que, a modo de corriente eléctrica, manifestábase por su fuerte tensión en el cuento, y por su vasta amplitud en la novela. Por esto los narradores cuya corriente emocional adquiría gran tensión, cerraban su circuito en el cuento, mientras que los narradores en quienes predominaba la cantidad buscaban en la novela la amplitud suficiente. No ignoraban esto los pasatistas de mi tiempo. Pero aporté a la lucha mi propia carne, sin otro resultado, en el mejor de los casos, que el que se me tildara de "autor de cuentitos", porque eran cortos. Tal es lo que hice, señores jueces, a fin de devolver al arte lo que es del arte, y el resto a la vanidad retórica.

—No basta esto para su descargo —han de objetarme sin duda.

—Bien —continuaré yo—. Luché por que el cuento (ya que he de concretarme a mi sola actividad), tuviera una sola línea, trazada por una sola mano sin temblor desde el principio al fin. Ningún obstáculo, ningún adorno o digresión debía acudir a aflojar la tensión de su hilo. El cuento era, para el fin que le es intrínseco, una flecha, que cuidadosamente apuntada, parte del arco para ir a dar directamente en el blanco. Cuantas mariposas trataran de posarse sobre ella para adornar su vuelo, no conseguirían sino entorpecerlo. Esto es lo que me empeñé en demostrar, dando al cuento lo que era del cuento, y al verso su virtud esencial.

En este punto he de oír seguramente la voz severa de mis jueces, que observan:

—Tampoco esas declaraciones lo descargan en nada de sus culpas... aun en el supuesto de que usted haya utilizado de ellas una milésima parte en su provecho.

—Bien —tornaré a decir con voz todavía segura aunque ya sin esperanza alguna de absolución—. Yo sostuve, honorable tribunal, la necesidad en arte de volver a la vida cada vez que transitoriamente aquél pierde su concepto; toda vez que sobre la finísima urdimbre de emoción se han edificado aplastantes teorías. Traté finalmente de probar que así como la vida no es un juego cuando se tiene conciencia de ella, tampoco lo es la expresión artística. Y este empeño en reemplazar con rumoradas mentales la carencia de gravidez emocional, y esa total deserción de las fuerzas creadoras que en arte reciben el nombre de imaginación, todo esto fue lo que combatí por el espacio de veinticinco años, hasta a venir hoy a dar, cansado y sangrante todavía, ante este tribunal que debe abrir para mi nombre las puertas al futuro, o cerrarlas definitivamente.

. . . .

Cerradas. Para siempre cerradas. Debo abandonár todas las ilusiones que puse un día en mi labor. Así lo decide el honorable tribunal, y agobiado bajo el peso de la sentencia, me alejo de allí a lento paso. Una idea, una esperanza, un pensamiento fugitivo viene de pronto a refrescar mi frente con su hálito cordial. Esos jueces... Oh, no cuesta mucho prever decrepitud inminente en esos jóvenes que han borrado el ayer de una sola plumada, y que dentro de otros treinta años —acaso menos— deberán comparecer ante otro tribunal que juzgue de sus muchos yerros. Y entonces, si se me permite volver un instante del pasado... entonces tendré un poco de curiosidad por ver qué obras de esos jóvenes han logrado sobrevivir al dulce y natural olvido del tiempo.

CUENTOS

EL ALMOHADÓN DE PLUMAS *

Su luna de miel fue un largo escalofrío. Rubia, angelical y tímida, el carácter de su marido heló sus soñadas niñerías de novia. Ella lo quería mucho, sin embargo, aunque a veces con un ligero estremecimiento cuando volviendo de noche juntos por la calle, echaba una furtiva mirada a la alta estatura de Jordán, mudo desde hacía una hora. Él, por su parte, la amaba profundamente, sin darlo a conocer.

Durante tres meses —se habían casado en abril—, vivieron una dicha especial. Sin duda hubiera ella deseado menos severidad en ese rígido cielo de amor; más expansiva e incauta ternura; pero el impasible semblante de su marido la contenía siempre.

La casa en que vivían influía no poco en sus estremecimientos. La blancura del patio silencioso —frisos, columnas y estatuas de mármol— producía una otoñal impresión de palacio encantado. Dentro, el brillo glacial del estuco, sin el más leve rasguño en las altas paredes, afirmaba aquella sensación de desapacible frío. Al cruzar de una pieza a otra, los pasos hallaban eco en toda la casa, como si un largo abandono hubiera sensibilizado su resonancia.

En ese extraño nido de amor, Alicia pasó todo el otoño. Había concluido, no obstante, por echar un velo sobre sus antiguos sueños, y aun vivía dormida en la casa hostil, sin querer pensar en nada hasta que llegaba su marido.

No es raro que adelgazara. Tuvo un ligero ataque de influenza que se arrastró insidiosamente días y días; Alicia no se reponía nunca. Al fin una tarde pudo salir al jardín apoyada en el brazo de su marido. Miraba indiferente a uno y otro lado. De pronto Jordán, con honda ternura, le pasó muy lento la mano por la cabeza, y Alicia rompió en seguida en sollozos, echándole los brazos al cuello. Lloró largamente todo su espanto callado, redoblando el llanto a la más leve caricia de Jordán. Luego los sollozos fueron retardándose, y aun quedó largo rato escondida en su cuello, sin moverse ni pronunciar palabra.

Fue ése el último día que Alicia estuvo levantada. Al día siguiente amaneció desvanecida. El médico de Jordán la examinó con suma atención, ordenándole calma y descanso absolutos.

—No sé —le dijo a Jordán en la puerta de calle—. Tiene una gran debilidad que no me explico. Y sin vómitos, nada... si mañana se despierta como hoy, llámeme en seguida.

Al día siguiente Alicia amanecía peor. Hubo consulta. Constatóse una anemia de marcha agudísima, completamente inexplicable. Alicia no tuvo más desmayos, pero se iba visiblemente a la muerte. Todo el día el dormitorio estaba con las luces prendidas y en pleno silencio. Pasábanse horas sin que se oyera el menor ruido. Alicia dormitaba. Jordán vivía casi en la sala, también con toda la luz encendida. Paseábase sin cesar de un extremo a otro,

---

* Dominado por la influencia de Poe y sin poseer la maestría en la técnica del relato que adquiriría posteriormente, es éste un ejemplo de *cuento de efecto* en el que la perseguida nota de horror depende de una endeble ficción convencional. Publicado en *Caras y Caretas*, 13 de julio de 1907, y coleccionado en *Cuentos de amor, de locura y de muerte* (1917).

con incansable obstinación. La alfombra ahogaba sus pasos. A ratos entraba en el dormitorio y proseguía su mudo vaivén a lo largo de la cama, deteniéndose un instante en cada extremo a mirar a su mujer.

Pronto Alicia comenzó a tener alucinaciones, confusas y flotantes al principio, y que descendieron luego a ras del suelo. La joven, con los ojos desmesuradamente abiertos, no hacía sino mirar la alfombra a uno y otro lado del respaldo de la cama. Una noche quedó de repente con los ojos fijos. Al rato abrió la boca para gritar, y sus narices y labios se perlaron de sudor.

—¡Jordán! ¡Jordán! —clamó, rígida de espanto, sin dejar de mirar la alfombra.

Jordán corrió al dormitorio, y al verlo aparecer Alicia lanzó un alarido de horror.

—¡Soy yo, Alicia, soy yo!

Alicia lo miró con extravío, miró la alfombra, volvió a mirarlo, y después de largo rato de estupefacta confrontación, volvió en sí. Sonrió y tomó entre las suyas la mano de su marido, acariciándola por media hora temblando.

Entre sus alucinaciones más porfiadas, hubo un antropoide apoyado en la alfombra sobre los dedos, que tenía fijos en ella los ojos.

Los médicos volvieron inútilmente. Había allí delante de ellos una vida que se acababa, desangrándose día a día, hora a hora, sin saber absolutamente cómo. En la última consulta Alicia yacía en estupor mientras ellos la pulsaban, pasándose de uno a otro la muñeca inerte. La observaron largo rato en silencio, y siguieron al comedor.

—Pst... —se encogió de hombros desalentado el médico de cabecera. —Es un caso inexplicable... Poco hay que hacer...

—¡Sólo eso me faltaba! —resopló Jordán. Y tamborileó bruscamente la mesa.

Alicia fue extinguiéndose en subdelirio de anemia, agravado de tarde, pero que remitía siempre en las primeras horas. Durante el día no avanzaba su enfermedad, pero cada mañana amanecía lívida, en síncope casi. Parecía que únicamente de noche se le fuera la vida en nuevas oleadas de sangre. Tenía siempre al despertar la sensación de estar desplomada en la cama con un millón de kilos encima. Desde el tercer día este hundimiento no la abandonó más. Apenas podía mover la cabeza. No quiso que le tocaran la cama, ni aun que le arreglaran el almohadón. Sus terrores crepusculares avanzaban ahora en forma de monstruos que se arrastraban hasta la cama, y trepaban dificultosamente por la colcha.

Perdió luego el conocimiento. Los dos días finales deliró sin cesar a media voz. Las luces continuaban fúnebremente encendidas en el dormitorio y la sala. En el silencio agónico de la casa no se oía más que el delirio monótono que salía de la cama, y el sordo retumbo de los eternos pasos de Jordán.

Alicia murió, por fin. La sirvienta, cuando entró después de deshacer la cama, sola ya, miró un rato extrañada el almohadón.

—¡Señor! —llamó a Jordán en voz baja—. En el almohadón hay manchas que parecen de sangre.

Jordán se acercó rápidamente y se dobló sobre aquél. Efectivamente, sobre la funda, a ambos lados del hueco que había dejado la cabeza de Alicia, se veían manchitas oscuras.

—Parecen picaduras —murmuró la sirvienta después de un rato de inmóvil observación.

—Levántalo a la luz —le dijo Jordán.

La sirvienta lo levantó; pero enseguida lo dejó caer, y se quedó mirando a aquél, lívida y temblando. Sin saber por qué, Jordán sintió que los cabellos se le erizaban.

—¿Qué hay? —murmuró con la voz ronca.

—Pesa mucho —articuló la sirvienta, sin dejar de temblar.

Jordán lo levantó; pesaba extraordinariamente. Salieron con él, y sobre la mesa del comedor Jordán cortó funda y envoltura de un tajo. Las plumas superiores volaron, y la sirvienta dio un grito de horror con toda la boca abierta, llevándose las manos crispadas a los bandós: —sobre el fondo, entre las plumas, moviendo lentamente las patas velludas, había un animal monstruoso, una bola viviente y viscosa. Estaba tan hinchado que apenas se le pronunciaba la boca.

Noche a noche, desde que Alicia había caído en cama, había aplicado sigilosamente su boca —su trompa, mejor dicho— a las sienes de aquélla, chupándole la sangre. La picadura era casi imperceptible. La remoción diaria del almohadón sin duda había impedido al principio su desarrollo; pero desde que la joven no pudo moverse, la succión fue vertiginosa. En cinco días, en cinco noches, había el monstruo vaciado a Alicia.

Estos parásitos de las aves, diminutos en el medio habitual, llegan a adquirir en ciertas condiciones proporciones enormes. La sangre humana parece serles particularmente favorable, y no es raro hallarlos en los almohadones de pluma.

LA INSOLACIÓN *

El cachorro *Old* salió por la puerta y atravesó el patio con paso recto y perezoso. Se detuvo en la linde del pasto, estiró al monte, entrecerrando los ojos, la nariz vibrátil y se sentó tranquilo. Veía la monótona llanura del Chaco, con sus alternativas de campo y monte, monte y campo, sin más color que el crema del pasto y el negro del monte. Éste cerraba el horizonte, a doscientos metros, por tres lados de la chacra. Hacia el Oeste el campo se ensanchaba y extendía en abra, pero que la ineludible línea sombría enmarcaba a lo lejos.

A esa hora temprana el confín, ofuscante de luz a mediodía, adquiría reposada nitidez. No había una nube ni un soplo de viento. Bajo la calma del cielo plateado, el campo emanaba tónica frescura, que traía al alma pensativa, ante la certeza de otro día de seca, melancolías de mejor compensado trabajo.

Milk, el padre del cachorro, cruzó a su vez el patio y se sentó al lado de aquél, con perezoso quejido de bienestar. Permanecían inmóviles, pue aún no había moscas.

Old, que miraba hacía rato la vera del monte, observó:

* Da sobresaliente originalidad y valor substantivo a este cuento la hábil compaginación de dos características muy quiroguianas: la imaginativa inmersión del cuentista en una sicología zoológica de sobrias y acertadas manifestaciones, y el eficaz empleo de lo descriptivo, no ornamental, sino muy ajustadamente funcional. El acierto es más notable por anunciar lo originalmente valioso del escritor desde su juventud. El relato apareció en *Caras y Caretas*, 7 de marzo de 1908, y fue coleccionado en *Cuentos de amor, de locura y de muerte* (1917).

—La mañana es fresca.

Milk siguió la mirada del cachorro y quedó con la vista fija, parpadeando distraído. Después de un momento dijo:

—En aquel árbol hay dos halcones.

Volvieron la vista indiferente a un buey que pasaba, y continuaron mirando por costumbre las cosas.

Entre tanto el Oriente comenzaba a empurpurarse en abanico y el horizonte había perdido ya su matinal precisión. *Milk* cruzó las patas delanteras y sintió leve dolor. Miró sus dedos sin moverse, decidiéndose por fin a olfatearlos. El día anterior se había sacado un pique, y en recuerdo de lo que había sufrido lamió extensamente el dedo enfermo.

—No podía caminar —exclamó, en conclusión.

Old no entendió a qué se refería. *Milk* agregó:

—Hay muchos piques.

Esta vez el cachorró comprendió. Y repuso por su cuenta, después de largo rato:

—Hay muchos piques.

Callaron de nuevo, convencidos.

El sol salió, y en el primer baño de luz las pavas del monte lanzaron al aire puro el tumultuoso trompeteo de su charanga. Los perros, dorados al sol oblicuo, entornaron los ojos, dulcificando su molicie en beato pestañeo. Poco a poco la pareja aumentó con la llegada de los otros compañeros: *Dick*, el taciturno preferido; *Prince*, cuyo labio superior, partido por un coatí, dejaba ver dos dientes, e *Isondú*, de nombre indígena. Los cinco *fox-terriers*, tendidos y muertos de bienestar, durmieron.

4

Al cabo de una hora irguieron la cabeza; por el lado opuesto del bizarro rancho de dos pisos —el inferior de barro y el alto de madera, con corredores y baranda de *chalet*— habían sentido los pasos de su dueño, que bajaba la escalera. Míster Jones, la toalla al hombro, se detuvo un momento en la esquina del rancho y miró el sol, alto ya. Tenía aún la mirada muerta y el labio pendiente, tras su solitaria velada de *whisky*, más prolongada que las habituales.

Mientras se lavaba los perros se acercaron y le olfatearon las botas, meneando con pereza el rabo. Como las fieras amaestradas, los perros conocen el menor indicio de borrachera en su amo. Se alejaron con lentitud a echarse de nuevo al sol. Pero el calor creciente les hizo presto abandonar aquél por la sombra de los corredores.

El día avanzaba igual a los precedentes de todo ese mes: seco, límpido, con catorce horas de sol calcinante, que parecía mantener el cielo en fusión y que en un instante resquebrajaba la tierra mojada en costras blanquecinas. Míster Jones fue a la chacra, miró el trabajo del día anterior y retornó al rancho. En toda esa mañana no hizo nada. Almorzó y subió a dormir la siesta.

Los peones volvieron a las dos a la carpición, no obstante la hora de fuego, pues los yuyos no dejaban el algodonal. Tras ellos fueron los perros, muy amigos del cultivo desde que el invierno pasado hubieran aprendido a disputar a los halcones los gusanos blancos que levantaba el arado. Cada uno se echó bajo un algodonero, acompañando con su jadeo los golpes de la azada.

Entre tanto el calor crecía. En el paisaje silencioso y encegueciente de sol el aire vibraba a todos lados, dañando la vista. La tierra removida exhalaba vaho de horno, que los peones soportaban sobre la cabeza, envuelta hasta las orejas en el flotante pañuelo, con el mutismo de sus trabajos de chacra. Los perros cambiaban a cada rato de planta, en procura de más fresca sombra. Tendíanse a lo largo, pero la fatiga los obligaba a sentarse sobre las patas traseras para respirar mejor.

Reverberaba ahora delante de ellos un pequeño páramo de greda que ni siquiera se había intentado arar. Allí, el cachorro vio de pronto a míster Jones, que lo miraba fijamente, sentado sobre un tronco. *Old* se puso de pie, meneando el rabo. Los otros levantáronse también pero erizados.

—¡Es el patrón! —exclamó el cachorro, sorprendido de la actitud de aquéllos.

—No, no es él —replicó *Dick*.

Los cuatro perros estaban juntos gruñendo sordamente, sin apartar los ojos de míster Jones, que continuaba inmóvil, mirándolos. El cachorro, incrédulo, fue a avanzar, pero *Prince* le mostró los dientes:

—No es él, es la Muerte.

El cachorro se erizó de miedo y retrocedió al grupo.

—¿Es el patrón muerto? —preguntó ansiosamente.

Los otros, sin responderle, rompieron a ladrar con furia, siempre en actitud de miedoso ataque. Sin moverse, míster Jones se desvaneció en el aire ondulante.

Al oír los ladridos, los peones habían levantado la vista, sin distinguir nada. Giraron la cabeza para ver si había entrado algún caballo en la chacra, y se doblaron de nuevo.

Los *fox-terriers* volvieron al paso al rancho. El cachorro, erizado aún, se adelantaba y retrocedía con cortos trotes nerviosos, y supo de la experiencia de sus compañeros que cuando una cosa va a morir aparece antes.

—¿Y cómo saben que ése que vimos no era el patrón vivo? —preguntó.

—Porque no era él —le respondieron displicentes.

¡Luego la Muerte, y con ella el cambio de dueño, las miserias, las patadas, estaba sobre ellos! Pasaron el resto de la tarde al lado de su patrón, sombríos y alerta. Al menor ruido gruñían, sin saber a dónde. Míster Jones sentíase satisfecho de su guardiana inquietud.

Por fin el sol se hundió tras el negro palmar del arroyo, y en la calma de la noche plateada los perros se estacionaron alrededor del rancho, en cuyo piso alto míster Jones recomenzaba su velada de *whisky*. A medianoche oyeron sus pasos, luego la doble caída de las botas en el piso de tablas, y la luz se apagó. Los perros, entonces, sintieron más el próximo cambio de dueño, y solos, al pie de la casa dormida, comenzaron a llorar. Lloraban en coro, volcando sus sollozos convulsivos y secos, como masticados, en un aullido de desolación, que la voz cazadora de *Prince* sostenía mientras los otros tomaban el sollozo de nuevo. El cachorro ladraba. La noche avanzaba, y los cuatro perros de edad, agrupados a la luz de la luna, el hocico extendido e hinchado de lamentos —bien alimentados y acariciados por el dueño que iban a perder—, continuaban llorando su doméstica miseria.

A la mañana siguiente míster Jones fue él mismo a buscar las mulas y las unció a la carpidora, trabajando hasta las nueve. No estaba satisfecho, sin embargo. Fuera de que la tierra no había sido nunca bien rastreada, las cuchillas no tenían filo, y con el paso rápido de las mulas la carpidora saltaba. Volvió con ésta y afiló sus rejas; pero un tornillo en que ya al comprar la máquina había notado una falla se rompió al armarla. Mandó un peón al obraje próximo, recomendándole el caballo, un buen animal, pero asoleado. Alzó la cabeza al sol fundente de mediodía e insistió en que no galopara un momento. Almorzó en seguida y subió. Los perros, que en la mañana no habían dejado un segundo a su patrón, se quedaron en los corredores.

La siesta pesaba, agobiada de luz y silencio. Todo el contorno estaba brumoso por las quemazones. Alrededor del rancho la tierra blanquizca del patio, deslumbraba por el sol a plomo, parecía deformarse en trémulo hervor, que adormecía los ojos parpadeantes de los *fox-terriers*.

—No ha aparecido más —dijo *Milk*.

Old, al oír *aparecido* levantó las orejas sobre los ojos.

Esta vez el cachorro, incitado por la evocación, se puso en pie y ladró, buscando a qué. Al rato calló con el grupo, entregado a su defensiva cacería de moscas.

—No vino más —agregó *Isondú*.

—Había una lagartija bajo el raigón —recordó por primera vez *Prince*.

Una gallina, el pico abierto y las alas apartadas del cuerpo, cruzó el patio incandescente con su pesado trote de calor. *Prince* la siguió perezosamente con la vista y saltó de golpe.

—¡Viene otra vez! —gritó.

Por el norte del patio avanzaba solo el caballo en que había ido el peón. Los perros se arquearon sobre las patas, ladrando con prudente furia a la Muerte que se acerca. El animal caminaba con la cabeza baja, aparentemente indeciso sobre el rumbo que iba a seguir. Al pasar frente al rancho dio unos cuantos pasos en dirección al pozo y se degradó progresivamente en la cruda luz.

Míster Jones bajó, no tenía sueño. Disponíase a proseguir el montaje de la carpidora, cuando vio llegar inesperadamente al peón a caballo. A pesar de su orden, tenía que haber galopado para volver a esa hora. Culpólo, con toda su lógica nacional, a lo que el otro respondía con evasivas razones. Apenas libre y concluida su misión el pobre caballo, en cuyos ijares era imposible contar el latido, tembló agachando la cabeza y cayó de costado. Míster Jones mandó al peón a la chacra, con el rebenque aún en la mano, para echarlo si continuaba oyendo sus jesuísticas disculpas.

Pero los perros estaban contentos. La Muerte, que buscaba a su patrón, se había conformado con el caballo. Sentíanse alegres, libres de preocupación, y en consecuencia disponíanse a ir a la chacra tras el peón cuando oyeron a míster Jones que gritaba a éste, lejos ya, pidiéndole el tornillo. No había tornillo: el almacén estaba cerrado, el encargado dormía, etc. Míster Jones, sin replicar, descolgó su casco y salió él mismo en busca del utensilio. Resistía el sol como un peón, y el paseo era maravilloso contra su mal humor.

Los perros lo acompañaron, pero se detuvieron a la sombra del primer algarrobo: hacía demasiado calor. Desde allí, firmes en las patas, el ceño contraído y atento, lo veían alejarse. Al fin el temor a la soledad pudo más, y con agobiado trote siguieron tras él.

Míster Jones obtuvo su tornillo y volvió. Para acortar distancia, desde luego, evitando la polvorienta curva del camino, marchó en línea recta a su chacra. Llegó al riacho y se internó en el pajonal, el diluviano pajonal del Saladito, que ha crecido, secado y retoñado desde que hay paja en el mundo, sin conocer fuego. Las matas, arqueadas en bóveda a la altura del pecho, se entrelazan en bloques macizos. La tarea de cruzarlo, seria ya con día fresco, era muy dura a esa hora. Míster Jones lo atravesó, sin embargo, braceando entre la paja restallante y polvorienta por el barro que dejaban las crecientes, ahogado de fatiga y acres vahos de nitratos.

Salió por fin y se detuvo en la linde; pero era imposible permanecer quieto bajo ese sol y ese cansancio. Marchó de nuevo. Al calor quemante que crecía sin cesar desde tres días atrás agregábase ahora el sofocamiento del tiempo descompuesto. El cielo estaba blanco y no se sentía un soplo de viento. El aire faltaba, con angustia cardíaca que no permitía concluir la respiración.

Míster Jones se convenció de que había traspasado su límite de resistencia. Desde hacía rato le golpeaba en los oídos el latido de las carótidas. Sentíase en el aire, como si dentro de la cabeza le empujaran el cráneo hacia arriba. Se mareaba mirando el pasto. Apresuró la marcha para acabar con eso de una vez... y de pronto volvió en sí y se halló en distinto paraje: había caminado media cuadra sin darse cuenta de nada. Miró atrás y la cabeza se le fue en un nuevo vértigo.

Entre tanto los perros seguían tras él, trotando con toda la lengua de fuera. A veces, asfixiados, deteníanse en la sombra de un espartillo; se sentaban precipitando su jadeo, pero volvían al tormento del sol. Al fin, como la casa estaba ya próxima, apuraron el trote.

Fue en ese momento cuando Old, que iba adelante, vio tras el alambrado de la chacra a míster Jones, vestido de blanco, que caminaba hacia ellos. El cachorro, con súbito recuerdo, volvió la cabeza a su patrón y confrontó.

—¡La Muerte, la Muerte! —aulló.

Los otros lo habían visto también, y ladraban erizados. Vieron que atravesaba el alambrado, y un instante creyeron que se iba a equivocar; pero al llegar a cien metros se detuvo, miró el grupo con sus ojos celestes, y marchó adelante.

—¡Que no camine ligero el patrón! —exclamó Prince.

—¡Va a tropezar con él! —aullaron todos.

En efecto, el otro, tras breve hesitación, había avanzado, pero no directamente sobre ellos, como antes, sino en línea oblicua y en apariencia errónea, pero que debía llevarlo justo al encuentro de míster Jones. Los perros comprendieron que esta vez concluía, porque su patrón continuaba caminando a igual paso como un autómata, sin darse cuenta de nada. El otro llegaba ya. Hundieron el rabo y corrieron de costado, aullando. Pasó un segundo y el encuentro se produjo: Míster Jones se detuvo, giró sobre sí mismo y se desplomó.

Los peones, que lo vieron caer, lo llevaron a prisa al rancho, pero fue inútil toda el agua: murió sin volver en sí. Míster Moore, su hermano materno, fue de Buenos Aires, estuvo una hora en la chacra y en cuatro días liquidó todo, volviéndose en seguida al Sur. Los indios se repartieron los perros, que vivieron en adelante flacos y sarnosos e iban todas las noches, con hambriento sigilo, a robar espigas de maíz en las chacras ajenas.

LA GALLINA DEGOLLADA *

Todo el día sentados en el patio, en un banco, estaban los cuatro hijos idiotas del matrimonio Mazzini-Ferraz. Tenían la lengua entre los labios, los ojos estúpidos y volvían la cabeza con la boca abierta.

El patio era de tierra, cerrado al Oeste por un cerco de ladrillos. El banco quedaba paralelo a él, a cinco metros, y allí se mantenían inmóviles, fijos los ojos en los ladrillos. Como el sol se ocultaba tras el cerco al declinar, los idiotas tenían fiesta. La luz enceguecedora llamaba su atención al principio; poco a poco sus ojos se animaban; se reían al fin estrepitosamente, congestionados por la misma hilaridad ansiosa, mirando el sol con alegría bestial, como si fuera comida.

Otras veces, alineados en el banco, zumbaban horas enteras imitando al tranvía eléctrico. Los ruidos fuertes sacudían asimismo su inercia, y corrían entonces, mordiéndose la lengua y mugiendo, alrededor del patio. Pero casi siempre estaban apagados en un sombrío letargo de idiotismo, y pasaban todo el día sentados en su banco, con las piernas colgantes y quietas, empapando de glutinosa saliva el pantalón.

El mayor tenía doce y el menor

ocho. En todo su aspecto sucio y desvalido se notaba la falta absoluta de un poco de cuidado maternal.

Esos cuatro idiotas, sin embargo, habían sido un día el encanto de sus padres. A los tres meses de casados, Mazzini y Berta orientaron su estrecho amor de marido y mujer y mujer y marido hacia un porvenir mucho más vital: un hijo. ¿Qué mayor dicha para dos enamorados que esa honrada consagración de su cariño, libertado ya del vil egoísmo de un mutuo amor sin fin ninguno y, lo que es peor para el amor mismo, sin esperanzas posibles de renovación?

Así lo sintieron Mazzini y Berta, y cuando el hijo llegó, a los catorce meses de matrimonio, creyeron cumplida su felicidad. La criatura creció bella y radiante hasta que tuvo año y medio. Pero en el vigésimo mes sacudiéronlo una noche convulsiones terribles y a la mañana siguiente no conocía más a sus padres. El médico lo examinó con esa atención profesional que está visiblemente buscando la causa del mal en las enfermedades de los padres.

Después de algunos días los miembros paralizados recobraron el movimiento; pero la inteligencia, el alma, aun el instinto, se habían ido del todo; había quedado profundamente idiota, baboso, colgante, muerto para siempre sobre las rodillas de su madre.

—¡Hijo, mi hijo querido! —sollozaba ésta sobre aquella espantosa ruina de su primogénito.

El padre, desolado, acompañó al médico afuera.

—A usted se le puede decir: creo que es un caso perdido. Podrá mejorar, educarse en todo lo que le

---

* Sobrepasando el nivel alcanzado en *El almohadón de plumas* (1907), es éste un típico cuento de horror en el que se conjugan la fría, escalofriante objetividad de los hechos, y, perfectamente ajustada a ellos, la prosa firme y escueta, bien perfilada, de ejemplar nitidez expresiva. Publicado en *Caras y Caretas*, 10 de julio de 1909, se incorporó a *Cuentos de amor, de locura y de muerte* (1917), como uno de los más representativos integrantes de esta serie fundamental, justamente famosa.

9

permita su idiotismo, pero no más allá.

—¡Sí!..., ¡sí!... —asentía Mazzini—. Pero dígame: ¿Usted cree que es herencia, que...?

—En cuanto a la herencia paterna, ya le dije lo que creí cuando vi a su hijo. Respecto a la madre, hay un pulmón que no sopla bien. No veo nada más, pero hay un soplo un poco rudo. Hágala examinar bien.

Con el alma destrozada de remordimiento, Mazzini redobló el amor a su hijo, el pequeño idiota que pagaba los excesos del abuelo. Tuvo asimismo que consolar, sostener sin tregua a Berta, herida en lo más profundo por aquel fracaso de su joven maternidad.

Como es natural, el matrimonio puso todo su amor en la esperanza de otro hijo. Nació éste, y su salud y limpidez de risa reencendieron el porvenir extinguido. Pero a los diez y ocho meses las convulsiones del primogénito se repetían, y al día siguiente amanecía idiota.

Esta vez los padres cayeron en honda desesperación. ¡Luego su sangre, su amor estaban malditos! ¡Su amor, sobre todo! Veintiocho años él, veintidós ella, y toda su apasionada ternura no alcanzaba a crear un átomo de vida normal. Ya no pedían más belleza e inteligencia, como en el primogénito; ¡pero un hijo, un hijo como todos!

Del nuevo desastre brotaron nuevas llamaradas de dolorido amor, un loco anhelo de redimir de una vez para siempre la santidad de su ternura. Sobrevinieron mellizos, y punto por punto repitióse el proceso de los dos mayores.

Mas por encima de su inmensa amargura quedaba a Mazzini y Berta gran compasión por sus cuatro hijos. Hubo que arrancar del limbo de la más honda animalidad no ya sus almas, sino el instinto mismo, abolido. No sabían deglutir, cambiar de sitio, ni aun sentarse. Aprendieron al fin a caminar, pero chocaban contra todo, por no darse cuenta de los obstáculos. Cuando los lavaban mugían hasta inyectarse de sangre el rostro. Animábanse sólo al comer o cuando veían colores brillantes u oían truenos. Se reían entonces, echando afuera lengua y ríos de baba, radiantes de frenesí bestial. Tenían, en cambio, cierta facultad imitativa; pero no se pudo obtener nada más.

Con los mellizos pareció haber concluido la aterradora descendencia. Pero pasados tres años desearon de nuevo ardientemente otro hijo, confiando en que el largo tiempo transcurrido hubiera aplacado a la fatalidad.

No satisfacían sus esperanzas. Y en ese ardiente anhelo que se exasperaba en razón de su infructuosidad, se agriaron. Hasta ese momento cada cual había tomado sobre sí la parte que le correspondía en la miseria de sus hijos; pero la desesperanza de redención ante las cuatro bestias que habían nacido de ellos echó afuera esa imperiosa necesidad de culpar a los otros, que es patrimonio específico de los corazones inferiores.

Iniciáronse con el cambio de pronombre: tus hijos. Y como a más del insulto había la insidia, la atmósfera se cargaba.

—Me parece —díjole una noche Mazzini, que acababa de entrar y se lavaba las manos— que podrías tener más limpios a los muchachos.

Berta continuó leyendo como si no hubiera oído.

—Es la primera vez —repuso al rato— que te veo inquietarte por el estado de tus hijos.

Mazzini volvió un poco la cara a ella con una sonrisa forzada:

—De nuestros hijos, ¿me parece?

—Bueno, de nuestros hijos, ¿te gusta así? —alzó ella los ojos.

Esta vez Mazzini se expresó claramente:

—¿Creo que no vas a decir que yo tenga la culpa, no?

—¡Ah, no! —se sonrió Berta, muy pálida—; ¡pero yo tampoco, supongo!... ¡No faltaba más!... —murmuró.

—¿Que no faltaba más?

—¡Que si alguien tiene la culpa no soy yo, entiéndelo bien! Esto es lo que te quería decir.

Su marido la miró un momento, con brutal deseo de insultarla.

—¡Dejemos! —articuló, secándose por fin las manos.

—Como quieras; pero si quieres decir...

—¡Berta!

—¡Como quieras!

Éste fue el primer choque, y le sucedieron otros. Pero en las inevitables reconciliaciones sus almas se unían con doble arrebato y locura por otro hijo.

Nació así una niña. Vivieron dos años con la angustia a flor de alma, esperando siempre otro desastre. Nada acaeció, sin embargo, y los padres pusieron en ella toda su complacencia, que la pequeña llevaba a los más extremos límites del mimo y la mala crianza.

Si aun en los últimos tiempos Berta cuidaba siempre de sus hijos, al nacer Bertita olvidóse casi del todo de los otros. Su solo recuerdo la horrorizaba como algo atroz que la hubieran obligado a cometer. A Mazzini, bien que en menor grado, pasábale lo mismo.

No por eso la paz había llegado a sus almas. La menor indisposición de su hija echaba afuera, con el terror de perderla, los rencores de su descendencia podrida. Habían acumulado hiel sobrado tiempo para que el vaso no quedara distendido, y al menor contacto el veneno se vertía afuera. Desde el primer disgusto emponzoñado habíanse perdido el respeto; y si hay algo a que el hombre se siente arrastrado con cruel fruición es, cuando ya se comenzó, a humillar del todo a una persona. Antes se contenían por la mutua falta de éxito; ahora que éste había llegado, cada cual, atribuyéndolo a sí mismo, sentía mayor la infamia de los cuatro engendros que el otro habíale forzado a crear.

Con estos sentimientos, no hubo ya para los cuatro hijos mayor afecto posible. La sirvienta los vestía, les daba de comer, los acostaba, con visible brutalidad. No los lavaba casi nunca. Pasaban casi todo el día sentados frente al cerco, abandonados de toda remota caricia.

De este modo Bertita cumplió cuatro años, y esa noche, resultado de las golosinas que era a los padres absolutamente imposible negarle, la criatura tuvo algún escalofrío y fiebre. Y el temor a verla morir o quedar idiota tornó a reabrir la eterna llaga.

Hacía tres horas que no hablaban, y el motivo fue, como casi siempre, los fuertes pasos de Mazzini.

—¡Mi Dios! ¿No puedes caminar más despacio? ¿Cuántas veces...?

—Bueno, es que me olvido; ¡se acabó! No lo hago a propósito.

Ella se sonrió, desdeñosa:

—¡No, no te creo tanto!

—Ni yo jamás te hubiera creído tanto a ti..., ¡tisiquilla!

—¡Qué! ¿Qué dijiste?

—¡Nada!

—¡Sí, te oí algo! Mira: ¡no sé lo que dijiste; pero te juro que prefiero cualquier cosa a tener un padre como el que has tenido tú!

Mazzini se puso pálido.

—¡Al fin! —murmuró con los dientes apretados—. ¡Al fin, víbora, has dicho lo que querías!

—¡Sí, víbora, sí! Pero yo he tenido padres sanos, ¿oyes? ¡Mi padre no ha muerto de delirio! ¡Yo hubiera tenido hijos como los de todo el mundo! ¡Esos son hijos tuyos, los cuatro tuyos!

Mazzini explotó a su vez.

—¡Víbora tísica! ¡Eso es lo que te dije, lo que te quiero decir! ¡Pregúntale al médico quién tiene la mayor culpa de la meningitis de tus hijos: mi padre o tu pulmón picado, víbora!

Continuaron cada vez con mayor violencia, hasta que un gemido de Bertita selló instantáneamente sus bocas. A la una de la mañana la ligera indigestión había desaparecido y, como pasa fatalmente con todos los matrimonios jóvenes que se han amado intensamente una vez siquiera, la reconciliación llegó, tanto más efusiva cuanto hirientes fueran los agravios.

Amaneció un espléndido día, y mientras Berta se levantaba escupió sangre. Las emociones y mala noche pasada tenían, sin duda, gran culpa. Mazzini la retuvo abrazada largo rato y ella lloró desesperadamente, pero sin que ninguno se atreviera a decir una palabra.

A las diez decidieron salir, después de almorzar. Como apenas tenían tiempo, ordenaron a la sirvienta que matara una gallina.

El día, radiante, había arrancado a los idiotas de su banco. De modo que mientras la sirvienta degollaba en la cocina al animal, desangrándolo con parsimonia (Berta había aprendido de su madre este buen modo de conservar frescura a la carne), creyó sentir algo como respiración tras ella. Volvióse, y vio a los cuatro idiotas, con los hombros pegados uno a otro, mirando estupefactos la operación. Rojo..., rojo...

—¡Señora! Los niños están aquí en la cocina.

Berta llegó; no quería que jamás pisaran allí. ¡Y ni aun en esas horas de pleno perdón, olvido y felicidad reconquistada podía evitarse esa horrible visión! Porque, naturalmente, cuanto más intensos eran los raptos de amor a su marido e hija, más irritado era su humor con los monstruos.

—¡Que salgan, María! ¡Échelos! ¡Échelos, le digo!

Las cuatro pobres bestias, sacudidas, brutalmente empujadas, fueron a dar a su banco.

Después de almorzar salieron todos. La sirvienta fue a Buenos Aires y el matrimonio a pasear por las quintas. Al bajar el sol volvieron; pero Berta quiso saludar un momento a sus vecinas de enfrente. Su hija escapóse en seguida a casa.

Entre tanto los idiotas no se habían movido en todo el día de su banco. El sol había traspuesto ya el cerco, comenzaba a hundirse, y ellos continuaban mirando los ladrillos, más inertes que nunca.

De pronto algo se interpuso entre su mirada y el cerco. Su hermana, cansada de cinco horas paternales, quería observar por su cuenta. Detenida al pie del cerco, miraba pensativa la cresta. Quería trepar, eso no ofrecía duda. Al fin decidióse por una silla desfondada, pero faltaba aún. Recurrió entonces a un cajón de kerosene, y su instinto topográfico hízole colocar vertical el mueble, con lo cual triunfó.

Los cuatro idiotas, la mirada indiferente, vieron cómo su hermana lograba pacientemente dominar el equilibrio y cómo en puntas de pie apoyaba la garganta sobre la cresta del cerro, entre sus manos tirantes. Viéronla mirar a todos lados y buscar apoyo con el pie para alzarse más.

Pero la mirada de los idiotas se había animado; una misma luz insistente estaba fija en sus pupilas. No apartaban los ojos de su hermana, mientras creciente sensación de gula bestial iba cambiando cada línea de sus rostros. Lentamente avanzaron hacia el cerco. La pequeña, que habiendo logrado calzar el pie iba ya a montar a horcajadas y a caerse del otro lado, seguramente, sintióse cogida de la pierna. Debajo de ella, los ocho ojos clavados en los suyos le dieron miedo.

—¡Soltáme!, ¡dejáme! —gritó sacudiendo la pierna. Pero fue atraída.

—¡Mamá! ¡Ay, mamá! ¡Mamá, papá! —lloró imperiosamente. Trató aún de sujetarse del borde, pero sintióse arrancada y cayó.

—¡Mamá! ¡Ay, ma...! —No pudo gritar más. Uno de ellos le apretó el cuello, apartando los bucles como si fueran plumas, y los otros la arrastraron de una sola pierna hasta la cocina, donde esa mañana se había desangrado a la gallina, bien sujeta, arrancándole la vida segundo por segundo.

Mazzini, en la casa de enfrente, creyó oír la voz de su hija.

—Me parece que te llama —le dijo a Berta.

Prestaron oído, inquietos, pero no oyeron más. Con todo, un momento después se despidieron, y mientras Berta iba a dejar su sombrero, Mazzini avanzó en el patio:

—¡Bertita!

Nadie respondió.

—¡Bertita! —alzó más la voz, ya alterada.

Y el silencio fue tan fúnebre para su corazón siempre aterrado, que la espalda se le heló de horrible presentimiento.

—¡Mi hija, mi hija! —corrió ya desesperado hacia el fondo. Pero al pasar frente a la cocina vio en el piso un mar de sangre. Empujó violentamente la puerta, entornada, y lanzó un grito de horror.

Berta, que ya se había lanzado corriendo a su vez al oír el angustioso llamado del padre, oyó el grito y respondió con otro. Pero al precipitarse en la cocina, Mazzini, lívido como la muerte, se interpuso, conteniéndola:

—¡No entres! ¡No entres!

Berta alcanzó a ver el piso inundado de sangre. Sólo pudo echar sus brazos sobre la cabeza y hundirse a lo largo de él con un ronco suspiro.

A LA DERIVA *

El hombre pisó algo blanduzco, y en seguida sintió la mordedura en el pie. Saltó adelante, y al volverse, con un juramento, vio a una yararacusú que, arrollada sobre sí misma, esperaba otro ataque.

El hombre echó una veloz ojeada a su pie, donde dos gotitas de sangre engrosaban dificultosamente, y sacó el machete de la cintura. La víbora vio la amenaza y hundió más la cabeza en el centro mismo de su espiral; pero el machete cayó de plano, dislocándole las vértebras.

El hombre se bajó hasta la mordedura, quitó las gotitas de sangre y durante un instante contempló. Un dolor agudo nacía de los dos puntitos violeta y comenzaba a invadir todo el pie. Apresuradamente se ligó el tobillo con su pañuelo y siguió por la picada hacia su rancho.

El dolor en el pie aumentaba, con sensación de tirante abultamiento, y de pronto el hombre sintió dos o tres fulgurantes puntadas que, como relámpagos, habían irradiado desde la herida hasta la mitad de la pantorrilla. Movía la pierna con dificultad; una metálica sequedad de garganta, seguida de sed quemante, le arrancó un nuevo juramento.

Llegó por fin al rancho y se echó de brazos sobre la rueda de un tra-

piche. Los dos puntitos violetas desaparecían ahora en una monstruosa hinchazón del pie entero. La piel parecía adelgazada y a punto de ceder, de tensa. Quiso llamar a su mujer, y la voz se quebró en un ronco arrastre de garganta reseca. La sed lo devoraba.

—¡Dorotea! —alcanzó a lanzar en un estertor—. ¡Dame caña!

Su mujer corrió con un vaso lleno, que el hombre sorbió en tres tragos. Pero no había sentido gusto alguno.

—¡Te pedí caña, no agua! —rugió de nuevo—. ¡Dame caña!

—¡Pero es caña, Paulino! —protestó la mujer, espantada.

—¡No, me diste agua! ¡Quiero caña, te digo!

La mujer corrió otra vez, volviendo con la damajuana. El hombre tragó uno tras otros dos vasos, pero no sintió nada en la garganta.

—Bueno; esto se pone feo —murmuró entonces, mirando su pie, lívido y ya con lustre gangrenoso. Sobre la honda ligadura del pañuelo la carne desbordaba como una monstruosa morcilla.

Los dolores fulgurantes se sucedían en continuos relampagueos y llegaban ahora hasta la ingle. La atroz sequedad de garganta, que el aliento parecía caldear más, aumentaba a la par. Cuando pretendió incorporarse un fulminante vómito lo mantuvo medio minuto con la frente apoyada en la rueda de palo.

Pero el hombre no quería morir, y descendiendo hasta la costa subió a su canoa. Sentóse en la popa y comenzó a palear hasta el centro del Paraná. Allí la corriente del río, que en las inmediaciones del Iguazú corre seis millas, lo llevaría antes de cinco horas a Tacurú-Pacú.

* El nombre del cuento bien puede servir de muy justo lema para ser antepuesto a un conjunto de los más valiosos y típicos relatos de Quiroga. El arte del autor se especializa en condensar en pocas páginas, como en comprimida imagen, el sentido trágico de la vida del hombre siempre *a la deriva*, la incontenible corriente de anhelos y miserias hacia el dolor, hacia la angustia, hacia la muerte. Publicado en *Fray Mocho*, 7 de junio de 1912, y coleccionado en *Cuentos de amor, de locura y de muerte* (1917).

El hombre, con sombría energía, pudo efectivamente llegar hasta el medio del río; pero allí sus manos dormidas dejaron caer la pala en la canoa, y tras un nuevo vómito —de sangre esta vez— dirigió una mirada al sol, que ya trasponía el monte.

La pierna entera, hasta medio muslo, era un bloque deforme y durísimo que reventaba la ropa. El hombre cortó la ligadura y abrió el pantalón con su cuchillo: el bajo vientre desbordó hinchado, con grandes manchas lívidas y terriblemente doloroso. El hombre pensó que no podría jamás llegar él solo a Tacurú-Pacú y se decidió a pedir ayuda a su compadre Alves, aunque hacía mucho tiempo que estaban disgustados.

La corriente del río se precipitaba ahora hacia la costa brasileña, y el hombre pudo fácilmente atracar. Se arrastró por la picada en cuesta arriba; pero a los veinte metros, exhausto, quedó tendido de pecho.

—¡Alves! —gritó con cuanta fuerza pudo; y prestó oído en vano.

—¡Compadre Alves! ¡No me niegue este favor! —clamó de nuevo, alzando la cabeza del suelo.

En el silencio de la selva no se oyó un sólo rumor. El hombre tuvo aún valor para llegar hasta su canoa, y la corriente, cogiéndola de nuevo, la llevó velozmente a la deriva.

El Paraná corre allí en el fondo de una inmensa hoya, cuyas paredes, altas de cien metros, encajonan fúnebremente el río. Desde las orillas, bordeadas de negros bloques de basalto, asciende el bosque, negro también. Adelante, a los costados, detrás, la eterna muralla lúgubre, en cuyo fondo el río arremolinado se precipita en incesantes borbollones de agua fangosa. El paisaje es agresivo y reina en él un silencio de muerte. Al atardecer, sin embargo, su belleza sombría y calma cobran una majestad única.

El sol había caído ya, cuando el hombre, semitendido, en el fondo de la canoa, tuvo un violento escalofrío. Y de pronto, con asombro, enderezó pesadamente la cabeza: se sentía mejor. La pierna le dolía apenas, la sed disminuía, y su pecho, libre ya, se abría en lenta inspiración.

El veneno comenzaba a irse, no había duda. Se hallaba casi bien, y aunque no tenía fuerzas para mover la mano, contaba con la caída del rocío para reponerse del todo. Calculó que antes de tres horas estaría en Tacurú-Pacú.

El bienestar avanzaba, y con él una somnolencia llena de recuerdos. No sentía ya nada ni en la pierna ni en el vientre. ¿Viviría aún su compadre Gaona en Tacurú-Pacú? Acaso viera también a su ex patrón míster Dougald y al recibidor del obraje.

¿Llegaría pronto? El cielo, al Poniente, se abría ahora en pantalla de oro, y el río se había coloreado también. Desde la costa paraguaya, ya entenebrecida, el monte dejaba caer sobre el río su frescura crepuscular en penetrantes efluvios de azahar y miel silvestre. Una pareja de guacamayos cruzó muy alto y en silencio hacia el Paraguay.

Allá abajo, sobre el río de oro, la canoa derivaba velozmente, girando a ratos sobre sí misma, ante el borbollón de un remolino. El hombre que iba en ella se sentía cada vez mejor, y pensaba entre tanto en el tiempo justo que había pasado sin ver a su ex patrón Dougald. ¿Tres años? Tal vez no, no tanto. ¿Dos años y nueve meses? Acaso. ¿Ocho meses y medio? Eso sí, seguramente.

De pronto sintió que estaba helado hasta el pecho. ¿Qué sería? Y la respiración también...

Al recibidor de maderas de míster Dougald, Lorenzo Cubilla, lo había conocido en Puerto Esperanza un Viernes Santo... ¿Viernes? Sí, o jueves...

El hombre estiró lentamente los dedos de la mano.

Un jueves...

Y cesó de respirar.

EL ALAMBRE DE PÚAS *

Durante quince días el alazán había buscado en vano la senda por donde su compañero se escapaba del potrero. El formidable cerco, de capuera —desmonte que ha rebrotado inextricable—, no permitía paso ni aun a la cabeza del caballo. Evidentemente no era por allí por donde el malacara pasaba.

Ahora recorría de nuevo la chacra, trotando inquieto con la cabeza alerta. De la profundidad del monte, el malacara respondía a los relinchos vibrantes de su compañero con los suyos cortos y rápidos, en que había sin duda una fraternal promesa de abundante comida. Lo más irritante para el alazán era que el malacara reaparecía dos o tres veces en el día para beber. Prometíase aquél entonces no abandonar un instante a su compañero, y durante algunas horas, en efecto, la pareja pastaba en admirable conserva. Pero de pronto el malacara, con su soga a rastra, se internaba en el chircal, y cuando el alazán, al darse cuenta de su soledad, se lanzaba en su persecución, hallaba el monte inextricable. Esto sí, de adentro, muy cerca aún, el maligno malacara respondía a sus desesperados relinchos con un relinchillo a boca llena.

Hasta que esa mañana el viejo alazán halló la brecha muy sencillamente: cruzando por frente al chircal, que desde el monte avanzaba cincuenta metros en el campo, vio un vago sendero que lo conducía en perfecta línea oblicua al monte. Allí estaba el malacara, deshojando árboles.

La cosa era muy simple: el malacara, cruzando un día el chircal, había hallado la brecha abierta en el monte por un incienso desarraigado. Repitió su avance a través del chircal, hasta llegar a conocer perfectamente la entrada del túnel. Entonces usó del viejo camino que con el alazán habían formado a lo largo de la línea del monte. Y aquí estaba la causa del trastorno del alazán: la entrada de la senda formaba una línea sumamente oblicua con el camino de los caballos, de modo que el alazán, acostumbrado a recorrer éste de Sur a Norte y jamás de Norte a Sur, no hubiera hallado jamás la brecha.

En un instante estuvo unido a su compañero, y juntos entonces, sin más preocupación que la de despuntar torpemente las palmeras jóvenes, los dos caballos decidieron alejarse del malhadado potrero, que sabían ya de memoria.

El monte, sumamente raleado, permitía un fácil avance, aun a los caballos. Del bosque no quedaba en verdad sino una franja de doscientos metros de ancho. Tras él, una capuera de dos años se empenachaba de tabaco salvaje. El viejo alazán, que en su juventud había correteado capueras hasta vivir perdido seis meses en ellas, dirigió la marcha, y en media hora los tabacos inmediatos quedaron desnudos de hojas hasta donde alcanza un pescuezo de caballo.

Caminando, comiendo, curioseando, el alazán y el malacara cruzaron la capuera hasta que un alambrado los detuvo.

_____
* Publicado en *Fray Mocho*, núm. 17, 23 de agosto de 1912, e incorporado a las colecciones *Cuentos de amor, de locura y de muerte*, y *La gallina degollada*.

—Un alambrado —dijo el alazán.

—Sí, alambrado —asintió el malacara. Y ambos, pasando la cabeza sobre el hilo superior, contemplaron atentamente. Desde allí se veía un alto pastizal de viejo rozado, blanco por la helada; un bananal y una plantación nueva. Todo ello poco tentador, sin duda; pero los caballos entendían ver eso, y uno tras otro siguieron el alambrado a la derecha.

Dos minutos después pasaban: un árbol, seco en pie por el fuego, había caído sobre los hilos. Atravesaron la blancura del pasto helado, en que sus pasos no sonaban, y bordeando el rojizo bananal, quemado por la escarcha, vieron entonces de cerca qué eran aquellas plantas nuevas.

—Es hierba —constató el malacara, haciendo temblar los labios a medio centímetro de las hojas coriáceas.

La decepción pudo haber sido grande; mas los caballos, si bien golosos, aspiraban sobre todo a pasear. De modo que, cortando oblicuamente el hierbal, prosiguieron su camino, hasta que un nuevo alambrado contuvo a la pareja. Costeáronlo con tranquilidad grave y paciente, llegando así a una tranquera, abierta para su dicha, y los paseantes se vieron de repente en pleno camino real.

Ahora bien: para los caballos, aquello que acababan de hacer tenía todo el aspecto de una proeza. Del potrero aburridor a la libertad presente había infinita distancia. Mas por infinita que fuera, los caballos pretendían prolongarla aún, y así después de observar con perezosa atención los alrededores, quitáronse mutuamente la caspa del pescuezo y en mansa felicidad prosiguieron su aventura.

El día, en verdad, favorecía tal estado de alma. La bruma matinal de Misiones acababa de disiparse del todo, y bajo el cielo, súbitamente puro, el paisaje brillaba de esplendorosa claridad. Desde la loma

cuya cumbre ocupaban en ese momento los dos caballos, el camino de tierra colorada cortaba el pasto delante de ellos con precisión admirable, descendía al valle blanco de espartillo helado, para tornar a subir hasta el monte lejano. El viento, muy frío, cristalizaba aún más la claridad de la mañana de oro, y los caballos, que sentían de frente el sol, casi horizontal todavía, entrecerraban los ojos al dichoso deslumbramiento.

Seguían así solos y gloriosos de libertad, en el camino encendido de luz, hasta que al doblar una punta de monte vieron a orillas del camino cierta extensión de un verde inusitado. ¿Pasto? Sin duda. Mas en pleno invierno...

Y con las narices dilatadas de gula, los caballos se acercaron al alambrado. ¡Sí, pasto fino, pasto admirable! ¡Y entrarían ellos, los caballos libres!

Hay que advertir que el alazán y el malacara poseían desde esa madrugada alta idea de sí mismos. Ni tranquera, ni alambrado, ni monte, ni desmonte, nada era para ellos obstáculo. Habían visto cosas extraordinarias, salvado dificultades no creíbles, y se sentían gordos, orgullosos y facultados para tomar la decisión más estrafalaria que ocurrírseles pudiera.

En este estado de énfasis vieron a cien metros de ellos varias vacas detenidas a orillas del camino, y encaminándose allá llegaron a la tranquera, cerrada con cinco robustos palos. Las vacas estaban inmóviles, mirando el verde paraíso inalcanzable.

—¿Por qué no entran? —preguntó el alazán a las vacas.

—Porque no se puede —le respondieron.

—Nosotros pasamos por todas partes —afirmó el alazán, altivo—. Desde hace un mes pasamos por todas partes.

Con el fulgor de su aventura los caballos habían perdido sinceramente el sentido del tiempo. Las vacas no se dignaron siquiera mirar a los intrusos.

—Los caballos no pueden —dijo una vaquillona movediza—. Dicen eso y no pasan por ninguna parte. Nosotros sí pasamos por todas partes.

—Tienen soga —añadió una vieja madre sin volver la cabeza.

—¡Yo no, yo no tengo soga! —respondió vivamente el alazán—. Yo vivía en las capueras y pasaba.

—¡Sí, detrás de nosotras! Nosotras pasamos y ustedes no pueden.

La vaquillona movediza intervino de nuevo:

—El patrón dijo el otro día: "A los caballos, con un solo hilo se los contiene." ¿Y entonces?... ¿Ustedes no pasan?

—No, no pasamos —repuso sencillamente el malacara, convencido por la evidencia.

—¡Nosotras, sí!

Al honrado malacara, sin embargo, se le ocurrió de pronto que las vacas, atrevidas y astutas, impenitentes invasoras de chacras y del Código Rural, tampoco pasaban la tranquera.

—Esta tranquera es mala —objetó la vieja madre—. ¡Él sí! Corre los palos con los cuernos.

—¿Quién? —preguntó el alazán.

Todas las vacas volvieron a él la cabeza con sorpresa.

—¡El toro *Barigüí!* Él puede más que los alambrados malos.

—¿Alambrados?... ¿Pasa?

—¡Todo! Alambre de púas también. Nosotras pasamos después.

Los dos caballos, vueltos ya a su pacífica condición de animales a los que un solo hilo contiene, se sintieron ingenuamente deslumbrados por aquel héroe capaz de afrontar al alambre de púas, la cosa más terrible que puede hallar el deseo de pasar adelante.

De pronto las vacas se removieron mansamente: a lento paso llegaba el toro. Y ante aquella chata y obstinada frente dirigida en tranquila recta a la tranquera los caba-

llos comprendieron humildemente su inferioridad.

Las vacas se apartaron, y *Barigüí,* pasando el testuz bajo una tranca, intentó hacerla correr a un lado. Los caballos levantaron las orejas, admirados, pero la tranca no corrió. Una tras otra, el toro probó sin resultado su esfuerzo inteligente: el chacarero dueño feliz de la plantación de avena había asegurado la tarde anterior los palos con cuñas.

El toro no intentó más. Volviéndose con pereza olfateó a lo lejos entrecerrando los ojos, y costeó luego el alambrado, con ahogados mugidos sibilantes.

Desde la tranquera, los caballos y las vacas miraban. En determinado lugar el toro pasó los cuernos bajo el alambre de púas, tendiéndolo violentamente hacia arriba con el testuz, y la enorme bestia pasó arqueando el lomo. En cuatro pasos más estuvo entre la avena, y las vacas se encaminaron entonces allá, intentando a su vez pasar. Pero a las vacas falta evidentemente la decisión masculina de permitir en la piel sangrientos rasguños, y apenas introducían el cuello lo retiraban presto con mareante cabeceo.

Los caballos miraban siempre.

—No pasan —observó el malacara.

—El toro pasó —repuso el alazán—. Come mucho.

Y la pareja se dirigía a su vez a costear el alambrado, por la fuerza de la costumbre, cuando un mugido, claro y berreante ahora, llegó hasta ellos: dentro del avenal, el toro, con cabriolas de falso ataque, bramaba ante el chacarero, que con un palo trataba de alcanzarlo.

—¡Añá!... Te voy a dar saltitos... —gritaba el hombre.

Barigüí, siempre danzando y berreando ante el hombre, esquivaba los golpes. Maniobraron así cincuenta metros, hasta que el chacarero pudo forzar a la bestia contra el alambrado. Pero ésta, con la decisión pesada y bruta de su fuerza, hundió la cabeza entre los hilos y pasó, bajo un agudo violeneo de alambre y de grampas lanzadas a veinte metros.

Los caballos vieron cómo el hombre volvía precipitadamente a su rancho y tornaba a salir con el rostro pálido. Vieron también que saltaba el alambrado y se encaminaba en dirección de ellos, por lo cual los compañeros, ante aquel paso que avanzaba decidido, retrocedieron por el camino en dirección a su chacra.

Como los caballos marchaban dócilmente a pocos pasos delante del hombre, pudieron llegar juntos a la chacra del dueño del toro, siéndoles dado oír la conversación.

Es evidente, por lo que de ello se desprende, que el hombre había sufrido lo indecible con el toro del polaco. Plantaciones, por inaccesibles que hubieran sido dentro del monte; alambrados, por grande que fuera su extensión e infinito el número de hilos, todo lo arrolló el toro con sus hábitos de pillaje. Se deduce también que los vecinos estaban hartos de la bestia y de su dueño por los incesantes destrozos de aquélla. Pero como los pobladores de la región difícilmente denuncian al Juzgado de Paz perjuicios de animales, por duros que les sean, el toro proseguía comiendo en todas partes menos en la chacra de su dueño, el cual, por otro lado, parecía divertirse mucho con esto.

De este modo los caballos vieron y oyeron al irritado chacarero y al polaco cazurro.

—¡Es la última vez, don Zaninski, que vengo a verlo por su toro! Acaba de pisotearme toda la avena. ¡Ya no se puede más!

El polaco, alto y de ojillos azules, hablaba con extraordinario y meloso falsete.

—¡Ah toro malo! ¡Mí no puede! ¡Mí ata, escapa! ¡Vaca tiene culpa! ¡Toro sigue vaca!

—¡Yo no tengo vacas, usted bien sabe!

—¡No, no! ¡Vaca Ramírez! ¡Mí queda loco toro!

—Y lo peor es que afloja todos los hilos, usted lo sabe también.

—¡Sí, sí, alambre! ¡Ah, mí no sabe!...

—¡Bueno!, vea, don Zaninski: yo no quiero cuestiones con vecinos; pero tenga por última vez cuidado con su toro para que no entre por el alambrado del fondo; en el camino voy a poner alambre nuevo.

—¡Toro pasa por camino! ¡No fondo!

—Es que ahora no va a pasar por el camino.

—¡Pasa todo! ¡No púas, no nada! ¡Pasa todo!

—No va a pasar.

—¿Qué pone?

—Alambre de púas...; pero no va a pasar.

—¡No hace nada púa!

—Bueno; haga lo posible por que no entre, porque si pasa se va a lastimar.

El chacarero se fue. Es como lo anterior evidente que el maligno polaco, riéndose una vez más de las gracias del animal, compadeció, si cabe en lo posible, a su vecino que iba a construir un alambrado infranqueable por su toro. Seguramente se frotó las manos:

—¡Mí no podrán decir nada esta vez si toro come toda avena!

Los caballos reemprendieron de nuevo el camino que los alejaba de su chacra, y un rato después llegaban al lugar en que *Barigüí* había cumplido su hazaña. La bestia estaba allí siempre, inmóvil en medio del camino, mirando, con solemne vaciedad de idea, desde hacía un cuarto de hora un punto fijo de la distancia. Detrás de él las vacas dormitaban al sol, ya caliente, rumiando.

Pero cuando los pobres caballos pasaron por el camino ellas abrieron los ojos, despreciativas:

—Son los caballos. Querían pasar el alambrado. Y tienen soga.

—¡*Barigüí* sí pasó!

—A los caballos un solo hilo los contiene.

—Son flacos.

Esto pareció herir en lo vivo al alazán, que volvió la cabeza:

—Nosotros no estamos flacos. Ustedes sí están. No va a pasar más aquí —añadió señalando los alambres caídos, obra de *Barigüí*.

—¡*Barigüí* pasa siempre! Después pasamos nosotras. Ustedes no pasan.

—No va a pasar más. Lo dijo el hombre.

—Él comió la avena del hombre. Nosotras pasamos después.

El caballo, por mayor intimidad de trato, es sensiblemente más afecto al hombre que la vaca. De aquí que el malacara y el alazán tuvieran fe en el alambrado que iba a construir el hombre.

La pareja prosiguió su camino, y momentos después, ante el campo libre que se abría ante ellos, los dos caballos bajaron la cabeza a comer, olvidándose de las vacas.

Tarde ya, cuando el sol acababa de entrar, los dos caballos se acordaron del maíz y emprendieron el regreso. Vieron en el camino al chacarero, que cambiaba todos los postes de su alambrado, y a un hombre rubio que, detenido a su lado a caballo, lo miraba trabajar.

—Le digo que va a pasar —decía el pasajero.

—No pasará dos veces —replicaba el chacarero.

—¡Usted verá! ¡Esto es un juego para el maldito toro del polaco! ¡Va a pasar!

—No pasará dos veces —repetía obstinadamente el otro.

Los caballos siguieron, oyendo aún palabras cortadas:

—...reír!

—...veremos.

Dos minutos más tarde el hombre rubio pasaba a su lado a trote inglés. El malacara y el alazán, algo sorprendidos de aquel paso que no conocían, miraron perderse en el valle al hombre presuroso.

—¡Curioso! —observó el malacara después de largo rato—. El caballo va al trote y el hombre al galope.

Prosiguieron. Ocupaban en ese momento la cima de la loma, como esa mañana. Sobre el cielo pálido y frío sus siluetas se destacaban en negro, en mansa y cabizbaja pareja, el malacara delante, el alazán detrás. La atmósfera, ofuscada durante el día por la excesiva luz del sol, adquiría a esa semisombra crepuscular una transparencia casi fúnebre. El viento había cesado por completo, y con la calma del atardecer, en que el termómetro comenzaba a caer velozmente, el valle helado expandía su penetrante humedad, que se condensaba en rastreante neblina en el fondo sombrío de las vertientes. Revivía en la tierra ya enfriada el invernal olor de pasto quemado, y cuando el camino costeaba el monte, el ambiente, que se sentía de golpe más frío y húmedo, se tornaba excesivamente pesado de perfume de azahar.

Los caballos entraron por el portón de su chacra, pues el muchacho, que hacía sonar el cajoncito de maíz, había oído su ansioso trémulo. El viejo alazán obtuvo el honor de que se le atribuyera la iniciativa de la aventura, viéndose gratificado con una soga, a efectos de lo que pudiera pasar.

Pero a la mañana siguiente, bastante tarde ya a causa de la densa neblina, los caballos repitieron su escapatoria, atravesando otra vez el tabacal salvaje, hollando con mudos pasos el pastizal helado, salvando la tranquera, abierta aún.

La mañana encendida de sol, muy alto ya, reverberaba de luz, y el calor excesivo prometía para muy pronto cambio de tiempo. Después de trasponer la loma, los caballos vieron de pronto a las vacas detenidas en el camino, y el recuerdo de la tarde anterior excitó sus orejas y su paso: querían ver cómo era el nuevo alambrado.

Pero su decepción, al llegar, fue grande. En los postes nuevos —oscuros y torcidos— había dos simples alambres de púas, gruesos tal vez, pero únicamente dos.

No obstante su mezquina audacia, la vida constante en chacras había dado a los caballos cierta experiencia en cercados. Observaron atentamente aquello, especialmente los postes.

—Son de madera de ley —observó el malacara.

—Sí, cernes quemados.

Y tras otra larga mirada de examen, constató:

—El hilo pasa por el medio, no hay grampas.

—Están muy cerca uno de otro.

Cerca, los postes, sí, indudablemente: tres metros. Pero en cambio aquellos dos modestos alambres en reemplazo de los cinco hilos del cercado desilusionaron a los caballos. ¿Cómo era posible que el hombre creyera que aquel alambrado para terneros iba a contener al terrible toro?

—El hombre dijo que no iba a pasar —se atrevió, sin embargo, el malacara, que, en razón de ser el favorito de su amo, comía más maíz, por lo cual sentíase más creyente.

Pero las vacas lo habían oído.

—Son los caballos. Los dos tienen soga. Ellos no pasan. *Barigüí* pasó ya.

—¿Pasó? ¿Por aquí? —preguntó descorazonado el malacara.

—Por el fondo. Por aquí pasa también. Comió la avena.

Entre tanto la vaquilla locuaz había pretendido pasar los cuernos entre los hilos; y una vibración aguda, seguida de un seco golpe en los cuernos, dejó en suspenso a los caballos.

—Los alambres están muy estirados —dijo después de largo examen el alazán.

—Sí. Más estirados no se puede...

Y ambos, sin apartar los ojos de los hilos, pensaban confusamente en cómo se podría pasar entre los dos hilos.

Las vacas, mientras tanto, se animaban unas a otras.

—Él pasó ayer. Pasa el alambre de púas. Nosotras después.

—Ayer no pasaron. Las vacas dicen sí, y no pasan —oyeron al alazán.

—¡Aquí hay púas, y *Barigüí* pasa! ¡Allí viene!

Costeando por adentro el monte del fondo, a doscientos metros aún, el toro avanzaba hacia el avenal. Las vacas se colocaron todas de frente al cercado, siguiendo atentas con los ojos a la bestia invasora. Los caballos, inmóviles, alzaron las orejas.

—¡Come toda la avena! ¡Después pasa!

—Los hilos están muy estirados... —observó aún el malacara, tratando siempre de precisar lo que sucedería si...

—¡Comió la avena! ¡El hombre viene! ¡Viene el hombre! —lanzó la vaquilla locuaz.

En efecto, el hombre acababa de salir del rancho y avanzaba hacia el toro. Traía el palo en la mano, pero no parecía iracundo; estaba, sí, muy serio y con el ceño contraído.

El animal esperó a que el hombre llegara frente a él, y entonces dio principio a los mugidos con bravatas de cornadas. El hombre avanzó más, el toro comenzó a retroceder, berreando siempre y arrasando la avena con sus bestiales cabriolas. Hasta que, a diez metros ya del camino, volvió grupas con un postrer mugido de desafío burlón, y se lanzó sobre el alambrado.

—¡Viene *Barigüí*! ¡Él pasa todo! ¡Pasa alambre de púas! —alcanzaron a clamar las vacas.

Con el impulso de su pesado trote, el enorme toro bajó la cabeza y hundió los cuernos entre los dos hilos. Se oyó un agudo gemido de alambre —un estridente chirrido que se propagó de poste a poste hasta el fondo, y el toro pasó.

Pero de su lomo y de su vientre, profundamente abiertos, canalizados desde el pecho a la grupa, llovían ríos de sangre. La bestia, presa de estupor, quedó un instante atónita y temblando. Se alejó luego al paso, inundando el pasto de sangre, hasta que a los veinte metros se echó, con un ronco suspiro.

A mediodía el polaco fue a buscar a su toro, y lloró en falsete ante el chacarero impasible. El animal se había levantado y podía caminar. Pero su dueño, comprendiendo que le costaría mucho trabajo curarlo —si esto aún era posible—, lo carneó esa tarde, y al día siguiente al malacara le tocó en suerte llevar a su casa en la maleta dos kilos de carne del toro muerto.

LOS INMIGRANTES *

El hombre y la mujer caminaban desde las cuatro de la mañana. El tiempo, descompuesto en asfixiante calma de tormenta, tornaba aún más pesado el vaho nitroso del estero. La lluvia cayó por fin, y durante una hora la pareja, calada hasta los huesos, avanzó obstinadamente.

El agua cesó. El hombre y la mujer se miraron entonces con angustiosa desesperanza.

—¿Tienes fuerzas para caminar un rato aún? —dijo él— Tal vez alcancemos...

La mujer, lívida y con profundas ojeras, sacudió la cabeza.

—Vamos —repuso, prosiguiendo el camino.

Pero al rato se detuvo, cogiéndose crispada de una rama. El hombre, que iba delante, se volvió al oír el gemido.

—¡No puedo más!... —murmuró ella con la boca torcida y empapada en sudor—. ¡Ay Dios mío!...

El hombre, tras una larga mirada a su alrededor, se convenció de que nada podía hacer. Su mujer estaba encinta. Entonces, sin saber dónde ponía los pies, alucinado de excesiva fatalidad, el hombre cortó ramas, tendiólas en el suelo y acostó a su mujer encima. Él se sentó a la cabecera, colocando sobre sus piernas la cabeza de aquélla.

Pasó un cuarto de hora en silencio. Luego la mujer se estremeció hondamente y fue menester en se-

_____
* Versión más abrumadoramente sintetizadora del tema —alegorizado en un viaje— del trágico fluir de la vida hacia la muerte que ejemplifican *A la deriva* y otros cuentos. Publicado en *Fray Mocho*, 6 de diciembre de 1912, y recogido en la colección *El salvaje* (1920).

guida toda la fuerza maciza del hombre para contener aquel cuerpo proyectado violentamente a todos lados por la eclampsia.

Pasado el ataque, él quedó un rato aún sobre su mujer, cuyos brazos sujetaba en tierra con las rodillas. Al fin se incorporó, alejóse unos pasos vacilante, se dio un puñetazo en la frente y tornó a colocar sobre sus piernas la cabeza de su mujer, sumida ahora en profundo sopor.

Hubo otro ataque de eclampsia, del cual la mujer salió más inerte. Al rato tuvo otro, pero al concluir éste, la vida concluyó también.

El hombre lo notó cuando aún estaba a horcajadas sobre su mujer, sumando todas sus fuerzas para contener las convulsiones. Quedó aterrado, fijos los ojos en la bullente espuma de la boca, cuyas burbujas sanguinolentas se iban ahora rezumiendo en la negra cavidad.

Sin saber lo que hacía, le tocó la mandíbula con el dedo.

—¡Carlota! —dijo con una voz blanca, que no tenía entonación alguna. El sonido de sus palabras lo volvió a sí, e incorporándose entonces miró a todas partes con ojos extraviados.

—Es demasiada fatalidad —murmuró—. Es demasiada fatalidad... —murmuró otra vez, esforzándose entre tanto por precisar lo que había pasado.

Venían de Europa, sí; eso no ofrecía duda; y habían dejado allá a su primogénito, de dos años. Su mujer estaba encinta e iban a Makallé con otros compañeros... Habían quedado retrasados y solos porque ella no podía caminar bien... y en malas condiciones, acaso..., acaso su

23

mujer hubiera podido encontrarse en peligro.

Y bruscamente se volvió, mirando enloquecido:

—¡Muerta, allí!...

Sentóse de nuevo, y volviendo a colocar la cabeza muerta de su mujer sobre sus muslos, pensó cuatro horas en lo que haría.

No arribó a pensar en nada; pero cuando la tarde caía cargó a su mujer en los hombros y emprendió el camino de vuelta.

Bordeaban otra vez el estero. El pajonal se extendía sin fin en la noche plateada, inmóvil y todo zumbante de mosquitos. El hombre, con la nuca doblada, caminó con igual paso, hasta que su mujer cayó bruscamente de su espalda. Él quedó un instante de pie, rígido, y se desplomó tras ella.

Cuando despertó, el sol quemaba. Comió bananas de filodendro, aunque hubiera deseado algo más nutritivo, puesto que antes de poder depositar en tierra sagrada el cadáver de su esposa, debían pasar días aún.

Cargó otra vez con el cadáver, pero sus fuerzas disminuían. Rodeándolo entonces con lianas entretejidas, hizo un fardo con el cuerpo y avanzó así con menor fatiga.

Durante tres días, descansando, siguiendo de nuevo, bajo el cielo blanco de color, devorado de noche por los insectos, el hombre caminó y caminó, somnambulizado de hambre, envenenado de miasmas cadavéricas, toda su misión concentrada en una sola y obstinada idea: arrancar al país hostil y salvaje el cuerpo adorado de su mujer.

La mañana del cuarto día viose obligado a detenerse, y apenas de tarde pudo continuar su camino. Pero cuando el sol se hundía, un profundo escalofrío corrió por los nervios agotados del hombre, y tendiendo entonces el cuerpo muerto en tierra, se sentó a su lado.

La noche había caído ya, y el monótono zumbido de mosquitos llenaba el aire solitario. El hombre pudo haberlos sentido tejer su punzante red sobre su rostro; pero del fondo de su médula helada los escalofríos aumentaban sin cesar.

La luna ocre en menguante había surgido por fin tras el estero. La fiebre perniciosa subía ahora a escape.

El hombre echó una ojeada a la horrible masa blancuzca que yacía a su lado, y cruzando sus manos sobre las rodillas quedóse mirando fijamente adelante, al estero venenoso, en cuya lejanía el delirio dibujaba una aldea de Silesia a la cual él y su mujer, Carlota Proening, regresaban felices y ricos a buscar a su adorado primogénito.

LA MIEL SILVESTRE *

Tengo en el Salto Oriental dos primos, hoy hombres ya, que a sus doce años, y a consecuencias de profundas lecturas de Julio Verne, dieron en la rica empresa de abandonar su casa para ir a vivir al monte. Éste queda a dos leguas de la ciudad. Allí vivirían primitivamente de la casa y la pesca. Cierto es que los dos muchachos no se habían acordado particularmente de llevar escopetas ni anzuelos; pero, de todos modos, el bosque estaba allí, con su libertad como fuente de dicha y sus peligros como encanto.

Desgraciadamente, al segundo día fueron hallados por quienes los buscaban. Estaban bastante atónitos todavía, no poco débiles, y con gran asombro de sus hermanos menores —iniciados también en Julio Verne— sabían andar aún en dos pies y recordaban el habla.

La aventura de los dos robinsones, sin embargo, fuera acaso más formal a haber tenido como teatro otro bosque menos dominguero. Las escapatorias llevan aquí en Misiones a límites imprevistos, y a ello arrastró a Gabriel Benincasa el orgullo de sus stromboot.

Benincasa, habiendo concluido sus estudios de contaduría pública, sintió fulminante deseo de conocer la vida de la selva. No fue arrastrado por su temperamento, pues antes

bien Benincasa era un muchacho pacífico, gordinflón y de cara rosada, en razón de su excelente salud. En consecuencia, lo suficiente cuerdo para preferir un té con leche y pastelitos a quién sabe qué fortuita e infernal comida del bosque. Pero así como el soltero que fue siempre juicioso cree de su deber, la víspera de sus bodas, despedirse de la vida libre con una noche de orgía en compañía de sus amigos, de igual modo Benincasa quiso honrar su vida aceitada con dos o tres choques de vida intensa. Y por este motivo remontaba el Paraná hasta un obraje, con sus famosos stromboot.

Apenas salido de Corrientes había calzado sus recias botas, pues los yacarés de la orilla calentaban ya el paisaje. Mas a pesar de ello el contador público cuidaba mucho de su calzado, evitándole arañazos y sucios contactos.

De este modo llegó al obraje de su padrino, y a la hora tuvo éste que contener el desenfado de su ahijado.

—¿Adónde vas ahora? —le había preguntado sorprendido.

—Al monte; quiero recorrerlo un poco —repuso Benincasa, que acababa de colgarse el Winchester al hombro.

—¡Pero infeliz! No vas a poder dar un paso. Sigue la picada, si quieres... O mejor deja esa arma y mañana te haré acompañar por un peón.

Benincasa renunció a su paseo. No obstante, fue hasta la vera del bosque y se detuvo. Intentó vagamente un paso adentro, y quedó quieto. Metióse las manos en los bolsillos y miró detenidamente aquella inex-

* La miel silvestre, de fecha no determinada, según el criterio de la investigadora Emma Susana Speratti Piñero, en su bibliografía cronológica de Quiroga, quizá sea de 1912, aunque las notas estilísticas que distinguen a Quiroga en la madurez de su producción, presentes en este relato, también hacen posible pensar en alguna fecha posterior.

tricable maraña, silbando débilmente aires truncos. Después de observar de nuevo el bosque a uno y otro lado, retornó bastante desilusionado.

Al día siguiente, sin embargo, recorrió la picada central por espacio de una legua, y aunque su fusil volvió\profundamente dormido, Benincasa no deploró el paseo. Las fieras llegarían poco a poco.

Llegaron éstas a la segunda noche —aunque de un carácter un poco singular.

Benincasa dormía profundamente, cuando fue despertado por su padrino.

—¡Eh, dormilón! Levántate que te van a comer vivo.

Benincasa se sentó bruscamente en la cama, alucinado por la luz de los tres faroles de viento que se movían de un lado a otro en la pieza. Su padrino y dos peones regaban el piso.

—¿Qué hay, qué hay? —preguntó echándose al suelo.

—Nada... Cuidado con los pies... La corrección.

Benincasa había sido ya enterado de las curiosas hormigas a que llamamos *corrección*. Son pequeñas, negras, brillantes y marchan velozmente en ríos más o menos anchos. Son esencialmente carnívoras. Avanzan devorando todo lo que encuentran a su paso: arañas, grillos, alacranes, sapos, víboras, y a cuanto ser no puede resistirles. No hay animal, por grande y fuerte que sea, que no huya de ellas. Su entrada en una casa supone la exterminación absoluta de todo ser viviente, pues no hay rincón ni agujero profundo donde no se precipite el río devorador. Los perros aúllan, los bueyes mugen, y es forzoso abandonarles la casa, a trueque de ser roído en diez horas hasta el esqueleto. Permanecen en un lugar, uno, dos, hasta cinco días, según su riqueza en insectos, carne o grasa. Una vez devorado todo, se van.

No resisten, sin embargo, a la creolina o droga similar; y como en el obraje abunda aquélla, antes de una hora el chalet quedó libre de la corrección.

Benincasa se observaba muy de cerca, en los pies, la placa lívida de una mordedura.

—¡Pican muy fuerte, realmente! —dijo sorprendido, levantando la cabeza hacia su padrino.

Éste, para quien la observación no tenía ya ningún valor, no respondió, felicitándose, en cambio, de haber contenido a tiempo la invasión. Benincasa reanudó el sueño, aunque sobresaltado toda la noche por pesadillas tropicales.

Al día siguiente se fue al monte, esta vez con un machete, pues había concluido por comprender que tal utensilio le sería en el monte mucho más útil que el fusil. Cierto es que su pulso no era maravilloso, y su acierto, mucho menos. Pero de todos modos lograba trazar las ramas, azotarse la cara y cortarse las botas; todo en uno.

El monte crepuscular y silencioso lo cansó pronto. Dábale la impresión —exacta por lo demás— de un escenario visto de día. De la bullente vida tropical no hay a esa hora más que el teatro helado; ni un animal, ni un pájaro, ni un ruido casi. Benincasa volvía, cuando un sordo zumbido le llamó la atención. A diez metros de él, en un tronco hueco, diminutas abejas aureolaban la entrada del agujero. Se acercó con cautela y vio en el fondo de la abertura diez o doce bolas obscuras, del tamaño de un huevo.

—Esto es miel —se dijo el contador público con íntima gula—. Deben de ser bolsitas de cera, llenas de miel...

Pero entre él —Benincasa— y las bolsitas estaban las abejas. Después de un momento de descanso, pensó en el fuego; levantaría un buena humareda. La suerte quiso que mientras el ladrón acercaba cautelosamente la hojarasca húmeda, cuatro o cinco abejas se posaran en su mano, sin picarlo. Benincasa cogió una en seguida, y oprimiéndole el abdomen, constató que no tenía aguijón. Su saliva, ya liviana, se clarificó en melífica abundancia. ¡Maravillosos y buenos animalitos!

En un instante el contador desprendió las bolsitas de cera, y alejándose un buen trecho para escapar al pegajoso contacto de las abejas, se sentó en un raigón. De las doce bolsas, siete contenían polen. Pero las restantes estaban llenas de miel, una miel oscura, de sombría transparencia, que Benincasa paladeó golosamente. Sabía distintamente a algo. ¿A qué? El contador no pudo precisarlo. Acaso a resina de frutales o de eucaliptus. Y por igual motivo, tenía la densa miel un vago dejo áspero. ¡Mas qué perfume, en cambio!

Benincasa, una vez bien seguro de que cinco bolsitas le serían útiles, comenzó. Su idea era sencilla: tener suspendido el panal goteante sobre su boca. Pero como la miel era espesa, tuvo que agrandar el agujero, después de haber permanecido medio minuto con la boca inútilmente abierta. Entonces la miel asomó, adelgazándose en pesado hilo hasta la lengua del contador.

Uno tras otro, los cinco panales se vaciaron así dentro de la boca de Benincasa. Fue inútil que éste prolongara la suspensión, y mucho más que repasara los globos exhaustos; tuvo que resignarse.

Entre tanto, la sostenida posición de la cabeza en alto lo había mareado un poco. Pesado de miel, quieto y los ojos bien abiertos, Benincasa consideró de nuevo el monte crepuscular. Los árboles y el suelo tomaban posturas por demás oblicuas, y su cabeza acompañaba el vaivén del paisaje.

—Qué curioso mareo... —pensó el contador—. Y lo peor es...

Al levantarse e intentar dar un paso, se había visto obligado a caer de nuevo sobre el tronco. Sentía su cuerpo de plomo, sobre todo las piernas, como si estuvieran inmensamente hinchadas. Y los pies y las manos le hormigueaban.

—¡Es muy raro, muy raro, muy raro! —se repitió estúpidamente Benincasa, sin escudriñar, sin embargo, el motivo de esa rareza—. Como si tuviera hormigas... La corrección —concluyó.

Y de pronto la respiración se le cortó en seco, de espanto.

—¡Debe ser la miel!... ¡Es venenosa!... ¡Estoy envenenado!

Y a un segundo esfuerzo para incorporarse, se le erizó el cabello de terror: no había podido ni aun moverse. Ahora la sensación de plomo y el hormigueo subían hasta la cintura. Durante un rato el horror de morir allí, miserablemente solo, lejos de su madre y sus amigos, le cohibió todo medio de defensa.

—¡Voy a morir ahora!... ¡De aquí a un rato voy a morir!... ¡Ya no puedo mover la mano!...

En su pánico constató, sin embargo, que no tenía fiebre ni ardor de garganta, y el corazón y pulmones conservaban su ritmo normal. Su angustia cambió de forma.

¡Estoy paralítico, es la parálisis! ¡Y no me van a encontrar!...

Pero una visible somnolencia comenzaba a apoderarse de él, dejándole íntegras sus facultades, a la par que el mareo se aceleraba. Creyó así notar que el suelo oscilante se volvía negro y se agitaba vertiginosamente. Otra vez subió a su memoria el recuerdo de la corrección, y en su pensamiento se fijó como una suprema angustia la posibilidad de que eso negro que invadía el suelo...

Tuvo aún fuerzas para arrancarse a ese último espanto, y de pronto lanzó un grito, un verdadero alarido, en que la voz del hombre recobra la tonalidad del niño aterrado: por sus piernas trepaba un precipitado río de hormigas negras. Alrededor de él la corrección devoradora oscurecía el suelo, y el contador sintió, por bajo del calzoncillo, el río de hormigas carnívoras que subían.

* * *

Su padrino halló por fin, dos días después, y sin la menor partícula de carne, el esqueleto cubierto de ropa de Benincasa. La corrección que merodeaba aún por allí, y las bolsitas de cera, lo iluminaron suficientemente.

No es común que la miel silvestre tenga esas propiedades narcóticas o paralizantes, pero se la halla. Las flores con igual carácter abundan en el trópico, y ya el sabor de la miel denuncia en la mayoría de los casos su condición; tal es el dejo a resina de eucaliptus que creyó sentir Benincasa.

LOS MENSÚ *

Cayetano Maidana y Esteban Podeley, peones de obraje, volvían a Posadas en el *Sílex* con quince compañeros. Podeley, labrador de madera, tornaba a los nueve meses la contrata concluida y con pasaje gratis por lo tanto. Cayé —mensualero— llegaba en iguales condiciones, mas al año y medio, tiempo necesario para chancelar su cuenta.

Flacos, despeinados, en calzoncillos, la camisa abierta en largos tajos, descalzos como la mayoría, sucios como todos ellos, los dos mensú devoraban con los ojos la capital del bosque, Jerusalén y Gólgota de sus vidas. ¡Nueve meses allá arriba! ¡Año y medio! Pero volvían por fin, y el hachazo aún doliente de la vida del obraje era apenas un roce de astilla ante el rotundo goce que olfateaban allí.

De cien peones, sólo dos llegan a Posadas con haber. Para esa gloria de una semana a que los arrastra el río aguas abajo, cuentan con el anticipo de una nueva contrata. Como intermediario y coadyuvante espera en la playa un grupo de muchachas alegres de carácter y de profesión, ante las cuales los mensú sedientos lanzan su ¡ahijú! de urgente locura.

Cayé y Podeley bajaron tambaleantes de orgía pregustada, y rodeados de tres o cuatro amigas se hallaron en un momento ante la cantidad suficiente de caña para colmar el hambre de eso de un mensú.

Un instante después estaban borrachos y con una nueva contrata sellada. ¿En qué trabajo? ¿En dónde? Lo ignoraban, ni les importaba tampoco. Sabían sí, que tenían cuarenta pesos en el bolsillo y facultad para llegar a mucho más en gastos. Babeantes de descanso y dicha alcohólica, dóciles y torpes, siguieron ambos a las muchachas a vestirse. Las avisadas doncellas condujéronlos a una tienda con la que tenían relaciones especiales de un tanto por ciento, o tal vez al almacén de la casa contratista. Pero en una u otro las muchachas renovaron el lujo detonante de sus trapos, anidáronse la cabeza de peinetones, ahorcáronse de cintas —robado todo con perfecta sangre fría al hidalgo alcohol de su compañero, pues lo único que el mensú realmente posee es un desprendimiento brutal de su dinero.

Por su parte Cayé adquirió mucho más extractos y lociones y aceites de los necesarios para sahumar hasta la náusea su ropa nueva, mientras Podeley, más juicioso, insistía en un traje de paño. Posiblemente pagaron muy cara una cuenta entre oída y abonada con un montón de papeles tirados al mostrador. Pero de todos modos una hora después lanzaban a un coche descubierto sus flamantes personas, calzados de botas, poncho al hombro

---

* Integración del amplio relato con escenas de lacerante realismo del drama indefinidamente reiterado de la vida laboral en la sórdida brutalidad de los obrajes de Misiones que aplasta al típico *mensú*. Desde el título, con su doble vulgarismo, léxico y morfológico, se anuncia la llaneza naturalista del estilo acomodada a la índole de los *cuentos de monte*. Por excepción en toda la obra narrativa de Quiroga, se recurre repetidas veces a la reproducción lingüística del habla vulgar. Apareció en *Fray Mocho*, 3 de abril de 1914, y pasó a la colección *Cuentos de amor, de locura y de muerte* (1917).

—y revólver 44 en el cinto, desde luego—, repleta la ropa de cigarrillos que deshacían torpemente entre los dientes, dejando caer de cada bolsillo la punta de un pañuelo. Acompañábanlos dos muchachas, orgullosas de esa opulencia, cuya magnitud se acusaba en la expresión un tanto hastiada de los mensú, arrastrando consigo mañana y tarde por las calles caldeadas una infección de tabaco negro y extracto de obraje.

La noche llegaba por fin y con ella la bailanta, donde las mismas damiselas avisadas inducían a beber a los mensú, cuya realeza en dinero de anticipo les hacía lanzar 10 pesos por una botella de cerveza, para recibir en cambio 1,40, que guardaban sin ojear siquiera.

Así, en constantes derroches de nuevos adelantos —necesidad irresistible de compensar con siete días de gran señor las miserias del obraje— el *Sílex* volvió a remontar el río. Cayé llevó compañera, y ambos, borrachos como los demás peones, se instalaron en el puente, donde ya diez mulas se hacinaban en íntimo contacto con baúles, atados, perros, mujeres y hombres.

Al día siguiente, ya despejadas las cabezas, Podeley y Cayé examinaron sus libretas: era la primera vez que lo hacían desde la contrata. Cayé había recibido 120 en efectivo y 35 en gasto, y Podeley, 130 y 75, respectivamente.

Ambos se miraron con expresión que pudiera haber sido de espanto si un mensú no estuviera perfectamente curado de ese malestar. No recordaban haber gastado ni la quinta parte.

—¡Añá!... —murmuró Cayé—. No voy a cumplir nunca...

Y desde ese momento tuvo sencillamente —como justo castigo de su despilfarro— la idea de escaparse de allá.

La legitimidad de su vida en Posadas, era, sin embargo, tan evidente para él que sintió celos del mayor adelanto acordado a Podeley.

—Vos tenés suerte... —dijo—. Grande tu anticipo...

—Vos traés compañera —objetó Podeley—. Eso te cuesta para tu bolsillo...

Cayé miró a su mujer, y aunque la belleza y otras cualidades de orden más moral pesan muy poco en la elección de un mensú, quedó satisfecho. La muchacha deslumbraba, efectivamente, con su traje de raso, falda verde y blusa amarilla; luciendo en el cuello sucio un triple collar de perlas; zapatos Luis XV; las mejillas brutalmente pintadas y un desdeñoso cigarro de hoja bajo los párpados entornados.

Cayé consideró a la muchacha y su revólver 44: era realmente lo único que valía de cuanto llevaba con él. Y aún lo último corría el riesgo de naufragar tras el anticipo, por minúscula que fuera su tentación de tallar.

A dos metros de él, sobre un baúl de punta, los mensú jugaban concienzudamente al monte cuanto tenían. Cayé observó un rato riéndose, como se ríen siempre los peones cuando están juntos, sea cual fuere el motivo, y se aproximó al baúl, colocando a una carta, y sobre ella cinco cigarros.

Modesto principio, que podía llegar a proporcionarle el dinero suficiente para pagar el adelanto en el obraje y volverse en el mismo vapor a Posadas a derrochar un nuevo anticipo.

Perdió; perdió los demás cigarros, perdió cinco pesos, el poncho, el collar de su mujer, sus propias botas, y su 44. Al día siguiente recuperó las botas, pero nada más, mientras la muchacha compensaba la desnudez de su pescuezo con incesantes cigarros despreciativos.

Podeley ganó, tras infinito cambio de dueño, el collar en cuestión y una caja de jabones de olor que halló modo de jugar contra un machete y media docena de medias, quedando así satisfecho.

Habían llegado por fin. Los peones treparon la interminable cinta roja que escalaba la barranca, desde cuya cima el *Sílex* aparecía mezquino y hundido en el lúgubre río. Y con ahijús y terribles invectivas en guaraní, bien que alegres todos, despidieron al vapor, que debía ahogar en una baldeada de tres horas la nauseabunda atmósfera de desaseo, pachulí y mulas enfermas que durante cuatro días remontó con él.

* * *

Para Podeley, labrador de madera, cuyo diario podía subir a siete pesos, la vida de obraje no era dura. Hecho a ella, domaba su aspiración de estricta justicia en el cubicaje de la madera, compensando las rapiñas rutinarias con ciertos privilegios de buen peón; su nueva etapa comenzó al día siguiente, una vez demarcada su zona de bosque. Construyó con hojas de palmera su cobertizo —techo y pared sur nada más—; dio nombre de cama a ocho varas horizontales, y de un horcón colgó la provista semanal. Recomenzó, automáticamente, sus días de obraje: silenciosos mates al levantarse, de noche aún, que se sucedían sin desprender la mano de la pava; la exploración en descubierta de madera; el desayuno a las ocho: harina, charque y grasa; el hacha luego, a busto descubierto, cuyo sudor arrastraba tábanos, bariguís y mosquitos; después, el almuerzo, esta vez porotos y maíz flotando en la inevitable grasa, para concluir de noche, tras nueva lucha con las piezas de 8 por 30, con el yopará del mediodía.

Fuera de algún incidente con sus colegas labradores, que invadían su jurisdicción; del hastío de los días de lluvia, que lo relegaban en cuclillas frente a la pava, la tarea proseguía hasta el sábado de tarde. Lavaba entonces su ropa, y el domingo iba al almacén a proveerse.

Era éste el real momento de solaz de los mensú, olvidándolo todo entre los anatemas de la lengua natal, sobrellevando con fatalismo indígena la suba siempre creciente de la provista, que alcanzaba entonces a cinco pesos por machete y ochenta centavos por kilo de galleta. El mismo fatalismo que aceptaba esto con un ¡añá! y una riente mirada a los demás compañeros le dictaba, en elemental desagravio, el deber de huir del obraje en cuanto pudiera. Y si esta ambición no estaba en todos los pechos, todos los peones comprendían esa mordedura de contrajusticia que iba, en caso de llegar, a clavar los dientes en la entraña misma del patrón. Éste, por su parte, llevaba la lucha a su extremo final vigilando día y noche a su gente, y en especial a los mensualeros.

Ocupábanse entonces los mensú en la planchada, tumbando piezas entre inacabable gritería, que subía de punto cuando las mulas, impotentes para contener la alzaprima que bajaba a todo escape, rodaban unas sobre otras dando tumbos, vigas, animales, carretas, todo bien mezclado. Raramente se lastimaban las mulas, pero la algazara era la misma.

Cayé, entre risa y risa, meditaba siempre su fuga. Harto ya de revirados y yoparás, que el pregusto de la huida tornaba más indigestos, deteníase aún por falta de revólver, y ciertamente, ante el Winchester del capataz. ¡Pero si tuviera un 44!...

La fortuna llególe esta vez en forma bastante desviada.

La compañera de Cayé, que desprovista ya de su lujoso atavío lavaba la ropa de los peones, cambió un día de domicilio. Cayé esperó dos noches, y a la tercera fue a casa de su reemplazante, donde propinó una soberbia paliza a la muchacha. Los dos mensú quedaron solos charlando, resultas de lo cual convinieron en vivir juntos, a cuyo efecto el seductor se instaló con la pareja. Esto era económico y bastante juicioso. Pero como el mensú parecía gustar realmente de la dama —cosa rara en el gremio— Cayé ofreciósela en venta por un revólver con balas, que él mismo sacaría del almacén.

No obstante esta sencillez, el trato estuvo a punto de romperse porque a última hora Cayé pidió que se agregara un metro de tabaco en cuerda, lo que pareció excesivo al mensú. Concluyóse por fin el mercado, y mientras el fresco matrimonio se instalaba en su rancho, Cayé cargaba concienzudamente su 44, para dirigirse a concluir la tarde lluviosa tomando mate con aquéllos.

* * *

El otoño finalizaba, y el cielo, fijo en sequía con chubascos de cinco minutos, se descomponía por fin en mal tiempo constante, cuya humedad hinchaba el hombro de los mensú. Podeley, libre de esto hasta entonces, sintióse un día con tal desgano al llegar a su viga, que se detuvo, mirando a todas partes qué podía hacer. No tenía ánimo para nada. Volvió a su cobertizo, y en el camino sintió un ligero cosquilleo en la espalda.

Sabía muy bien qué eran aquel desgano y aquel hormigueo a flor de estremecimiento. Sentóse filosóficamente a tomar mate, y media hora después un hondo y largo escalofrío recorrióle la espalda bajo la camisa.

No había nada que hacer. Se echó en la cama, tiritando de frío, doblado en gatillo bajo el poncho, mientras los dientes, incontenibles, castañeaban a más no poder.

Al día siguiente el acceso, no esperado hasta el crepúsculo, tornó a mediodía, y Podeley fue a la comisaría a pedir quinina. Tan claramente se denunciaba el chucho en el aspecto del mensú, que el dependiente bajó los paquetes sin mirar casi al enfermo, quien volcó tranquilamente sobre su lengua la terrible amargura aquélla. Al volver al monte tropezó con el mayordomo.

—¡Vos también! —le dijo éste mirándolo—. Y van cuatro. Los otros no importa..., poca cosa. Vos

sos cumplidor... ¿Cómo está tu cuenta?

—Falta poco...; pero no voy a poder trabajar...

—¡Bah! Cúrate bien y no es nada... Hasta mañana.

—Hasta mañana —se alejó Podeley apresurando el paso, porque en los talones acababa de sentir un leve cosquilleo.

El tercer ataque comenzó una hora después, quedando Podeley desplomado en una profunda falta de fuerzas, y la mirada fija y opaca, como si no pudiera ir más allá de uno o dos metros.

El descanso absoluto a que se entregó por tres días —bálsamo específico para el mensú, por lo inesperado— no hizo sino convertirle en un bulto castañeante y arrebujado sobre un raigón. Podeley, cuya fiebre anterior había tenido honrado y periódico ritmo, no presagió nada bueno para él de esa galopada de accesos casi sin intermitencia. Hay fiebre y fiebre. Si la quinina no había cortado a ras el segundo ataque, era inútil que se quedara allá arriba, a morir hecho un ovillo en cualquier vuelta de picada. Y bajó de nuevo al almacén.

—¡Otra vez vos! —lo recibió el mayordomo—. Eso no anda bien... ¿No tomaste quinina?

—Tomé... No me hallo con esta fiebre... No puedo trabajar. Si querés darme para mi pasaje, te voy a cumplir en cuanto me sane...

El mayordomo contempló aquella ruina, y no estimó en gran cosa la vida que quedaba allí.

—¿Cómo está tu cuenta? —preguntó otra vez.

—Debo veinte pesos todavía... El sábado entregué... Me hallo muy enfermo...

—Sabés bien que mientras tu cuenta no esté pagada debés quedar. Abajo... podés morirte. Curate aquí, y arreglás tu cuenta en seguida.

¿Curarse de una fiebre perniciosa allí donde se la adquirió? No por cierto; pero el mensú que se va puede no volver, y el mayordomo prefería hombre muerto a deudor lejano.

Podeley jamás había dejado de cumplir nada, única altanería que se permite ante su patrón un mensú de talla.

—¡No me importa que hayas dejado o no de cumplir! —replicó el mayordomo—. ¡Pagá tu cuenta primero, y después hablaremos!

Esta injusticia para con él creó lógica y velozmente el deseo del desquite. Fue a instalarse con Cayé, cuyo espíritu conocía bien, y ambos decidieron escaparse el próximo domingo.

—¡Ahí tenés! —gritóle el mayordomo esa misma tarde al cruzarse con Podeley—. Anoche se han escapado tres... ¿Eso es lo que te gusta, no? ¡Ésos también eran cumplidores! ¡Como vos! ¡Pero antes vas a reventar aquí que salir de la planchada! ¡Y mucho cuidado, vos y todos los que están oyendo! ¡Ya saben!

La decisión de huir y sus peligros —para los que el mensú necesita todas sus fuerzas— es capaz de contener algo más que una fiebre perniciosa. El domingo, por lo demás, había llegado; y con falsas maniobras de lavado de ropa, simulados guitarreos en el rancho de tal o cual, la vigilancia pudo ser burlada y Podeley y Cayé se encontraron de pronto a mil metros de la comisaría.

Mientras no se sintieran perseguidos no abandonarían la picada; pero Podeley caminaba mal. Y aun así...

La resonancia peculiar del bosque trájoles, lejana, una voz ronca:

—¡A la cabeza! ¡A los dos!

Y un momento después surgían de un recodo de la picada el capataz y tres peones corriendo. La cacería comenzaba.

Cayé amartilló su revólver sin dejar de huir.

—¡Entregate, añá! —gritóles el capataz.

—Entremos en el monte —dijo Podeley—. Yo no tengo fuerza para mi machete.

—¡Volvé o te tiro! —llegó otra voz.

—Cuando estén más cerca... —comenzó Cayé—. Una bala de winchester pasó silbando por la picada.

—¡Entrá! —gritó Cayé a su compañero—. Y parapetándose tras un árbol, descargó hacia allá los cinco tiros de su revólver.

Una gritería aguda respondióles, mientras otra bala de winchester hacía saltar la corteza del árbol.

—¡Entregate o te voy a dejar la cabeza!...

—¡Andá no más! —instó Cayé a Podeley—. Yo voy a...

Y tras nueva descarga entró en el monte.

Los perseguidores, detenidos un momento por las explosiones, lanzáronse rabiosos adelante, fusilando, golpe tras golpe de winchester, el derrotero probable de los fugitivos.

A cien metros de la picada, y paralelos a ella, Cayé y Podeley se alejaban, doblados hasta el suelo para evitar las lianas. Los perseguidores lo presumían; pero como dentro del monte el que ataca tiene cien probabilidades contra una de ser detenido por una bala en mitad de la frente, el capataz se contentaba con salvas de winchester y aullidos desafiantes. Por lo demás, los tiros errados hoy habían hecho lindo blanco la noche del jueves...

El peligro había pasado. Los fugitivos se sentaron, rendidos. Podeley se envolvió en el poncho, y recostado en la espalda de su compañero sufrió en dos terribles horas de chucho el contragolpe de aquel esfuerzo.

Prosiguieron la fuga, siempre a la vista de la picada, y cuando la noche llegó por fin acamparon. Cayé había llevado chispas, y Podeley encendió fuego, no obstante los mil inconvenientes en un país donde, fuera de los pavones, hay otros seres que tienen debilidad por la luz, sin contar los hombres.

El sol estaba muy alto ya cuando a la mañana siguiente encontraron el riacho, primera y última esperanza de los escapados. Cayé cortó doce tacuaras sin más prolija elección, y Podeley, cuyas últimas fuerzas fueron dedicadas a cortar los isipós. tuvo apenas tiempo de hacerlo antes de enroscarse a tiritar.

Cayé, pues, construyó solo la jangada —diez tacuaras atadas longitudinalmente con lianas, llevando en cada extremo una atravesada.

A los diez segundos de concluida se embarcaron. Y la hangadilla, arrastrada a la deriva, entró en el Paraná.

Las noches son en esa época excesivamente frescas, y los dos mensú, con los pies en el agua, pasaron la noche helados, uno junto al otro. La corriente del Paraná, que llegaba cargado de inmensas lluvias, retorcía la jangada en el borbollón de sus remolinos y aflojaba lentamente los nudos de isipó.

En todo el día siguiente comieron dos chipas, último resto de provisión, que Podeley probó apenas. Las tacuaras, taladradas por los tambús, se hundían, y al caer la tarde la jangada había descendido a una cuarta del nivel del agua.

Sobre el río salvaje, encajonado en los lúgubres murallones de bosque, desierto del más remoto, ¡ay! los dos hombres, sumergidos hasta la rodilla, derivaban girando sobre sí mismos, detenidos un momento inmóviles ante un remolino, siguiendo de nuevo, sosteniéndose apenas sobre las tacuaras casi sueltas que se escapaban de sus pies, en una noche de tinta que no alcanzaban a romper sus ojos desesperados.

El agua llegábales ya al pecho cuando tocaron tierra. ¿Dónde? No lo sabían... Un pajonal. Pero en la misma orilla quedaron inmóviles, tendidos de vientre.

Ya deslumbraba el sol cuando despertaron. El pajonal se extendía veinte metros tierra adentro, sirviendo de litoral a río y bosque. A me-dia cuadra al Sur, el riacho Paranaí, que decidieron vadear cuando hubieran recuperado las fuerzas. Pero éstas no volvían tan rápidamente como era de desear, dado que los cogollos y gusanos de tacuara son tardos fortificantes. Y durante veinte horas la lluvia cerrada transformó al Paraná en aceite blanco y al Paranaí en furiosa avenida. Todo imposible. Podeley se incorporó de pronto chorreando agua, apoyándose en el revólver para levantarse, y apuntó a Cayé. Volaba de fiebre.

—¡Pasá, añá!...

Cayé vio que poco podía esperar de aquel delirio, y se inclinó disimuladamente para alcanzar a su compañero de un palo. Pero el otro insistió:

—¡Andá al agua! ¡Vos me trajiste! ¡Bandeá el río!

Los dedos lívidos temblaban sobre el gatillo.

Cayé obedeció; dejóse llevar por la corriente, y desapareció tras el pajonal, al que pudo abordar con terrible esfuerzo.

Desde allí, y de atrás, acechó a su compañero; pero Podeley yacía de nuevo de costado, con las rodillas recogidas hasta el pecho, bajo la lluvia incesante. Al aproximarse Cayé alzó la cabeza, y sin abrir casi los ojos, cegados por el agua, murmuró:

—Cayé..., caray... Frío muy grande...

Llovió aún toda la noche sobre el moribundo la lluvia blanca y sorda de los diluvios otoñales, hasta que a la madrugada Podeley quedó inmóvil para siempre en su tumba de agua.

Y en el mismo pajonal, sitiado siete días por el bosque, el río y la lluvia, el mensú agotó las raíces y gusanos posibles, perdió poco a poco sus fuerzas, hasta quedar sentado, muriéndose de frío y hambre, con los ojos fijos en el Paraná.

El *Sílex*, que pasó por allí al atardecer, recogió al mensú ya casi moribundo. Su felicidad transformóse en terror al darse cuenta al día siguiente de que el vapor remontaba el río.

—¡Por favor te pido! —lloriqueó ante el capitán—. ¡No me bajen en Puerto X! ¡Me van a matar!... ¡Te lo pido de veras!...

El *Sílex* volvió a Posadas llevando con él al mensú, empapado aún en pesadillas nocturnas.

Pero a los diez minutos de bajar a tierra estaba ya borracho con nueva contrata y se encaminaba tambaleando a comprar extractos.

UNA BOFETADA *

Acosta, mayordomo del *Meteoro* que remontaba el Alto Paraná cada quince días, sabía bien una cosa, y es ésta: que nada hay más rápido, ni aun la corriente del mismo río, que la explosión que desata una damajuana de caña lanzada sobre un obraje. Su aventura con Korner, pues, pudo finalizar en un terreno harto conocido de él.

Por regla absoluta —con una sola excepción— que es ley en el Alto Paraná, en los obrajes no se permite caña. Ni los almacenes la venden, ni se tolera una sola botella, sea cual fuere su origen. En los obrajes hay resentimientos y amarguras que no conviene traer a la memoria de los mensú. Cien gramos de alcohol por cabeza, concluirían en dos horas con el obraje más militarizado.

A Acosta no le convenía una explosión de esta magnitud, y por esto su ingenio se ejercitaba en pequeños contrabandos, copas despachadas a los mensú en el mismo vapor, a la salida de cada puerto. El capitán lo sabía, y con él el pasaje entero, formado casi exclusivamente por dueños y mayordomos de obraje. Pero como el astuto correntino no pasaba de prudentes dosis, todo iba a pedir de boca.

* Relato minuciosamente construido con la dominante finalidad de excitar el interés enraizado en la trama. En la narración —excepción en la obra quiroguiana— la Naturaleza bravía y multiforme sirve sólo de marco de realce de las violentas reacciones sicológicas de subterránea elaboración. Publicado en *Fray Mocho*, 28 de enero de 1916, e incorporado a la serie *El salvaje* (1920).

Ahora bien, quiso la desgracia un día que a instancias de la bullanguera tropa de peones, Acosta sintiera relajarse un poco la rigidez de su prudencia. El resultado fue un regocijo entre los mensú tan profundo, que se desencadenó una vertiginosa danza de baúles y guitarras que volaban por el aire.

El escándalo era serio. Bajaron el capitán y casi todos los pasajeros, siendo menester una nueva danza, pero esta vez de rebenque, sobre las cabezas más locas. El proceder es habitual, y el capitán tenía el golpe rápido y duro. La tempestad cesó en seguida. Esto no obstante, se hizo atar en pie contra el palo mayor a un mensú más levantisco que los demás, y todo volvió a su norma.

Pero ahora tocaba el turno a Acosta. Korner, el dueño del obraje cuyo era el puerto en que estaba detenido el vapor, la emprendía con él:

—¡Usted, y sólo usted, tiene la culpa de estas cosas! ¡Por diez miserables centavos echa a perder a los peones y ocasiona estos bochinches!

El mayordomo, a fuer de mestizo, contemporizaba.

—¡Pero cállese y tenga vergüenza! —proseguía Korner— Por diez miserables centavos... Pero le aseguro que en cuanto llegue a Posadas, denuncio estas picardías a Mitain.

Mitain era el armador del *Meteoro*, lo que tenía sin cuidado a Acosta, quien concluyó por perder la paciencia.

—Al fin y al cabo —respondió— usted nada tiene que ver en esto... Si no le gusta quéjese a quien quiera... En mi despacho, yo hago lo que quiero.

—¡Es lo que vamos a ver! —gritó Korner, disponiéndose a subir—. Pero en la escalerilla vio por encima de la baranda de bronce al mensú atado al palo mayor. ¿Había o no ironía en la mirada del prisionero? Korner se convenció de que la había, al reconocer en aquel indiecito de ojos fríos y bigotitos en punta a un peón con quien había tenido algo que ver tres meses atrás.

Se encaminó al palo mayor, más rojo aún de rabia. El otro lo vio llegar, sin perder un instante su sonrisita.

—¡Conque sos vos! —le dijo Korner— ¡Te he de hallar siempre en mi camino! Te había prohibido poner los pies en el obraje, y ahora venís de allí. ¡Compadrito!

El mensú, como si no oyera, continuó mirándolo con su minúscula sonrisa. Korner, entonces, ciego de ira, lo abofeteó de derecha y revés.

—¡Toma..., compadrito! ¡Así hay que tratar a los compadres como vos!

El mensú se puso lívido, y miró fijamente a Korner, quien oyó algunas palabras:

—Algún día...

Korner sintió un nuevo impulso de hacerle tragar la amenaza, pero logró contenerse y subió, lanzando invectivas contra el mayordomo que traía el infierno a los obrajes.

Mas esta vez la ofensiva correspondía a Acosta. ¿Qué hacer para molestar en lo hondo a Korner, su cara colorada, su lengua larga y su maldito obraje?

No tardó en hallar el medio. Desde el siguiente viaje de subida, tuvo buen cuidado de surtir a escondidas a los peones que bajaban en Puerto Profundidad (el puerto de Korner) de una o dos damajuanas de caña. Los mensú, más aullantes que de costumbre, pasaban el contrabando de sus baúles, y esa misma noche estallaba el incendio en el obraje.

Durante dos meses cada vapor que bajaba el río después de haberlo remontado el *Meteoro* alzaba indefectiblemente en Puerto Profundidad cuatro o cinco heridos. Korner, desesperado, no lograba localizar al contrabandista de caña, al incendiario. Pero al cabo de ese tiempo, Acosta había considerado discreto no alimentar más el fuego, y los machetes dejaron de trabajar. Buen negocio, en suma, para el correntino, que había concebido venganza y ganancia, todo sobre la propia cabeza pelada de Korner.

Pasaron dos años. El mensú abofeteado había trabajado en varios obrajes, sin serle permitido poner una sola vez los pies en Puerto Profundidad. Ya se ve: el antiguo disgusto con Korner y el episodio del palo mayor, habían convertido al indiecito en persona poco grata a la administración. El mensú, entre tanto, invadido por la molicie aborigen, quedaba largas temporadas en Posadas, vagado, viviendo de sus bigotitos en punta, que encendían el corazón de las mensualeras. Su corte de pelo en melena corta, sobre todo, muy común en el extremo Norte, encantaba a las muchachas con la seducción de su aceite y sus violentas lociones.

Un buen día se decidía a aceptar la primera contrata al paso, y remontaba el Paraná. Chancelaba presto su anticipo, pues tenía un magnífico brazo; descendía a este puerto, a aquél, los sondaba todos, tratando de llegar a donde quería. Pero era en vano: en todos los obrajes se le aceptaba con placer menos en Profundidad; allí estaba de más. Cogíalo entonces nueva crisis de desgano y cansancio y tornaba a pasar meses enteros en Posadas, el cuerpo enervado y bigotito saturado de esencias.

Corrieron aún tres años. En ese tiempo el mensú subió una sola vez al Alto Paraná, habiendo concluido por considerar sus medios de vida actuales mucho menos fatigosos que los del monte. Y aunque el antiguo y duro cansancio de los brazos era ahora reemplazado por la constante fatiga de las piernas, hallaba aquello de su gusto.

No conocía —o no frecuentaba, por lo menos— de Posadas más que la Bajada y el puerto. No salía de ese barrio de los mensú; pasaba del rancho de una mensualera a otro; luego iba al boliche; después, al puerto a festejar en corro de aullidos el embarque diario de los mensú, para concluir de noche en los bailes a cinco centavos la pieza.

—¡Che, amigo! —le gritaban los peones— ¡No te gusta más tu hacha! ¡Te gusta la bailanta, che amigo!

El indiecito sonreía, satisfecho de sus bigotes y su melena lustrosa.

Un día, sin embargo, levantó vivamente la cabeza y la volvió, toda oídos, a los conchabadores que ofrecían espléndidos anticipos a una tropa de mensú recién desembarcados. Se trataba del arriendo del Puerto Cabriuva, casi en los saltos del Guayra, por la empresa que regentaba Korner. Había allí mucha madera en barranca, y se precisaba gente. Buen jornal, y un poco de caña, ya se sabe.

Tres días después, los mismos mensú que acababan de bajar extenuados por nueve meses de obraje, tornaban a subir, después de haber derrochado fantástica y brutalmente en cuarenta y ocho horas doscientos pesos de anticipo.

No fue poca la sorpresa de los peones al ver al buen mozo entre ellos.

—¡Opama la fiesta, che, amigo! —le gritaban—. ¡Otra vez la hacha, aña-mb...!

Llegaron a Puerto Cabriuva, y desde esa misma tarde la cuadrilla del mensú fue destinada a las jangadas.

Pasó, por consiguiente, dos meses trabajando bajo un sol de fuego, tumbando vigas desde lo alto de la barranca al río, a punta de palanca, en esfuerzos congestivos que tendían como alambres los tendones del cuello a los siete mensú enfilados.

Luego, el trabajo en el río, a nado, con veinte brazas de agua bajo los pies, juntando los troncos, remolcándolos, inmovilizados en los cabezales de las vigas horas enteras, con los hombros y los brazos únicamente fuera del agua. Al cabo de cuatro, seis horas, el hombre trepa a la jangada, se le iza, mejor dicho, pues está helado. No es así extraño que la administración tenga siempre reservada un poco de caña para estos casos, los únicos en que se infringe la ley. El hombre toma una copa y vuelve otra vez al agua.

El mensú tuvo su parte en este rudo quehacer, y bajó con la inmensa almadía hasta Puerto Profundidad. Nuestro hombre había contado con esto para que se le permitiera bajar en el puerto. En efecto, en la Comisaría del obraje o no se le reconoció, o se hizo la vista gorda, en razón de la urgencia del trabajador. Lo cierto es que, recibida la jangada se le encomendó al mensú, justamente con tres peones, la conducción de una recua de mulas a la Carrería, varias leguas adentro. No pedía otra cosa el mensú, que salió a la mañana siguiente, arreando su tropilla por la picada maestra.

Hacía ese día mucho calor. Entre la doble muralla del bosque, el camino rojo deslumbraba de sol. El silencio de la selva a esa hora parecía aumentar la mareante vibración del aire sobre la arena volcánica. Ni un soplo de aire, ni un pío de pájaro. Bajo el sol a plomo, que enmudecía a las chicharras, la tropilla aureolada de tábanos avanzaba monótonamente por la picada, cabizbaja de modorra y luz.

A la una los peones hicieron alto para tomar mate. Un momento después divisaban a su patrón que avanzaba hacia ellos por la picada. Venía solo, a caballo, con su gran casco de pita. Korner se detuvo, hizo dos o tres preguntas al peón más inmediato y recién entonces reconoció al indiecito, doblado sobre la pava de agua.

El rostro sudoso de Korner enrojeció un punto más y se irguió en los estribos.

—¡Eh, vos! ¿Qué hacés aquí? —le gritó furioso.

El indiecito se incorporó sin prisa.

—Parece que no sabe saludar a la gente —contestó, avanzando lento hacia su patrón.

Korner sacó el revólver e hizo fuego. El tiro tuvo tiempo de salir, pero a la loca: un revés de machete había lanzado al aire el revólver, con el índice adherido al gatillo. Un instante después Korner estaba por tierra con el indiecito encima.

Los peones habían quedado inmóviles, ostensiblemente ganados por la audacia de su compañero.

—¡Sigan ustedes! —les gritó éste con voz ahogada, sin volver la cabeza. Los otros prosiguieron su deber, que era para ellos arrear las mulas, según lo ordenado, y la tropilla se perdió en la picada.

El mensú, entonces, siempre conteniendo a Korner contra el suelo, tiró lejos el cuchillo de éste, y de un salto se puso en pie. Tenía en la mano el rebenque de su patrón, de cuero de anta.

—Levántate —le dijo.

Korner se levantó empapado en sangre e insultos, e intentó una embestida. Pero el látigo cayó tan violentamente sobre su cara que lo lanzó a tierra.

—Levántate —repitió el mensú.

Korner tornó a levantarse.

—Ahora caminá.

Y como Korner, enloquecido de indignación, iniciara otro ataque, el rebenque, con un seco y terrible golpe, cayó sobre su espalda.

—Caminá.

Korner caminó. Su humillación, casi apoplética, su mano desangrándose, la fatiga lo habían vencido, y caminaba. A ratos, sin embargo, la intensidad de su afrenta deteníalo con un huracán de amenazas. Pero el mensú no parecía oír. El látigo caía de nuevo, terrible, sobre su nuca.

—Caminá.

Iban solos por la picada, rumbo al río, en silenciosa pareja, el mensú un poco detrás. El sol quemaba la cabeza, las botas, los pies. Igual silencio que en la mañana, diluido en el mismo vago zumbido de la selva aletargada. Sólo de cuando en cuando sonaba el restallido del rebenque sobre la espalda de Korner.

—Caminá.

Durante cinco horas, kilómetro tras kilómetro, Korner sorbió hasta las heces la humillación y el dolor de su situación. Herido, ahogado, con fugitivos golpes de apoplejía, en balde intentó varias veces detenerse. El mensú no decía una palabra, pero el látigo caía de nuevo, y Korner caminaba.

Al entrar el sol, y para evitar la Comisaría, la pareja abandonó la picada maestra por un pique que conducía también al Paraná. Korner, perdida con ese cambio de rumbo la última posibilidad de auxilio, se tendió en el suelo, dispuesto a no dar un paso más. Pero el rebenque, con sus golpes de brazo habituado al hacha, comenzó a caer.

—Caminá.

Al quinto latigazo Korner se incorporó y en el cuarto de hora final los rebencazos cayeron cada veinte pasos con incansable fuerza sobre la espalda y la nuca de Korner, que se tambaleaba como un sonámbulo.

Llegaron, por fin, al río cuya costa remontaron hasta la jangada. Korner tuvo que subir a ella, tuvo que caminar como le fue posible hasta el extremo opuesto, y allí en el límite de sus fuerzas, se desplomó de boca, la cabeza entre los brazos.

El mensú se acercó:

—Ahora —habló por fin—, esto es para que saludés a la gente... Y esto, para que sopapées a la gente...

Y el rebenque, con terrible y monótona violencia, cayó sin tregua sobre la cabeza y la nuca de Korner, arrancándole mechones sanguinolentos de pelo.

Korner no se movía más. El mensú cortó entonces las amarras de la jangada, y subiendo en la canoa ató un cabo a la popa de la almadía y paleó vigorosamente.

Por leve que fuera la tracción sobre la inmensa mole de vigas, el esfuerzo inicial bastó. La jangada viró insensiblemente, entró en la corriente y el hombre cortó entonces el cabo.

El sol había entrado hacía rato. El ambiente, calcinado dos horas antes, tenía ahora una frescura y quietud fúnebres. Bajo el cielo aún verde, la jangada derivaba girando, entraba en la sombra transparente de la costa paraguaya, para resurgir de nuevo a la distancia como una línea negra ya.

El mensú derivaba también oblicuamente hacia el Brasil, donde debía permanecer hasta el fin de sus días.

—Voy a perder la bandera —murmuraba mientras se ataba un hilo en la muñeca fatigada. Y con una fría mirada a la jangada que iba al desastre inevitable, concluyó entre los dientes—: ¡Pero ése no va a sopapear más a nadie; gringo de un añá membuí!

EL LORO PELADO *

Había una vez una bandada de loros que vivían en el monte.

De mañana temprano iban a comer choclos a la chacra, y de tarde comían naranjas. Hacían gran barullo con sus gritos, y tenían siempre un loro de centinela en los árboles más altos, para ver si venía alguien.

Los loros son tan dañinos como la langosta, porque abren los choclos para picotearlos, y después se pudren con la lluvia. Y como al mismo tiempo los loros son ricos para comer guisados, los peones los cazaban a tiros.

Un día, un hombre bajó de un tiro a un loro centinela, el que cayó herido y peleó un buen rato antes de dejarse agarrar. El peón lo llevó a la casa, para los hijos del patrón, y los chicos lo curaron, porque no tenía más que una ala rota. El loro se curó muy bien, y se amansó completamente. Se llamaba Pedrito. Aprendió a dar la pata; le gustaba estar en el hombro de las personas y con el pico les hacía cosquillas en la oreja.

Vivía suelto, y pasaba casi todo el día en los naranjos y eucaliptos del jardín. A las cuatro o cinco de la tarde, que era la hora en que tomaban el té en la casa, el loro entraba también en el comedor, y se subía con el pico y las patas por el mantel, a comer pan mojado en leche. Tenía locura por el té con leche.

Tanto se daba Pedrito con los chicos, y tantas cosas le decían las criaturas, que el loro aprendió a hablar. Decía: "¡buen día, lorito...!" "¡rica, la papa...!" "papa para Pedrito...!" Decía otras cosas más que no se pueden decir, porque los loros, como los chicos, aprenden con facilidad malas palabras.

Cuando llovía, Pedrito se encrespaba y se contaba a sí mismo una porción de cosas, muy bajito. Cuando el tiempo se componía, volaba entonces gritando como un loco.

Era, como se ve, un loro bien feliz, que además de ser libre, como lo desean todos los pájaros, tenía también, como las personas ricas, su "five o'clock tea".

Ahora bien, en medio de esta felicidad, sucedió que una tarde de lluvia salió por fin el sol después de cinco días de temporal, y Pedrito se puso a gritar volando:

—¡Qué lindo día, lorito...! rica, papa...! ¡la pata, Pedrito...! Y volaba lejos, hasta que vio debajo de él, muy abajo, el río Paraná, que parecía una lejana y ancha cinta blanca. Y siguió, siguió volando, hasta que se asentó por fin en un árbol a descansar.

Y he aquí que de pronto vio brillar en el suelo, a través de las ramas, dos luces verdes, como enormes bichos de luz.

—¿Qué será? —se dijo el loro—. "Rica papa...!" ¿qué será eso...? "¡buen día Pedrito...!"

El loro hablaba siempre así, como todos los loros, mezclando las palabras sin ton ni son, y a veces costaba entenderlo. Y como era muy curioso, fue bajando de rama en rama, hasta acercarse. Entonces vio que aquellas dos luces eran los ojos de un tigre que estaba agachado, mirándolo fijamente.

Pero Pedrito estaba tan contento

---

* Publicado en *Fray Mocho*, el 16 de marzo de 1917, y el año siguiente en *Cuentos de la selva, para niños*.

con el lindo día, que no tuvo ningún miedo.

—¡Buen día, tigre! —le dijo—. "¡La pata, Pedrito...!"

Y el tigre, con esa voz terriblemente ronca que tiene, le respondió:

—¡Bu-en dí-a!

—¡Buen día, tigre! —repitió el loro—. "¡Rica, papa...! ¡rica papa...! ¡rica, papa...!"

Y decía tantas veces "¡rica papa!" porque ya eran las cuatro de la tarde, y tenía muchas ganas de tomar té con leche. El loro se había olvidado de que los bichos del monte no toman té con leche, y por esto lo convidó al tigre.

—¡Rico, té con leche! —le dijo—. "¡Buen día, Pedrito...!" ¿Querés tomar té con leche conmigo, amigo tigre?

Pero el tigre se puso furioso porque creyó que el loro se reía de él; y además, como tenía a su vez hambre, se quiso comer al pájaro hablador. Así es que le contestó:

—¡Bueno! ¡Acercá-te un po-co, que soy sor-do!

El tigre no era sordo; lo que quería era que Pedrito se acercara mucho para agarrarlo de un zarpazo. Pero el loro no pensaba sino en el gusto que tendría en la casa cuando él se presentara a tomar té con leche con aquel magnífico amigo. Y voló hasta otra rama más cerca del suelo.

—¡Rica, papa, en casa! —repitió, gritando cuanto podía.

—¡Más cer-ca! ¡No te oi-go! —respondió el tigre con su voz ronca.

El loro se acercó un poco más y dijo:

—¡Rico, té con leche!

—¡Más cer-ca toda-vía! —repitió el tigre.

El pobre loro se acercó más aún, y en ese momento el tigre dio un terrible salto, tan alto como una casa, y alcanzó con la punta de las uñas a Pedrito. No alcanzó a matarlo, pero le arrancó todas las plumas del lomo, y la cola entera. No le quedó una sola pluma en la cola.

—¡Tomá! —rugió el tigre—. Andá a tomar té con leche...

El loro, gritando de dolor y de miedo, se fue volando. Pero no podía volar bien, porque le faltaba la cola, que es como el timón de los pájaros. Volaba cayéndose en el aire de un lado para otro, y todos los pájaros que lo encontraban, se alejaban asustados de aquel bicho raro.

Por fin pudo llegar a la casa, y lo primero que hizo fue mirarse en el espejo de la cocinera. ¡Pobre Pedrito! Era el pájaro más raro y más feo que puede darse, todo pelado, todo rabón, y temblando de frío. ¿Cómo iba a presentarse en el comedor, con esa figura? Voló entonces hasta el hueco que había en el tronco de un eucaliptus y que era como una cueva, y se escondió en el fondo, tiritando de frío y de vergüenza.

Pero entre tanto, en el comedor todos extrañaban su ausencia.

—¿Dónde estará Pedrito? —decían—. Y llamaban: —¡Pedrito! ¡Rica, papa, Pedrito! ¡Té con leche, Pedrito!

Pero Pedrito no se movía de su cueva, ni respondía nada, mudo y quieto. Lo buscaron por todas partes, pero el loro no apareció. Todos creyeron entonces que Pedrito había muerto, y los chicos se echaron a llorar.

Todas las tardes, a la hora del té, se acordaban siempre del loro, y recordaban también cuánto le gustaba comer pan mojado en té con leche. ¡Pobre Pedrito! Nunca más lo verían porque había muerto.

Pero Pedrito no había muerto, sino que continuaba en su cueva sin dejarse ver por nadie, porque sentía mucha vergüenza de verse pelado como un ratón. De noche bajaba a comer, y subía en seguida. De madrugada descendía de nuevo, muy ligero, e iba a mirarse en el espejo de la cocinera, siempre muy triste porque las plumas tardaban mucho en crecer.

Hasta que por fin un día, o una tarde, la familia, sentada a la mesa a la hora del té, vio entrar a Pedrito muy tranquilo, balanceándose, como si nada hubiera pasado. Todos se querían morir de gusto cuando lo vieron, bien vivo y con lindísimas plumas.

—¡Pedrito, lorito! —le decían—. ¡Qué te pasó, Pedrito! ¡Qué plumas brillantes que tiene el lorito!

Pero no sabían que eran plumas nuevas, y Pedrito, muy serio, no decía tampoco una palabra. No hacía sino comer pan mojado en té con leche. Pero lo que es hablar, ni una sola palabra.

Por esto el dueño de la casa se sorprendió mucho cuando a la mañana siguiente el loro fue volando a pararse en su hombro, charlando como un loro. En dos minutos le contó lo que le había pasado: su paseo al Paraguay, su encuentro con el tigre, y lo demás; y concluía cada cuento, cantando:

—¡Ni una pluma en la cola de Pedrito! ¡Ni una pluma! ¡Ni una pluma!

Y lo invitó a ir a cazar al tigre entre los dos.

El dueño de la casa, que precisamente iba en ese momento a comprar una piel de tigre que le hacía falta para la estufa, quedó muy contento de poderla tener de gratis. Y volviendo a entrar en la casa para tomar la escopeta, emprendió junto con Pedrito el viaje a Paraguay. Convinieron en que cuando Pedrito viera al tigre, lo distraería charlando, para que el hombre pudiera acercarse despacito con la escopeta.

Y así pasó. El loro, sentado en una rama del árbol, charlaba y charlaba, mirando al mismo tiempo a todos lados, para ver si veía al tigre. Y por fin sintió un ruido de ramas partidas, y vio de repente debajo del árbol dos luces verdes fijas en él; eran los ojos del tigre.

Entonces el loro se puso a gritar:

—¡Lindo día...! ¡rica, papa...! ¡rico té con leche...! ¿querés té con leche...?

El tigre enojadísimo al reconocer a aquel loro pelado que él creía haber muerto, y que tenía otra vez lindísimas plumas, juró que esta vez no se le escaparía, y de sus ojos brotaron dos rayos de ira cuando respondió con su voz ronca:

—Acer-cá-te más! ¡Soy sor-do!

El loro voló a otra rama más próxima, siempre charlando:

—¡Rico, pan con leche...! ¡ESTÁ AL PIE DE ESTE ÁRBOL...!

Al oír estas últimas palabras, el tigre lanzó un rugido y se levantó de un salto.

—¿Con quién estás hablando? —bramó—. —¿A quién le has dicho que estoy al pie de este árbol?

—¡A nadie, a nadie! —gritó el loro—. —Buen día, Pedrito... ¡La pata, lorito! Y seguía charlando y saltando de rama en rama, y acercándose. Pero él había dicho: Está al pie del árbol para avisarle al hombre, que se iba arrimando bien agachado y con la escopeta al hombro.

Y llegó un momento en que el loro no pudo acercarse más, porque si no caía en la boca del tigre, y entonces gritó:

—¡Rica, papa...! ¡ATENCIÓN!

—¡Más cer-ca aún! —rugió el tigre, agachándose para saltar.

—¡Rico, té con leche...! ¡CUIDADO, VA A SALTAR!

Y el tigre saltó, en efecto. Dio un enorme salto, que el loro evitó lanzándose al mismo tiempo como una flecha al aire. Pero también en ese mismo instante el hombre, que tenía el cañón de la escopeta recostado contra un tronco para hacer bien la puntería, apretó el gatillo, y nueve balines del tamaño de un garbanzo cada uno, entraron como un rayo en el corazón del tigre, que lanzando un bramido que hizo temblar el monte entero, cayó muerto.

Pero el loro, ¡qué gritos de alegría daba! Estaba loco de contento, porque se había vengado —¡y bien vengado!— del feísimo animal que le había sacado las plumas.

El hombre estaba también muy

contento, porque matar a un tigre es cosa difícil, y además tenía piel para la estufa del comedor.

Cuando llegaron a la casa, todos supieron por qué Pedrito había estado tanto tiempo en el hueco del árbol, y todos lo felicitaron por la hazaña que había hecho.

Vivieron en adelante muy contentos. Pero el loro no se olvidaba de lo que le había hecho el tigre, y todas las tardes, cuando entraba en el comedor para tomar el té se acercaba siempre a la piel del tigre, tendida delante de la estufa, y lo invitaba a tomar té con leche.

—¡Rica, papa...! —le decía—. ¿Querés té con leche...? ¡La papa para el tigre! Y todos se morían de risa. Y Pedrito también.

LA ABEJA HARAGANA *

Había una vez en una colmena una abeja que no quería trabajar. Es decir, recorría los árboles uno por uno para tomar el jugo de las flores; pero en vez de conservarlo para convertirlo en miel, se lo tomaba del todo.

Era pues, una abeja haragana. Todas las mañanas, apenas el sol calentaba el aire, la abejita se asomaba a la puerta de la colmena, veía que hacía buen tiempo, se peinaba con las patas, como hacen las moscas, y echaba entonces a volar, muy contenta del lindo día. Zumbaba muerta de gusto de flor en flor, entraba en la colmena, volvía a salir, y así se lo pasaba todo el día, mientras las otras abejas se mataban trabajando para llenar la colmena de miel, porque la miel es el alimento de las abejas recién nacidas.

Como las abejas son muy serias, comenzaron a disgustarse con el proceder de la hermana haragana. En la puerta de las colmenas hay siempre unas cuantas abejas que están de guardia para cuidar que no entren bichos en la colmena. Estas abejas suelen ser muy viejas, con gran experiencia de la vida, y tienen el lomo pelado porque han perdido todos los pelos de rozar contra la puerta de la colmena.

Un día, pues, detuvieron a la abeja haragana cuando iba a entrar, diciéndole:

---

* Sin duda el más perfectamente construido y el más valioso además por la artística y natural insinuación del mensaje moral de amor necesario al trabajo de sus *Cuentos de la selva, para niños* (1918), aunque haya que reconocer lo limitador de algunos innecesarios regionalismos de expresión, léxicos y sobre todo, los morfológicos.

—Compañera: es necesario que trabajes, porque todas las abejas debemos trabajar.

La abejita contestó:

—Yo ando todo el día volando, y me canso mucho.

—No es cuestión de que te canses mucho —respondieron— sino de que trabajes un poco. Es la primera advertencia que te hacemos.

Y diciendo así la dejaron pasar.

Pero la abeja haragana no se corregía. De modo que a la tarde siguiente, las abejas que estaban de guardia le dijeron:

—Hay que trabajar, hermana.

Y ella respondió en seguida:

—¡Uno de estos días lo voy a hacer!

—No es cuestión de que lo hagas uno de estos días —le respondieron— sino mañana mismo. Acuérdate de esto.

Y la dejaron pasar.

Al anochecer siguiente se repitió la misma cosa. Antes de que le dijeran nada, la abejita exclamó:

—¡Sí, sí, hermanas! ¡Ya me acuerdo de lo que he prometido!

—No es cuestión de que te acuerdes de lo prometido —le respondieron— sino de que trabajes. Hoy es 19 de abril. Pues bien: trata de que mañana, 20, hayas traído una gota siquiera de miel. Y ahora pasa.

Y diciendo esto se apartaron para dejarla entrar.

Pero el 20 de abril pasó en vano como todos los demás. Con la diferencia de que al caer el sol el tiempo se descompuso y comenzó a soplar el viento frío.

La abejita haragana voló apresurada hacia su colmena, pensando en lo calientito que estaría allá dentro. Pero cuando quiso entrar, las abejas que estaban de guardia se lo impidieron.

—No se entra —le dijeron fríamente.

—¡Yo quiero entrar! —clamó la abejita—. Ésta es mi colmena.

—Ésta es la colmena de unas pobres abejas trabajadoras —le contestaron las otras—. No hay entrada para las haraganas.

—¡Mañana sin falta voy a trabajar! —insistió la abejita.

—No hay mañana para las que no trabajan —respondieron las abejas, que saben mucha filosofía.

Y esto diciendo la empujaron afuera.

La abejita, sin saber qué hacer, voló un rato aún; pero ya la noche caía, y se veía apenas. Quiso cogerse de una hoja, y cayó al suelo. Tenía el cuerpo entumecido por el aire frío, y no podía volar más.

Arrastrándose entonces por el suelo, trepando y bajando de los palitos y piedritas, que le parecían montañas, llegó a la puerta de la colmena, a tiempo que comenzaban a caer frías gotas de lluvia.

—¡Ay, mi Dios! —exclamó la desamparada—. ¡Va a llover, y me voy a morir de frío!

Y tentó entrar en la colmena.

Pero de nuevo le cerraron el paso.

—¡Perdón! —gimió la abeja—. ¡Déjenme entrar!

—Ya es tarde —le respondieron.

—¡Por favor, hermanas! ¡Tengo sueño!

—Es más tarde aún.

—¡Compañeras, por piedad! ¡Tengo frío!

—Imposible.

—¡Por última vez! ¡Me voy a morir!

Entonces le dijeron:

—No, no morirás. Aprenderás en una sola noche lo que es el descanso ganado con el trabajo. Vete.

Y la echaron.

Entonces, temblando de frío, con las alas mojadas y tropezando, la abeja se arrastró hasta que de pronto rodó por un agujero; cayó rodando, mejor dicho, al fondo de una caverna.

Creyó que no iba a concluir nunca de bajar. Al fin llegó al fondo, y se halló bruscamente ante una víbora, una culebra verde de lomo color ladrillo, que la miraba enroscada y presta a lanzarse sobre ella.

En verdad, aquella caverna era el hueco de un árbol que habían trasplantado hacía tiempo, y que la culebra había elegido por guarida.

Las culebras comen abejas, que les gustan mucho. Por esto la abejita, al encontrarse ante su enemiga, murmuró cerrando los ojos:

—¡Adiós, mi vida! Ésta es la última hora que yo veo la luz.

Pero con gran sorpresa suya, la culebra no solamente no la devoró, sino que le dijo:

—¿Qué tal abejita? No has de ser muy trabajadora para estar aquí a estas horas.

—Es cierto —murmuró la abeja—. No trabajo, y yo tengo la culpa.

—Siendo así —agregó la culebra burlona —voy a quitar del mundo un mal bicho como tú. Te voy a comer, abeja.

La abeja, temblando, exclamó entonces:

—¡No es justo, eso, no es justo! No es justo que usted me coma porque es más fuerte que yo. Los hombres saben lo que es justicia.

—¡Ah, ah! —exclamó la culebra, enroscándose ligero—. ¿Tú conoces bien a los hombres? ¿Tú crees que los hombres, que les quitan la miel a ustedes, son más justos, grandísima tonta?

—No es por eso que nos quitan la miel —respondió la abeja.

—¿Y por qué, entonces?

—Porque son más inteligentes.

Así dijo la abejita. Pero la culebra se echó a reír exclamando:

—¡Bueno! Con justicia o sin ella, te voy a comer; apróntate.

Y se echó atrás, para lanzarse sobre la abeja. Pero ésta exclamó:

—Usted hace eso porque es menos inteligente que yo.

—¿Yo, menos inteligente que tú, mocosa? —se rió la culebra.

—Así es —afirmó la abeja.

—Pues bien —dijo la culebra—, vamos a verlo. Vamos a hacer dos pruebas. El que haga la prueba más rara, ése gana. Si gano yo, te como.

—¿Y si gano yo? —preguntó la abejita.

—Si ganas tú —repuso la enemiga—, tienes el derecho de pasar la noche aquí, hasta que sea de día. ¿Te conviene?

—Aceptado —contestó la abeja.

La culebra se echó a reír de nuevo, porque se le había ocurrido una cosa que jamás podría una abeja. Y he aquí lo que hizo:

Salió un instante afuera, tan velozmente que la abeja no tuvo tiempo de nada. Y volvió trayendo una cápsula de semillas de eucalipto, de un eucalipto que estaba al lado de la colmena y que le daba sombra.

Los muchachos hacen bailar como trompos esas cápsulas, y les llaman trompitos de eucalipto.

—Esto es lo que voy a hacer —dijo la culebra. —¡Fíjate bien, atención!

Y arrollando vivamente la cola alrededor del trompito como un piolín, la desenvolvió a toda velocidad, con tanta rapidez que el trompito quedó bailando y zumbando como un loco.

La culebra se reía, y con mucha razón, porque jamás una abeja ha hecho ni podrá bailar un trompito.

Pero cuando el trompito, que se había quedado dormido zumbando, como les pasa a los trompos de naranjo, cayó por fin al suelo, la abeja dijo:

—Esa prueba es muy linda, y yo nunca podré hacer eso.

—Entonces, te como —exclamó la culebra.

—¡Un momento! Yo no puedo hacer eso; pero hago una cosa que nadie hace.

—¿Qué es eso?

—Desaparecer.

—¿Cómo? —exclamó la culebra dando un salto de sorpresa—. ¿Desaparecer sin salir de aquí?

—Sin salir de aquí.

—¿Y sin esconderte en la tierra?

—Sin esconderme en la tierra.

—¡Pues bien, hazlo! Y si no lo haces, te como en seguida —dijo la culebra.

El caso es que mientras el trompito bailaba, la abeja había tenido tiempo de examinar la caverna, y había visto una plantita que crecía allí. Era un arbustillo, casi un yuyito, con grandes hojas del tamaño de una moneda de dos centavos.

La abeja se arrimó a la plantita, teniendo cuidado de no tocarla, y dijo así:

—Ahora me toca a mí, señora Culebra. Me va a hacer el favor de darse vuelta, y contar hasta tres. Cuando diga "tres", búsqueme por todas partes ¡ya no estaré más!

Y así pasó, en efecto. La culebra dijo rápidamente: "uno..., dos..., tres", y se volvió y abrió la boca cuan grande era, de sorpresa: allí no había nadie. Miró arriba, abajo, a todos lados, recorrió los rincones, la plantita, tanteó todo con su lengua. Inútil: la abeja había desaparecido.

La culebra comprendió entonces que si su prueba del trompito era muy buena, la prueba de la abeja era simplemente extraordinaria. ¿Qué se había hecho? ¿Dónde estaba?

No había modo de hallarla.

—¡Bueno! —exclamó por fin—. Me doy por vencida. ¿Dónde estás?

Una voz que apenas se oía —la voz de la abejita— salió del medio de la cueva.

—¿No me vas a hacer nada? —dijo la voz. —¿Puedo contar con tu juramento?

—Sí —respondió la culebra. —Te lo juro. ¿Dónde estás?

—Aquí —respondió la abejita, apareciendo súbitamente de entre una hoja cerrada de la plantita.

¿Qué había pasado? Una cosa sencilla: La plantita en cuestión, era muy sensitiva, muy común también aquí en Buenos Aires, y que tiene la particularidad de que sus hojas se cierran al menor contacto. Solamente que esta aventura pasaba en Misiones, donde la vegetación es muy rica, y por lo tanto muy grandes las hojas de las sensitivas. De aquí que al contacto de la abeja, las hojas se cerraran, ocultando completamente al insecto.

La inteligencia de la culebra no había alcanzado nunca a darse cuenta de ese fenómeno; pero la abeja lo había observado, y se aprovechaba de él para salvar su vida.

La culebra no dijo nada, pero quedó muy irritada con su derrota, tanto que la abeja pasó toda la noche recordando a su enemiga la promesa que había hecho de respetarla.

Fue una noche larga, interminable, que las dos pasaron arrimadas contra la pared más alta de la caverna, porque la tormenta se había desencadenado y el agua entraba como un río adentro.

Hacía mucho frío, además, y adentro reinaba la oscuridad más completa. De cuando en cuando, la culebra sentía impulsos de lanzarse sobre la abeja, y ésta creía entonces llegado el término de su vida.

Nunca, jamás, creyó la abejita que una noche podría ser tan fría, tan larga, tan horrible. Recordaba su vida anterior, durmiendo noche tras noche en la colmena bien calientita, y lloraba entonces en silencio.

Cuando llegó el día, y salió el sol, porque el tiempo se había compuesto, la abejita voló y lloró otra vez en silencio ante la puerta de la colmena hecha por el esfuerzo de la familia. Las abejas de guardia la dejaron pasar sin decirle nada, porque comprendieron que la que volvía no era la paseandera haragana, sino una abeja que había hecho en sólo una noche un duro aprendizaje de la vida.

Así fue, en efecto, En adelante, ninguna como ella recogió tanto polen ni fabricó tanta miel. Y cuando el otoño llegó, y llegó también el término de sus días, tuvo aún tiempo de dar una última lección antes de morir a las jóvenes abejas que la rodeaban:

—No es nuestra inteligencia, sino nuestro trabajo quien nos hace fuertes. Yo usé una sola vez de mi inteligencia, y fue para salvar mi vida. No habría necesitado de ese esfuerzo, si hubiera trabajado como todas. Me he cansado tanto volando de aquí para allá, como trabajando. Lo que me faltaba era la noción del deber, que adquirí aquella noche.

—Trabajen, compañeras, pensando que el fin a que tienden nuestros esfuerzos —la felicidad de todos— es muy superior a la fatiga de cada uno. A esto los hombres llaman ideal, y tienen razón. No hay otra filosofía en la vida de un hombre y de una abeja.

ANACONDA *

I

Eran las diez de la noche y hacía un calor sofocante. El tiempo cargado pesaba sobre la selva, sin un soplo de viento. El cielo de carbón se entreabría de vez en cuando en sordos relámpagos de un extremo a otro del horizonte; pero el chubasco silbante del Sur estaba aún lejos.

Por un sendero de vacas en pleno espartillo blanco avanzaba Lanceolada, con la lentitud genérica de las víboras. Era una hermosísima yarará de un metro cincuenta, con los negros ángulos de su flanco bien cortados en sierra, escama por escama. Avanzaba tanteando la seguridad del terreno con la lengua, que en los ofidios reemplaza perfectamente a los dedos.

Iba de caza. Al llegar a un cruce de senderos se detuvo, se arrolló prolijamente sobre sí misma, removióse aún un momento acomodándose y después de bajar la cabeza al nivel de sus anillos asentó la mandíbula inferior y esperó inmóvil.

Minuto tras minuto esperó cinco horas. Al cabo de este tiempo continuaba en igual inmovilidad. ¡Mala noche! Comenzaba a romper el día e iba a retirarse cuando cambió de idea. Sobre el cielo lívido del Este se recortaba una inmensa sombra.

—Quisiera pasar cerca de la casa —se dijo la yarará—. Hace días que siento ruido y es menester estar alerta...

Y marchó prudentemente hacia la sombra.

La casa a que hacía referencia Lanceolada era un viejo edificio de tablas rodeado de corredores y todo blanqueado. En torno se levantaban dos o tres galpones. Desde tiempo inmemorial el edificio había estado deshabitado. Ahora se sentían ruidos insólitos, golpes de fierros, relinchos de caballos, conjunto de cosas en que trascendía a la legua la presencia del Hombre. Mal asunto...

Pero era preciso asegurarse, y Lanceolada lo hizo mucho más pronto de lo que acaso hubiera querido.

Un inequívoco ruido de puerta abierta llegó a sus oídos. La víbora irguió la cabeza, y mientras notaba que una fría claridad en el horizonte anunciaba la aurora, vio una angosta sombra, alta y robusta que avanzaba hacia ella. Oyó también el ruido de las pisadas, el golpe seguro, pleno, enormemente distanciado que denunciaba también a la legua al enemigo.

---

* Siendo de los más difundidos relatos de Quiroga, generalmente asociado a su nombre, *Anaconda* no es de los más típicos o representativos de su estilo. Aunque conserva los caracteres imaginativos esenciales propios del cuento, se acerca a la novela breve por lo amplio, diversificando y aun moroso de la narración, en la cual, en contradicción con lo más característico del arte quiroguiano, escueto, directo e intenso, intervienen elementos muy dispares: la proyección de lo sicológico humano en la visión del mundo de la zoología; la ironía epigramática, lo discursivo, la insinuada tendencia a lo episódico, y un, no por diluido, menos rico y curioso tratado de ofidiología, así como el empleo del diálogo más de lo que es usual en el autor. Aparece con el título de *Un drama en la selva. El imperio de las víboras*, publicado primeramente en *El cuento ilustrado*, Buenos Aires, 12 de abril de 1918. Da nombre después a la colección *Anaconda* (1921).

—¡El Hombre! —murmuró Lanceolada.

Y rápida como el rayo se arrolló en guardia.

La sombra estuvo sobre ella. Un enorme pie cayó a su lado, y la yarará, con toda la violencia de un ataque al que jugaba la vida, lanzó la cabeza contra aquello y la recogió a la posición anterior.

El Hombre se detuvo: había creído sentir un golpe en las botas. Miró el yuyo a su rededor sin mover los pies de su lugar; pero nada vio en la oscuridad, apenas rota por el vago día naciente, y siguió adelante.

Pero Lanceolada vio que la casa comenzaba a vivir, esta vez real y efectivamente con la vida del Hombre. La yarará emprendió la retirada a su cubil, llevando consigo la seguridad de que aquel acto nocturno no era sino el prólogo del gran drama a desarrollarse en breve.

II

Al día siguiente la primera preocupación de Lanceolada fue el peligro que con la llegada del Hombre se cernía sobre la Familia entera. Hombre y Devastación son sinónimos desde tiempo inmemorial en el Pueblo entero de los Animales. Para las Víboras en particular, el desastre se personificaba en dos horrores: el machete escudriñando, revolviendo el vientre mismo de la selva, y el fuego aniquilando el bosque en seguida, y con él los recónditos cubiles.

Tornábase, pues, urgente prevenir aquello. Lanceolada esperó la nueva noche para ponerse en campaña. Sin gran trabajo halló a dos compañeras que lanzaron la voz de alarma. Ella, por su parte, recorrió hasta las doce los lugares más indicados para un feliz encuentro, con suerte tal que a las dos de la mañana el Congreso se hallaba, si no en pleno, por lo menos con mayoría de especies para decidir qué se haría.

En la base de un murallón de piedra viva, de cinco metros de altura y en pleno bosque, desde luego, existía una caverna disimulada por los helechos que obstruían casi la entrada. Servía de guarida desde mucho tiempo atrás a Terrífica, una serpiente de cascabel, vieja entre las viejas, cuya cola contaba treinta y dos cascabeles. Su largo no pasaba de un metro cuarenta, pero en cambio su grueso alcanzaba al de una botella. Magnífico ejemplar, cruzada de rombos amarillos; vigorosa, tenaz, capaz de quedar siete horas en el mismo lugar frente al enemigo, pronta a enderezar los colmillos con canal interno, que son, como se sabe, si no los más grandes, los más admirablemente construidos de todas las serpientes venenosas.

Fue allí, en consecuencia, donde, ante la inminencia del peligro y presidido por la víbora de cascabel, se reunió el Congreso de las Víboras. Estaban allí, fuera de Lanceolada y Terrífica, las demás yararás del país: la pequeña Coatiarita, benjamín de la Familia, con la línea rojiza de sus costados bien visible y su cabeza particularmente afilada. Estaba allí, negligentemente tendida, como si se tratara de todo menos de hacer admirar las curvas blancas y café de su lomo sobre largas bandas salmón, la esbelta Neuwied, dechado de belleza y que había guardado para sí el nombre del naturalista que determinó su especie. Estaba Cruzada —que en el Sur llaman víbora de la cruz—, potente y audaz, rival de Neuwied en punto a belleza de dibujo. Estaba Atroz, de nombre suficientemente fatídico; y por último Urutú Dorado, la yararacusú, disimulando discretamente en el fondo de la caverna sus ciento setenta centímetros de terciopelo negro cruzado oblicuamente por bandas de oro.

Es de notar que las especies del formidable género Lachesis, o yararás, a que pertenecían todas las congresales menos Terrífica, sostienen una vieja rivalidad por la belleza del dibujo y el color. Pocos seres, en efecto, tan bien dotados como ellos.

Según las leyes de las víboras, ninguna especie poco abundante y sin dominio real en el país puede presidir las asambleas del Imperio. Por esto Urutú Dorado, magnífico animal de muerte, pero cuya especie es más bien rara, no pretendía este honor, cediéndolo de buen grado a la víbora de cascabel, más débil, pero que abunda milagrosamente.

El Congreso estaba, pues, en mayoría, y Terrífica abrió la sesión.

—¡Compañeras! —dijo—. Hemos sido todas enteradas por Lanceolada de la presencia nefasta del Hombre. Creo interpretar el anhelo de todas nosotras al tratar de salvar nuestro Imperio de la invasión enemiga. Sólo un medio cabe, pues la experiencia nos dice que el abandono del terreno no remedia nada. Este medio, ustedes lo saben bien, es la guerra al Hombre, sin tregua ni cuartel, desde esta noche misma, a la cual cada especie aportará sus virtudes. Me halaga en esta circunstancia olvidar mi especificación humana: no soy ahora una serpiente de cascabel; soy una yarará como ustedes. Las yararás, que tienen a la Muerte por negro pabellón. ¡Nosotras somos la Muerte, compañeras! Y entre tanto, que alguna de las presentes proponga un plan de campaña.

Nadie ignora, por lo menos en el Imperio de las Víboras, que todo lo que Terrífica tiene de largo en sus colmillos lo tiene de corto en su inteligencia. Ella lo sabe también, y aunque incapaz por lo tanto de idear plan alguno, posee, a fuer de vieja reina, el suficiente tacto para callarse.

Entonces Cruzada, desperezándose, dijo:

—Soy de la opinión de Terrífica, y considero que mientras no tengamos un plan nada podemos ni debemos hacer. Lo que lamento es la falta en este Congreso de nuestras primas sin veneno: las Culebras.

Se hizo un largo silencio. Evidentemente la proposición no halagaba a las víboras. Cruzada se sonrió de un modo vago y continuó:

—Lamento lo que pasa... Pero quisiera solamente recordar esto: si entre todas nosotras pretendiéramos vencer a una culebra, ¡no lo conseguiríamos! Nada más quiero decir.

—Si es por su resistencia al veneno —objetó perezosamente Urutú Dorado, desde el fondo del antro—, creo que yo sola me encargaría de desengañarlas...

—No se trata de veneno —replicó desdeñosamente Cruzada—. Yo también me bastaría... —agregó con una mirada de reojo a la yararacusú—. ¡Se trata de su fuerza, de su destreza, de su nerviosidad, como quiera llamársela! Cualidades de lucha que nadie pretenderá negar a nuestras primas. Insisto en que en una campaña como la que queremos emprender las serpientes nos serán de gran utilidad; más: ¡de imprescindible necesidad!

Pero la proposición desagradaba siempre.

—¿Por qué las culebras? —exclamó Atroz—. Son despreciables.

—Tienen ojos de pescado —agregó la presuntuosa Coatiarita.

—¡Me dan asco! —protestó desdeñosamente Lanceolada.

—Tal vez sea otra cosa lo que te dan... —murmuró Cruzada, mirándola de reojo.

—¿A mí? —silbó Lanceolada, irguiéndose—. ¡Te advierto que haces mala figura aquí defendiendo a esos gusanos corredores!

—Si te oyen las Cazadoras... —murmuró irónicamente Cruzada.

Pero al oír este nombre, *Cazadoras*, la asamblea entera se agitó.

—¡No hay para qué decir eso! —gritaron—. ¡Ellas son culebras y nada más!

—¡Ellas se llaman a sí mismas las Cazadoras! —replicó secamente Cruzada—. Y estamos en Congreso.

También desde tiempo inmemorial es fama entre las víboras la rivalidad particular de las dos yararás: Lanceolada, hija del extremo Norte, y Cruzada, cuyo habitat se extiende más al Sur. Cuestión de coquetería en punto a belleza, según las culebras.

—¡Vamos, vamos! —intervino Terrífica—. Que Cruzada explique para qué quiere la ayuda de las culebras, siendo así que no representan la Muerte, como nosotras.

—¡Para esto! —replicó Cruzada, ya en calma—. Es indispensable saber qué hace el Hombre en la casa, y para esto se precisa ir hasta allá, a la casa misma. Ahora bien: la empresa no es fácil, porque si el pabellón de nuestra especie es la Muerte, el pabellón del Hombre es también la Muerte, ¡y bastante más rápida que la nuestra! Las serpientes nos aventajan inmensamente en agilidad. Cualquiera de nosotras iría y vería. ¿Pero volvería? Nadie mejor para esto que la Ñacaniná. Estas exploraciones forman parte de sus hábitos diarios y podría, trepada al techo, ver, oír y regresar a informarnos antes de que sea de día.

La proposición era tan razonable que esta vez la asamblea entera asintió, aunque con un gesto de desagrado.

—¿Quién va a buscarla? —preguntaron varias voces.

Cruzada desprendió la cola de un tronco y se deslizó afuera.

—Voy yo —dijo—. En seguida vuelvo.

—¡Eso es! —le lanzó Lanceolada de atrás—. ¡Tú, que eres su protectora, la hallarás en seguida!

Cruzada tuvo aún tiempo de volver la cabeza hacia ella y le sacó la lengua, reto a largo plazo.

III

Cruzada halló a la Ñacaniná cuando ésta trepaba a un árbol.

—¡Eh, Ñacaniná! —llamó con un leve silbido.

La Ñacaniná oyó su nombre; pero se abstuvo, prudentemente, de contestar hasta nueva llamada.

—¡Ñacaniná! —repitió Cruzada, levantando medio tono su silbido.

—¿Quién me llama? —respondió la culebra.

—¡Soy yo, Cruzada...!

—¡Ah! La prima... ¿Qué quieres, prima adorada?

—No se trata de bromas, Ñacaniná... ¿Sabes lo que pasa en la Casa?

—Sí, que ha llegado el Hombre... ¿Qué más?

—¿Y sabes que estamos en Congreso?

—¡Ah, no; esto no lo sabía! —repuso la Ñacaniná, deslizándose cabeza abajo contra el árbol con tanta seguridad como si marchara sobre un plano horizontal—. Algo grave debe de pasar para eso... ¿Qué ocurre?

—Por el momento, nada; pero nos hemos reunido en Congreso precisamente para evitar que nos ocurra algo. En dos palabras: se sabe que hay varios hombres en la Casa, y que se van a quedar definitivamente. Es la Muerte para nosotras.

—Yo creía que ustedes eran la Muerte por sí mismas... ¡No se cansan de repetirlo! —murmuró irónicamente la culebra.

—¡Dejemos esto! Necesitamos de tu ayuda, Ñacaniná.

—¿Para qué? ¡Yo no tengo nada que ver aquí!

—¡Quién sabe! Para desgracia tuya, te pareces bastante a nosotras las Venenosas. Defendiendo nuestros intereses defiendes los tuyos.

—¡Comprendo! —repuso la Ñacaniná después de un momento, en el que valoró la suma de contingencias desfavorables para ella por aquella semejanza.

—Bueno; ¿contamos contigo?

—¿Qué debo hacer?

—Muy poco. Ir en seguida a la Casa y arreglarte allí de modo que veas y oigas lo que pasa.

—¡No es mucho, no! —repuso negligentemente Ñacaniná, restregando la cabeza contra el tronco.

—Pero es el caso —agregó— que allá arriba tengo la cena segura...

Una pava del monte a la que desde anteayer se le ha puesto en el copete anidar allí...

—Tal vez allá encuentres algo que comer —la consoló suavemente Cruzada.

Su prima la miró de reojo.

—Bueno, en marcha —reanudó la yarará—. Pasemos primero por el Congreso.

—¡Ah, no! —protestó la Ñacaniná—. ¡Eso no! ¡Les hago a ustedes el favor, y en paz! Iré al Congreso cuando vuelva..., si vuelvo. ¡Pero ver antes de tiempo la cáscara rugosa de Terrífica, los ojos de matón de Lanceolada y la cara estúpida de Coralina, eso no!

—No está Coralina.

—¡No importa! Con el resto tengo bastante.

—¡Bueno, bueno! —repuso Cruzada, que no quería hacer hincapié—. Pero si no disminuyes un poco la marcha no te sigo.

En efecto, aun a todo correr, la yarará no podía acompañar el deslizar —casi lento para ella— de la Ñacaniná.

—Quédate, ya estás cerca de las otras —contestó la culebra.

Y se lanzó a toda velocidad, dejando en un segundo atrás a su prima venenosa.

IV

Un cuarto de hora después la Cazadora llegaba a su destino. Celaban todavía en la casa. Por las puertas, abiertas de par en par, salían choros de luz, y ya desde lejos la Ñacaniná pudo ver cuatro hombres sentados alrededor de la mesa.

Para llegar con impunidad sólo faltaba evitar el problemático tropiezo con un perro. ¿Los habría? Mucho lo temía Ñacaniná. Por esto deslizóse adelante con gran cautela, sobre todo cuando llegó ante el corredor.

Ya en él observó con atención. Ni enfrente, ni a la derecha, ni a la izquierda había perro alguno. Sólo allá, en el corredor opuesto, y que la culebra podía ver por entre las piernas de los hombres, un perro negro dormía echado de costado.

La plaza, pues, estaba libre. Como desde el lugar en que se encontraba podía oír, pero no ver el panorama entero de los hombres hablando, la culebra, tras una ojeada arriba, tuvo lo que deseaba en un momento. Trepó por una escalera recostada a la pared bajo el corredor y se instaló en el espacio libre entre pared y techo, tendida sobre el tirante. Pero por más precauciones que tomara al deslizarse, un viejo clavo cayó al suelo y un Hombre levantó los ojos.

—¡Se acabó! —se dijo Ñacaniná, conteniendo la respiración.

Otro Hombre miró también a arriba.

—¿Qué hay? —preguntó.

—Nada —repuso el primero—. Me pareció ver algo negro por allá.

—Una rata.

—Se equivocó el Hombre —murmuró para sí la culebra.

—O alguna ñacaniná.

—Acertó el otro Hombre —murmuró de nuevo la aludida, aprestándose a la lucha.

Pero los hombres bajaron de nuevo la vista y la Ñacaniná vio y oyó durante media hora.

V

La Casa motivo de preocupación de la selva habíase convertido en establecimiento científico de la más grande importancia. Conocida ya desde tiempo atrás la particular riqueza en víboras de aquel rincón del territorio, el Gobierno de la Nación había decidido la creación de un instituto de Seroterapia Ofídica, donde se prepararían sueros contra el veneno de las víboras. La abundancia de éstas es un punto capital, pues nadie ignora que la carencia de víboras de qué extraer el veneno es el principal inconveniente para una vasta y segura preparación del suero.

El nuevo establecimiento podía comenzar casi en seguida, porque contaba con dos animales —un caballo y una mula— ya en vías de completa inmunización. Habíase logrado organizar el laboratorio y el serpentario. Este último prometía enriquecerse de un modo asombroso, por más que el Instituto hubiera llevado consigo no pocas serpientes venenosas —las mismas que servían para inmunizar a los animales citados—. Pero si se tiene en cuenta que un caballo en su último grado de inmunización necesita *seis gramos de veneno* en cada inyección (cantidad suficiente para matar doscientos cincuenta caballos), se comprenderá que deba ser muy grande el número de víboras en disponibilidad que requiere un Instituto del género.

Los días, duros al principio de una instalación en la selva, mantenían al personal superior del Instituto en vela hasta medianoche, entre planes de laboratorio y demás.

—Y los caballos, ¿cómo están hoy? —preguntó uno de lentes negros y que parecía ser el jefe del Instituto.

—Muy caídos —repuso otro—. Si no podemos hacer una buena recolección en estos días...

La Ñacaniná, inmóvil sobre el tirante, ojos y oídos alerta, comenzaba a tranquilizarse.

—Me parece —se dijo— que las primas venenosas se han llevado un susto magnífico. De estos hombres no hay gran cosa que temer...

Y avanzando más la cabeza, a tal punto que su nariz pasaba ya de la línea del tirante, observó con más atención.

Pero un contratiempo evoca otro.

—Hemos tenido hoy un día malo —agregó alguno—. Cinco tubos de ensayo se han roto...

La Ñacaniná sentíase cada vez más inclinada a la compasión.

—¡Pobre gente! —murmuró—. Se les han roto cinco tubos...

Y se disponía a abandonar su escondite para explorar aquella inocente casa, cuando oyó:

—En cambio, las víboras están magníficas... Parece sentarles el país.

—¿Eh? —dio una sacudida la culebra, jugando velozmente con la lengua—. ¿Qué dice ese pelado de traje blanco?

Pero el hombre proseguía:

—Para ellas, sí, el lugar me parece ideal... Y las necesitamos urgentemente, los caballos y nosotros.

—Por suerte, vamos a hacer una famosa cacería de víboras en este país. No hay duda de que es el país de las víboras.

—¡Hum..., hum..., hum...! —murmuró Ñacaniná, arrollándose en el tirante cuanto le fue posible—. Las cosas comienzan a ser un poco distintas... Hay que quedar un poco más con esta buena gente... Se aprenden cosas curiosas.

Tantas cosas curiosas oyó que cuando al cabo de media hora quiso retirarse el exceso de sabiduría adquirida le hizo hacer un falso movimiento, y la tercera parte de su cuerpo cayó, golpeando la pared de tablas. Como había caído de cabeza, en un instante la tuvo enderezada hacia la mesa, la lengua vibrante.

La Ñacaniná, cuyo largo puede alcanzar a tres metros, es valiente, con seguridad la más valiente de nuestras serpientes. Resiste un ataque serio del hombre, que es inmensamente mayor que ella, y hace frente siempre. Como su propio coraje le hace creer que es muy temida, la nuestra se sorprendió un poco al ver que los hombres, enterados de que se trataba de una simple ñacaniná, se echaban a reír tranquilos.

—Es una ñacaniná... Mejor: así nos limpiará la casa de ratas.

—¿Ratas...? —silbó la otra. Y como continuaba provocativa, un hombre se levantó al fin.

—Por útil que sea, no deja de ser un mal bicho... Una de estas noches la voy a encontrar buscando ratones dentro de mi cama...

Y cogiendo un palo próximo, lo lanzó contra la Ñacaniná a todo vuelo. El palo pasó silbando junto a la cabeza de la intrusa y golpeó con terrible estruendo la pared.

Hay ataque y ataque. Fuera de la selva y entre cuatro hombres la Ñacaniná no se hallaba a gusto. Se retiró a escape, concentrando toda su energía en la cualidad que conjuntamente con el valor forman sus dos facultades primas: la velocidad para correr.

Perseguida por los ladridos del perro, y aun rastreada buen trecho por éste —lo que abrió nueva luz respecto a las gentes aquéllas—, la culebra llegó a la caverna. Pasó por encima de Lanceolada y Atroz y se arrolló a descansar, muerta de fatiga.

VI

—¡Por fin! —exclamaron todas, rodeando a la exploradora—. Creíamos que te ibas a quedar con tus amigos los hombres...

—¡Hum...! —murmuró Ñacaniná.

—¿Qué nuevas nos traes? —preguntó Terrífica.

—¿Debemos esperar un ataque, o no tomar en cuenta a los hombres?

—Tal vez fuera mejor esto... Y pasar al otro lado del río —repuso.

—¿Qué...? ¿Cómo...? —saltaron todas—. ¿Estás loca?

—Oigan primero.

—¡Cuenta entonces!

Y Ñacaniná contó todo lo que había visto y oído: la instalación del Instituto Seroterápico, sus planes, sus fines y la decisión de los hombres de cazar cuanta víbora hubiera en el país.

—¡Cazarnos! —saltaron Urutú Dorado, Cruzada y Lanceolada, heridas en lo más vivo de su orgullo—. ¡Matarnos, querrás decir!

—¡No! ¡Cazarlas nada más! Encerrarlas, darles bien de comer y extraerles cada veinte días el veneno. ¿Quieren vida más dulce?

La asamblea quedó estupefacta. Ñacaniná había explicado muy bien el fin de esta recolección de veneno; pero lo que no había explicado eran los medios para llegar a obtener el suero.

—¡Un suero antivenenoso! Es decir, la curación asegurada, la inmunización de hombres y animales contra la mordedura: ¡la Familia entera condenada a perecer de hambre en plena selva natal!

—¡Exactamente! —apoyó Ñacaniná—. No se trata sino de esto.

Para la Ñacaniná el peligro previsto era mucho menor. ¿Qué le importaban a ella y sus hermanas las cazadoras —a ellas, que cazaban a diente limpio, a fuerza de músculos— que los animales estuvieran o no inmunizados? Un solo punto oscuro veía ella, y es el excesivo parecido de una culebra con una víbora, que favorecía confusiones mortales. De aquí el interés de la culebra en suprimir el Instituto.

—Yo me ofrezco a empezar la campaña —dijo Cruzada.

—¿Tienes un plan? —preguntó ansiosa Terrífica, siempre falta de ideas.

—Ninguno. Iré sencillamente mañana de tarde a tropezar con alguien.

—¡Ten cuidado! —le dijo Ñacaniná con voz persuasiva—. Hay varias jaulas vacías...

—¡Ah, me olvidaba! —exclamó Ñacaniná dirigiéndose a Cruzada—. Hace un rato, cuando salí de allí... Hay un perro negro muy peludo... Creo que sigue el rastro de una víbora... ¡Ten cuidado!

—¡Allá veremos! Pero pido que se llame a Congreso pleno para mañana de noche. Si yo no puedo asistir, tanto peor.

Mas la asamblea había caído en nueva sorpresa.

—¿Perro que sigue nuestro rastro...? ¿Estás segura?

—Casi. ¡Ojo con ese perro, porque puede hacernos más daño que todos los hombres juntos!

—Yo me encargo de él —exclamó Terrífica, contenta de, sin mayor esfuerzo mental, poder poner en juego sus glándulas de veneno, que a la menor contracción nerviosa se escurría por el canal de los colmillos.

Pero ya cada víbora se disponía a hacer correr la palabra en su distrito, y a Ñacaniná, gran trepadora, se le encomendó especialmente llevar la voz de alerta a los árboles, reino preferido de las culebras.

A las tres de la mañana la asamblea se disolvió. Las víboras, vueltas a la vida normal, se alejaron en distintas direcciones, desconocidas las unas para las otras, silenciosas, sombrías mientras en el fondo de la caverna la serpiente de cascabel quedaba arrollada e inmóvil, fijando sus duros ojos de vidrio en un ensueño de mil perros paralizados.

VII

Era la una de la tarde. Por el campo de fuego, al resguardo de las matas de espartillo, se arrastraba Cruzada hacia la casa. No llevaba otra idea, ni creía necesaria tener otra, que matar al primer hombre que se pusiera a su encuentro. Llegó al corredor y se arrolló allí esperando. Pasó así media hora. El calor sofocante que reinaba desde tres días atrás comenzaba a pesar sobre los ojos de la yarará, cuando un temblor sordo avanzó desde la pieza. La puerta estaba abierta, y ante la víbora, a treinta centímetros de su cabeza, apareció el perro, el perro negro y peludo, con los ojos entornados de sueño.

—¡Maldita bestia...! —se dijo Cruzada—. Hubiera preferido un hombre...

En ese instante el perro se detuvo husmeando y volvió la cabeza... ¡Tarde ya! Ahogó un aullido de sorpresa y movió desesperadamente el hocico mordido.

—Ya tiene éste su asunto listo...
—murmuró Cruzada, replegándose de nuevo.

Pero cuando el perro iba a lanzarse sobre la víbora sintió los pasos de su amo y se arqueó ladrando a la yarará. El hombre de los lentes negros apareció junto a Cruzada.

—¿Qué es? —preguntaron desde el otro corredor.

—Una *alternatus*... Buen ejemplar —respondió el hombre.

Y antes que hubiera podido defenderse la víbora se sintió estrangulada en una especie de prensa afirmada al extremo de un palo.

La yarará crujió de orgullo al verse así; lanzó su cuerpo a todos lados, trató en vano de recoger el cuerpo y arrollarlo en el palo. Imposible: le faltaba el punto de apoyo en la cola, el famoso punto de apoyo, sin el cual un poderoso boa se encuentra reducido a la más vergonzosa impotencia. El hombre la llevó así colgando y fue arrojada en el serpentario.

Constituíalo éste un simple espacio de tierra cercado con chapas de cinc liso, provisto de algunas jaulas y que albergaba a treinta o cuarenta víboras. Cruzada cayó en tierra y se mantuvo un momento arrollada y congestionada bajo el sol de fuego.

La instalación era evidentemente provisoria; grandes y chatos cajones alquitranados servían de bañadera a las víboras, y varias casillas y piedras amontonadas ofrecían reparo a los huéspedes de ese paraíso improvisado.

Un instante después la yarará se veía rodeada y pasaba por encima por cinco o seis compañeras que iban a reconocer su especie.

Cruzada las conocía a todas; pero no así a una gran víbora que se bañaba en una jaula cerrada con tejido de alambre. ¿Quién era? Era absolutamente desconocida para la yarará. Curiosa a su vez, se acercó lentamente.

Se acercó tanto que la otra se irguió. Cruzada ahogó un silbido de estupor mientras caía en guardia, arrollada. La gran víbora acababa de hinchar el cuello, pero monstruosamente, como jamás había visto hacerlo a nadie. Quedaba realmente extraordinaria así.

—¿Quién eres? —murmuró Cruzada—. ¿Eres de las nuestras?

Es decir, venenosa. La otra, convencida de que no había habido intención de ataque en la aproximación de la yarará, aplastó sus dos grandes orejas.

—Sí —repuso—. Pero no de aquí..., muy lejos..., de la India.

—¿Cómo te llamas?

—Hamadrías..., o Cobra capelo real.

—Yo soy Cruzada.

—Sí, no necesitas decirlo. He visto muchas hermanas tuyas ya... ¿Cuándo te cazaron?

—Hace un rato... No pude matar.

—Mejor hubiera sido para ti que te hubieran muerto...

—Pero maté al perro.

—¿Qué perro? ¿El de aquí?

—Sí.

La Cobra real se echó a reír, a tiempo que Cruzada tenía una nueva sacudida: el perro lanudo que creía haber matado estaba ladrando.

—¿Te sorprende, eh? —agregó Hamadrías—. A muchas les ha pasado lo mismo.

—Pero es que mordí en la cabeza... —contestó Cruzada, cada vez más aturdida—. ¡No me queda una gota de veneno! —concluyó, pues es patrimonio de las yararás vaciar casi en una mordida sus glándulas.

—Para él es lo mismo que te hayas vaciado o no...

—¿No puede morir?

—Sí, pero no por cuenta nuestra... Está inmunizado. Pero tú no sabes lo que es esto...

—¡Sé! —repuso vivamente Cruzada—. Ñacaniná nos contó...

La Cobra real la consideró entonces atentamente.

—Tú me pareces inteligente...

—¡Tanto como tú..., por lo menos! —replicó Cruzada.

El cuello de la asiática se expandió bruscamente de nuevo, y de nuevo la yarará cayó en guardia.

Ambas víboras se miraron largo rato, y el capuchón de la cobra bajó lentamente.

—Inteligente y valiente —murmuró Hamadrías—. A ti se te puede hablar... ¿Conoces el nombre de mi especie?

—Hamadrías, supongo.

—O Naja búngaro..., o Cobra capelo real. Nosotras somos respecto de la vulgar cobra capelo de la India lo que tú respecto de una de esas coatiaritas... ¿Y sabes de qué nos alimentamos?

—No.

—De víboras americanas..., entre otras cosas —concluyó balanceando la cabeza ante Cruzada.

Ésta apreció rápidamente el tamaño de la extranjera ofiófaga.

—¿Dos metros cincuenta...? —preguntó.

—Sesenta..., dos sesenta, pequeña Cruzada —repuso la otra, que había seguido sus ojos.

—Es un buen tamaño... Más o menos, el largo de Anaconda, una prima mía. ¿Sabes de qué se alimenta?

—Supongo...

—Sí, de víboras asiáticas...

Y miró a su vez a Hamadrías.

—¡Bien contestado! —repuso ésta, balanceándose de nuevo. Y después de refrescarse la cabeza en el agua agregó perezosamente:

—¿Prima tuya dijiste?

—Sí.

—¿Sin veneno, entonces?

—Así es... Y por esto justamente tiene gran debilidad por las extranjeras venenosas.

Pero la asiática no la escuchaba ya, absorta en sus pensamientos.

—¡Óyeme! dijo de pronto—. ¡Estoy harta de hombres, perros, caballos y de todo este infierno de estupidez y crueldad! Tú me puedes entender, porque lo que es ésas... Llevo año y medio encerrada en una jaula como si fuera una rata, maltratada, torturada periódicamente. Y lo que es peor, despreciada, manejada como un trapo por viles hombres... ¡Y yo, que tengo valor, fuerza y veneno suficientes para concluir con todos ellos, estoy condenada a entregar mi veneno para la preparación de los sueros antivenenosos! ¡No te puedes dar cuenta de lo que esto supone para mi orgullo! ¿Me entiendes? —concluyó mirando en los ojos de la yarará.

—Sí —repuso la otra—. ¿Qué debo hacer?

—Una sola cosa; un solo medio tenemos de vengarnos hasta las heces... Acércate, que no nos oigan... Tú sabes la necesidad absoluta de un punto de apoyo para poder desplegar nuestra fuerza. Toda nuestra salvación depende de esto. Solamente...

—¿Qué?

La cobra real miró otra vez fijamente a Cruzada.

—Solamente que puedes morir...

—¿Sola?

—¡Oh, no! *Ellos*, algunos de los hombres, también morirán...

—¡Es lo único que deseo! Continúa.

—Pero acércate aún..., ¡más cerca!

El diálogo continuó un rato en voz tan baja que el cuerpo de la yarará frotaba descamándose contra las mallas de alambre. De pronto la cobra se abalanzó y mordió por tres veces a Cruzada. Las víboras, que habían seguido de lejos el incidente, gritaron.

—¡Ya está! ¡Ya la mató! ¡Es una traicionera!

Cruzada, mordida por tres veces en el cuello, se arrastró pesadamente por el pasto. Muy pronto quedó inmóvil, y fue a ella a quien encontró el empleado del Instituto cuando tres horas después entró en el serpentario. El hombre vio a la yarará, y empujándola con el pie le hizo dar vuelta como una soga y miró su vientre blanco.

—Está muerta, bien muerta...
—murmuró—. ¿Pero de qué? Y se agachó a observar a la víbora. No fue largo su examen: en el cuello y en la misma base de la cabeza notó huellas inequívocas de colmillos venenosos.

—¡Hum! —se dijo el hombre—. Ésta no puede ser más que la Hamadrías... Allí está, arrollada y mirándome como si yo fuera otra *alternatus*... Veinte veces le he dicho al director que las mallas del tejido son demasiado grandes. Ahí está la prueba... En fin —concluyó cogiendo a Cruzada por la cola y lanzándola por encima de la barrera de cinc—, ¡un bicho menos que vigilar!

Fue a ver al director:

—La Hamadrías ha mordido a la yarará que introdujimos hace un rato. Vamos a extraerle muy poco veneno.

—Es un fastidio grande —repuso aquél—. Pero necesitamos para hoy el veneno. No nos queda más que un solo tubo de suero... ¿Murió la *alternatus*?

—Sí, la tiré afuera... ¿Traigo a la Hamadrías?

—No hay más remedio... Pero para la segunda recolección, de aquí a dos o tres horas.

VIII

....

...Se hallaba quebrantada, exhausta de fuerzas. Sentía la boca llena de tierra y sangre. ¿Dónde estaba?

El velo denso de sus ojos comenzaba a desvanecerse, y Cruzada alcanzó a distinguir el contorno. Vio, reconoció el muro de cinc, y súbitamente recordó todo. El perro negro, el lazo, la inmensa serpiente asiática y el plan de batalla de ésta en que ella misma, Cruzada, iba jugando su vida. Recordaba todo, ahora que la parálisis provocada por el veneno comenzaba a abandonarla. Con el recuerdo tuvo conciencia plena de lo que debía hacer. ¿Sería tiempo todavía?

Intentó arrastrarse, mas en vano; su cuerpo ondulaba, pero en el mismo sitio, sin avanzar. Pasó un rato aún, y su inquietud crecía.

—¡Y no estoy sino a treinta metros! —murmuraba—. ¡Dos minutos, un solo minuto de vida, y llego a tiempo!

Y tras nuevo esfuerzo consiguió deslizarse, arrastrarse desesperada hacia el laboratorio.

Atravesó el patio, llegó a la puerta en el momento en que el empleado, con las dos manos, sostenía colgando en el aire a Hamadrías, mientras el hombre de los lentes negros le introducía el vidrio de reloj en la boca. La mano se dirigía a oprimir las glándulas, y Cruzada estaba aún en el umbral.

—¡No tendré tiempo! —se dijo desesperada.

Y rastreando en un supremo esfuerzo, tendió adelante los blanquísimos colmillos. El peón, al sentir su pie descalzo abrasado por los dientes de la yarará, lanzó un grito y bailó. No mucho, pero lo suficiente para que el cuerpo colgante de la cobra real oscilara y alcanzase a la pata de la mesa, donde se arrolló velozmente. Y con ese *punto de apoyo* arrancó su cabeza de entre las manos del peón y fue a clavar hasta la raíz los colmillos en la muñeca izquierda del hombre de lentes negros, justamente en una vena.

¡Ya estaba! Con los primeros gritos, ambas, la cobra asiática y la yarará, huían sin ser perseguidas.

—¡Un punto de apoyo! —murmuraba la cobra volando a escape por el campo—. Nada más que eso me faltaba. ¡Y lo conseguí por fin!

—Sí —corría la yarará a su lado, muy dolorida aún—. Pero no volvería a repetir el juego...

Allá, de la muñeca del hombre pendían dos negros hilos de sangre pegajosa. La inyección de una hamadrías en una vena es cosa demasiado seria para que un mortal pueda resistirla largo rato con los ojos abiertos, y los del herido se cerraban para siempre a los cuatro minutos.

IX

El Congreso estaba en pleno. Fuera de Terrífica y Ñacaniná y las yararás Urutú Dorado, Coatiarita, Neuwied, Atroz y Lanceolada, habían acudido Coralina, de cabeza estúpida, según Ñacaniná, lo que no obsta para que su mordedura sea de las más dolorosas. Además es hermosa, incontestablemente hermosa con sus anillos rojos y negros.

Siendo, como es sabido, muy fuerte la vanidad de las víboras en punto de belleza, Coralina se alegraba bastante de la ausencia de su hermana Frontal, cuyos triples anillos negros y blancos sobre fondo de púrpura colocan a esta víbora de coral en el más alto escalón de la belleza ofídica.

Las Cazadoras estaban representadas esa noche por Drimobia, cuyo destino es ser llamada yararacusú del monte, aunque su aspecto sea bien distinto. Asistían Cipó, de un hermoso verde y gran cazadora de pájaros; Radínea, pequeña y oscura, que no abandona jamás los charcos; Boipeva, cuya característica es achatarse completamente contra el suelo apenas se siente amenazada; Trigémina, culebra de coral, muy fina de cuerpo, como sus compañeras arborícolas; y por último, Esculapia, también de coral, cuya entrada, por razones que se verán enseguida, fue acogida con generales miradas de desconfianza.

Faltaban asimismo varias especies de las venenosas y las cazadoras, ausencia ésta que requiere una aclaración.

Al decir Congreso pleno hemos hecho referencia a la gran mayoría de las especies, y sobre todo de las que se podría llamar *reales* por su importancia. Desde el primer Congreso de las víboras se acordó que las especies numerosas, estando en mayoría, podían dar carácter de absoluta fuerza a sus decisiones. De aquí la plenitud del Congreso actual, bien que fuera lamentable la ausencia de la yarará Surucucú, a quien no había sido posible hallar por ninguna parte. Hecho tanto más de sentir que esta víbora, que puede alcanzar a tres metros, es, a la vez que reina en América, viceemperatriz del Imperio Mundial de las Víboras, pues sólo una la aventaja en tamaño y potencia de veneno: la hamadrías asiática.

Alguna faltaba, fuera de Cruzada: pero las víboras todas afectaban no darse cuenta de su ausencia.

A pesar de todo, se vieron forzadas a volverse al ver asomar por entre los helechos una cabeza de grandes ojos vivos.

—¿Se puede? —decía la visitante alegremente.

Como si una chispa eléctrica hubiera recorrido todos los cuerpos, las víboras irguieron la cabeza al oír aquella voz.

—¿Qué quieres aquí? —gritó Lanceolada con profunda irritación.

—¡Éste no es tu lugar! —clamó Urutú Dorado, dando por primera vez señales de vivacidad.

—¡Fuera! ¡Fuera! —gritaron varias con intenso desasosiego.

Pero Terrífica, con silbido claro, aunque trémulo, logró hacerse oír.

—¡Compañeras! No olviden que estamos en Congreso, y todas conocemos sus leyes: nadie mientras dure puede ejercer acto alguno de violencia. ¡Entra, Anaconda!

—¡Bien dicho! —exclamó Ñacaniná con sorda ironía—. Las nobles palabras de nuestra reina nos aseguran. ¡Entra, Anaconda!

Y la cabeza viva y simpática de Anaconda avanzó, arrastrando tras de sí dos metros cincuenta de cuerpo oscuro y elástico. Pasó ante todas, cruzando una mirada de inteligencia con la Ñacaniná, y fue a arrollarse con leves silbidos de satisfacción junto a Terrífica, quien no pudo menos de estremecerse.

—¿Te incomodo? —le preguntó cortésmente Anaconda.

—¡No, de ninguna manera! —contestó Terrífica—. Son las glándulas de veneno que me incomodan, de hinchadas...

Anaconda y Ñacaniná tornaron a cruzar una mirada irónica, y prestaron atención.

La hostilidad bien evidente de la asamblea hacia la recién llegada tenía un cierto fundamento, que no se dejará de apreciar. La anaconda es la reina de todas las serpientes habidas y por haber sin exceptuar al pitón malayo. Su fuerza es extraordinaria, y no hay animal de carne y hueso capaz de resistir un abrazo suyo. Cuando comienza a dejar del follaje sus diez metros de cuerpo liso con grandes manchas de terciopelo negro, la selva entera se crispa y encoge. Pero la anaconda es demasiado fuerte para odiar a sea quien fuere, con una sola excepción, y esta conciencia de su valor le hace conservar siempre buena amistad con el hombre. Si a alguien detesta es, naturalmente, a las serpientes venenosas, y de aquí la conmoción de las víboras ante la cortés Anaconda.

Anaconda no es, sin embargo, hija de la región. Vagabundeando en las aguas espumosas del Paraná había llegado hasta allí con una gran creciente, y continuaba en la región, muy contenta del país, en buena relación con todos, y en particular con la Ñacaniná, con quien había trabado viva amistad. Era, por lo demás, aquel ejemplar una joven anaconda que distaba aún mucho de alcanzar a los diez metros de sus felices abuelos. Pero los dos metros cincuenta que medía ya valían por el doble, si se considera la fuerza de este magnífico boa, que por divertirse al crepúsculo atraviesa el Amazonas entero con la mitad del cuerpo erguido fuera del agua.

Pero Atroz acababa de tomar la palabra ante la asamblea, ya distraída.

—Creo que podríamos comenzar ya —dijo—. Ante todo es menester saber algo de Cruzada. Prometió estar aquí en seguida.

—Lo que prometió —intervino la Ñacaniná— es estar aquí cuando pudiera. Debemos esperarla.

—¿Para qué? —replicó Lanceolada, sin dignarse volver la cabeza a la culebra.

—¿Cómo para qué? —exclamó ésta, irguiéndose—. ¡Se necesita toda la estupidez de una Lanceolada para decir esto...! ¡Estoy cansada ya de oír en este Congreso disparate tras disparate! ¡No parece sino que las Venenosas representaran a la Familia entera! ¡Nadie menos ésa —señaló con la cola a Lanceolada— ignora que precisamente de las noticias que traiga Cruzada depende nuestro plan... ¿Que para qué esperarla...? ¡Estamos frescas si las inteligencias capaces de preguntar esto dominan en este Congreso!

—No insultes —le reprochó gravemente Coatiarita.

La Ñacaniná se volvió a ella:

—¿Y a ti quién te mete en esto?

—No insultes —repitió la pequeña, dignamente—. Ñacaniná consideró al pundonoroso benjamín y cambió de voz.

—Tiene razón la minúscula prima —concluyó tranquila—; Lanceolada, te pido disculpa.

—¡No sé nada! —replicó con rabia la yarará.

—¡No importa!; pero vuelvo a pedirte disculpa.

Felizmente, Coralina, que acechaba a la entrada de la caverna, entró silbando:

—¡Ahí viene Cruzada!

—¡Por fin! —exclamaron los congresales, alegres.

Pero su alegría transformóse en estupefacción cuando detrás de la yarará vieron entrar a una inmensa víbora totalmente desconocida de ellas.

Mientras Cruzada iba a tenderse al lado de Atroz, la intrusa se arrolló lenta y paulatinamente en el centro de la caverna y se mantuvo inmóvil.

—¡Terrífica! —dijo Cruzada—. Dale la bienvenida. Es de las nuestras.

—¡Somos hermanas! —se apresuró la de cascabel, observándola inquieta.

Todas las víboras, muertas de curiosidad, se arrastraban hacia la recién llegada.

—Parece una prima sin veneno —decía una, con un tanto de desdén.

—Sí —agregó otra—. Tiene ojos redondos.

—Y cola larga.

—Y además...

Pero de pronto quedaron mudas porque la desconocida acababa de hinchar monstruosamente el cuello. No duró aquello más que un segundo; el capuchón se replegó, mientras la recién llegada se volvía a su amiga con la voz alterada.

—Cruzada: díles que no se acerquen tanto... No puedo dominarme.

—¡Sí, déjenla tranquila! —exclamó Cruzada—. Tanto más —agregó— cuanto que acaba de salvarme la vida, y tal vez la de todas nosotras.

No era menester más. El Congreso quedó un instante pendiente de la narración de Cruzada, que tuvo que contarlo todo: el encuentro con el perro, el lazo del hombre de lentes oscuros, el magnífico plan de Hamadrías, con la catástrofe final y el profundo sueño que acometió luego a la yarará hasta una hora antes de llegar.

—Resultado —concluyó—: dos hombres fuera de combate, y de los más peligrosos. Ahora no nos resta más que eliminar a los que quedan.

—¡O a los caballos! —dijo Hamadrías.

—¡O al perro! —agregó la Ñacaniná.

—Yo creo que a los caballos —insistió la cobra real—. Y me fundo en esto: mientras queden vivos los caballos, un solo hombre puede preparar miles de tubos de suero, con los cuales se inmunizarán contra nosotras. Raras veces —ustedes lo saben bien— se presenta la ocasión de morder en una vena..., como ayer. Insisto, pues, en que debemos dirigir todo nuestro ataque contra los caballos. ¡Después veremos! En cuanto al perro —concluyó con una mirada de reojo a la Ñacaniná— me parece despreciable.

Era evidente que desde el primer momento la serpiente asiática y la Ñacaniná indígena habíanse disgustado mutuamente. Si la una, en su carácter de animal venenoso, representaba un tipo inferior para la Cazadora, esta última, a fuer de fuerte y ágil, provocaba el odio y los celos de Hamadrías. De modo que la vieja y tenaz rivalidad entre serpientes venenosas y no venenosas llevaba miras de exasperarse aún más en aquel último Congreso.

—Por mi parte —contestó Ñacaniná— creo que caballos y hombres son secundarios en esta lucha. Por gran facilidad que podamos tener para eliminar a unos y otros, no es nada esta facilidad comparada con la que puede tener el perro el primer día que se les ocurra dar una batida en forma, y la darán, estén bien seguras, antes de veinticuatro horas. Un perro inmunizado contra cualquier mordedura, aun la de esta señora con sombrero en el cuello —agregó señalando de costado a la cobra real—, es el enemigo más temible que podamos tener, y sobre todo si se recuerda que ese enemigo ha sido adiestrado en seguir nuestro rastro. ¿Qué opinas, Cruzada?

No se ignoraba tampoco en el Congreso la amistad singular que unía a la víbora y la culebra; posiblemente, más que amistad era aquello una estimación recíproca de su mutua inteligencia.

—Yo opino como Ñacaniná —repuso—. Si el perro se pone a trabajar estamos perdidas.

—¡Pero adelantémonos! —replicó Hamadrías.

—¡No podríamos adelantarnos tanto...! Me inclino decididamente por la prima.

—Estaba segura —dijo ésta tranquilamente.

Era esto más de lo que podía oír la cobra real sin que la ira subiera a inundarle los colmillos de veneno.

—No sé hasta qué punto puede tener valor la opinión de esta señorita conversadora —dijo devolviendo a la Ñacaniná su mirada de reojo—. El peligro real en esta circunstancia es para nosotras las Venenosas, que tenemos por negro pabellón a la Muerte. Las Culebras saben bien qué el hombre no las teme, porque son completamente incapaces de hacerse temer.

—¡He aquí una cosa bien dicha! —dijo una voz que no había sonado aún.

Hamadrías se volvió vivamente, porque en el tono tranquilo de la voz había creído notar una vaguísima ironía, y vio dos grandes ojos brillantes que la miraban apaciblemente.

—¿A mí me hablas? —preguntó con desdén.

—Sí, a ti —repuso mansamente la interruptora.

—Lo que has dicho está empapado en profunda verdad.

La cobra real volvió a sentir la ironía anterior, y como por un presentimiento midió a la ligera con la vista el cuerpo de su interlocutora, arrollada en la sombra.

—¡Tú eres Anaconda!

—¡Tú lo has dicho! —repuso aquélla inclinándose.

Pero la Ñacaniná quería una vez por todas aclarar las cosas.

—¡Un instante! —exclamó.

—¡No! —interrumpió Anaconda—. Permíteme, Ñacaniná. Cuando un ser es bien formado, ágil, fuerte y veloz, se apodera de su enemigo con la energía de nervios y músculos que constituye su honor, como lo es de todos los luchadores de la creación. Así cazan el gavilán, el gato onza, el tigre, nosotras, todos los seres de noble estructura. Pero cuando se es torpe, pesado, poco inteligente, y se es incapaz por lo tanto de luchar francamente por la vida, entonces se tiene un par de colmillos para asesinar a traición, ¡como esa dama importada que nos quiere deslumbrar con su gran sombrero!

En efecto, la cobra real, fuera de sí, había dilatado el monstruoso cuello para lanzarse sobre la insolente. Pero también el Congreso entero se había erguido amenazador al ver esto.

—¡Cuidado! —gritaron varias a un tiempo—. ¡El Congreso es inviolable!

—¡Abajo el capuchón! —alzóse Atroz, con los ojos hechos ascua.

Hamadrías se volvió a ella con un silbido de rabia.

—¡Abajo el capuchón! —se adelantaron Urutú Dorado y Lanceolada.

Hamadrías tuvo un instante de loca rebelión, pensando en la facilidad con que hubiera destrozado una por una a cada una de sus contrincantes. Pero ante la actitud de combate del Congreso entero, bajó el capuchón lentamente.

—¡Está bien! —silbó—. Respeto al Congreso. Pero pido que cuando se concluya... ¡no me provoquen!

—Nadie te provocará —dijo Anaconda.

La cobra se volvió a ella con reconcentrado odio:

—¡Y tú menos que nadie, porque me tienes miedo!

—¡Miedo yo! —contestó Anaconda avanzando.

—¡Paz, paz! —clamaron todas de nuevo—. ¡Estamos dando un pésimo ejemplo! ¡Decidamos de una vez lo que debemos hacer!

—Sí, ya es tiempo de esto —dijo Terrífica—. Tenemos dos planes a seguir: el propuesto por Ñacaniná y el de nuestra aliada. ¿Comenzamos el ataque por el perro, o bien lanzamos todas nuestras fuerzas contra los caballos?

Ahora bien: aunque la mayoría se inclinaba acaso a adoptar el plan de la culebra, el aspecto, tamaño e inteligencia demostrada por la serpiente asiática había impresionado favorablemente al Congreso en su favor. Estaba aún viva su magnífica combinación contra el personal del Instituto; y fuera lo que pudiere ser su nuevo plan es lo cierto que se le debía ya la eliminación de dos hombres. Agréguese que, salvo la Ñacaniná y Cruzada, que habían entrado ya en campaña, ninguna se daba cuenta precisa del terrible enemigo que había en un perro inmunizado y rastreador de víboras. Se comprenderá así que el plan de la cobra real triunfara al fin.

Aunque era ya muy tarde, era también cuestión de vida o muerte llevar el ataque en seguida, y se decidió partir sobre la marcha.

—¡Adelante, pues! —concluyó la de cascabel—. ¿Nadie tiene nada más que decir?

—Nada! —gritó la Ñacaniná—, sino que nos arrepentiremos.

Y las víboras y culebras, inmensamente aumentadas por los individuos de las especies cuyos representantes salían de la caverna, lanzáronse hacia el Instituto.

—¡Una palabra! —advirtió aún Terrífica—. ¡Mientras dure la campaña estamos en Congreso y somos inviolables las unas para las otras! ¿Entendido?

—¡Sí, sí; basta de palabras! —silbaron todas.

La cobra real, a cuyo lado pasaba Anaconda, le dijo mirándola sombríamente:

—Después...

—¡Ya lo creo! —la cortó alegremente Anaconda, lanzándose como una flecha a la vanguardia.

X

El personal del Instituto velaba al pie de la cama del peón mordido por la yarará. Pronto debía amanecer. Un empleado se asomó a la ventana, por donde entraba la noche caliente, y creyó oír ruido en uno de los galpones. Prestó oído un rato y dijo:

—Me parece que es en la caballeriza... Vaya a ver, Fragoso.

El aludido encendió el farol de viento y salió, en tanto que los demás quedaban atentos con el oído alerta.

No había transcurrido medio minuto cuando sentían pasos precipitados en el patio y Fragoso aparecía, pálido de sorpresa.

—¡La caballeriza está llena de víboras! —dijo.

—¿Llena? —preguntó el nuevo jefe—. ¿Qué es eso? ¿Qué pasa?

—No sé...

—Vayamos.

Y se lanzaron afuera.

—¡Daboy! ¡Daboy! —llamó el jefe al perro, que gemía soñando bajo la cama del enfermo. Y corriendo todos entraron en la caballeriza.

Allí, a la luz del farol de viento, pudieron ver al caballo y a la mula debatiéndose a patadas contra sesenta u ochenta víboras que inundaban la caballeriza. Los animales relinchaban y hacían volar a coces los pesebres; pero las víboras, como si las dirigiera una inteligencia superior, esquivaban los golpes y mordían con furia.

Los hombres, con el impulso de la llegada, habían caído entre ellas. Ante el brusco golpe de luz las invasoras se detuvieron un instante, para lanzarse en seguida, silbando, a un nuevo asalto, que dada la confusión de caballos y hombres no se sabía contra quién iba dirigido. El personal del Instituto se vio así rodeado por todas partes de víboras. Fragoso sintió un golpe de colmillos en el borde de las botas, a medio centímetro de su rodilla, y descargó su vara —vara dura y flexible que nunca falta en una casa de bosque— sobre la atacante. El nuevo director partió en dos a otra, y el otro empleado tuvo tiempo de aplastar la cabeza, sobre el cuello mismo del perro, a una gran víbora que acababa de arrollarse con pasmosa velocidad al pescuezo del animal.

Esto pasó en menos de diez segundos. Las varas caían con furioso vigor sobre las víboras que avanzaban siempre, mordían las botas, pretendían trepar por las piernas. Y en medio del relinchar de los caballos, los gritos de los hombres, los ladridos del perro y el silbido de las víboras, el asalto ejercía cada vez más presión sobre los defensores, cuando Fragoso, al precipitarse sobre una inmensa víbora que creyera reconocer, pisó sobre un cuerpo a toda velocidad y cayó, mientras el farol, roto en mil pedazos, se apagaba.

—¡Atrás! —gritó el nuevo director—. ¡Daboy, aquí!

Y saltaron atrás, al patio, seguidos por el perro, que, felizmente, había podido desenredarse de entre la madeja de víboras.

Pálidos y jadeantes se miraron.

—Parece cosa del diablo... —murmuró el jefe.

—Jamás he visto cosa igual... ¿Qué tienen las víboras de este país? Ayer, aquella doble mordedura, como matemáticamente combinada... Hoy... Por suerte, ignoran que nos han salvado a los caballos con sus mordeduras... Pronto amanecerá y entonces será otra cosa.

—Me pareció que allí andaba la cobra real —dejó caer Fragoso, mientras se ligaba los músculos doloridos de la muñeca.

—Sí —agregó el otro empleado—. Yo la vi bien ¿Y Daboy, no tiene nada?

—No; muy mordido... Felizmente puede resistir cuanto quieran.

Volvieron los hombres otra vez al enfermo, cuya respiración era mejor. Estaba ahora inundado en copiosa transpiración.

—Comienza a aclarar —dijo el nuevo director asomándose a la ventana—. Usted, Antonio, podrá quedarse aquí. Fragoso y yo vamos a salir.

—¿Llevamos los lazos? —preguntó Fragoso.

—¡Oh, no! —repuso el jefe, sacudiendo la cabeza—. Con otras víboras las hubiéramos cazado a todas en un segundo. Éstas son demasiado singulares... Las varas y, a todo evento, el machete.

XI

No singulares, sino víboras que ante un inmenso peligro sumaban la inteligencia reunida de las especies, era el enemigo que había asaltado el Instituto Seroterápico.

La súbita oscuridad que siguiera al farol roto había advertido a los combatientes el peligro de mayor luz y mayor resistencia. Además, comenzaban a sentir ya en la humedad de la atmósfera la inminencia del día.

—Si nos quedamos un momento más —exclamó Cruzada— nos cortan la retirada. ¡Atrás!

—¡Atrás, atrás! —gritaron todas.

Y atropellándose, pasando unas sobre las otras, se lanzaron al campo. Marchaban en tropel, espantadas, derrotadas, viendo con consternación que el día comenzaba a romper a lo lejos.

Llevaban ya veinte minutos de fuga cuando un ladrido claro y agudo, pero distante aún, detuvo a la columna jadeante.

—¡Un instante! —gritó Urutú Dorado—. Veamos cuántas somos y qué debemos hacer.

A la luz aún incierta de la madrugada examinaron sus fuerzas. Entre las patas de los caballos habían quedado diez y ocho serpientes muertas, entre ellas las dos culebras de coral. Atroz había sido partida en dos por Fragoso y Drimobia yacía allá con el cráneo roto mientras estrangulaba al perro. Faltaban además Coatiarita, Radínea y Boipeva. En total, veintitrés combatientes aniquilados. Pero las restantes, sin excepción de una sola, estaban todas magulladas, pisadas, pateadas, llenas de polvo y sangre entre las escamas rotas.

—He aquí el éxito de nuestra campaña —dijo amargamente Ñacaniná, deteniéndose un instante a restregar contra una piedra su cabeza—. ¡Te felicito, Hamadrías!

Pero para sí sola se guardaba lo que había oído tras la puerta cerrada de la caballeriza —pues había salido la última—: ¡en vez de matar habían salvado la vida a los caballos, que se extenuaban precisamente por falta de veneno!

Sabido es que para un caballo que se está inmunizando el veneno le es tan indispensable para su vida diaria como el agua misma, y mueren si les llega a faltar.

Un segundo ladrido de perro sobre el rastro sonó tras ellas.

—¡Estamos en inminente peligro! —gritó Terrífica—. ¿Qué hacemos?

—¡A la gruta! —clamaron todas, deslizándose a toda velocidad.

—¡Pero están locas! —gritó la Ñacaniná, mientras corría—. ¡Las van a aplastar a todas! ¡Van a la muerte! Óiganme: ¡desbandémonos!

Las fugitivas se detuvieron, irresolutas. A pesar de su pánico, algo les decía que el desbande era la única medida salvadora, y miraron alocadas a todas partes. Una sola voz de apoyo, una sola y se decidían.

Pero la cobra real, humillada, vencida en su segundo esfuerzo de dominación, repleta de odio para un país que en adelante debía serle eminentemente hostil, prefirió hundirse del todo, arrastrando con ella a las demás especies.

—¡Está loca Ñacaniná! —exclamó—. separándonos nos matarán una a una sin que podamos defendernos... Allá es distinto. ¡A la caverna!

—¡Sí, a la caverna! —respondió la columna, despavorida, huyendo—. ¡A la caverna!

La Ñacaniná vio aquello y comprendió que iban a la muerte. ¡Pero viles, derrotadas, locas de pánico, las víboras iban a sacrificarse, a pesar de todo! Y con una altiva sacudida de lengua, ella, que podía ponerse impunemente a salvo por su velocidad, se dirigió con las otras directamente a la Muerte.

Sintió así un cuerpo a su lado, y se alegró al reconocer a Anaconda.

—¡Ya ves —le dijo con una sonrisa— a lo que nos ha traído la asiática!

—Sí, es un mal bicho... —murmuró Anaconda, mientras corrían una junta a otra.

—¡Y ahora las lleva a hacerse masacrar todas juntas...!

—Ella, por lo menos —advirtió Anaconda con voz sombría—, no va a tener ese gusto...

Y ambas, con un esfuerzo de velocidad, alcanzaron a la columna.

Ya habían llegado.

—¡Un momento! —se adelantó Anaconda, cuyos ojos brillaban—. Ustedes lo ignoran, pero yo lo sé con certeza, que dentro de diez minutos no va a quedar una de nosotras. El Congreso y sus leyes están, pues, ya concluidos. ¿No es así, Terrífica?

Se hizo un largo silencio.

—Sí —murmuró abrumada Terrífica—. Esta concluido.

—Entonces —prosiguió Anaconda volviendo la cabeza a todos lados—, antes de morir quisiera... ¡Ah, mejor así! —concluyó satisfecha al ver a la cobra real que avanzaba lentamente hacia ella.

No era aquél probablemente el momento ideal para un combate. Pero desde que el mundo es mundo, nada, ni la presencia del hombre sobre ellas, podrá evitar que una venenosa y una cazadora solucionen sus asuntos particulares.

El primer choque fue favorable a la cobra real: sus colmillos se hundieron hasta la encía en el cuello de Anaconda. Ésta, con la maravillosa maniobra de los boas de devolver en ataque una cogida casi mortal, lanzó su cuerpo adelante como un látigo y envolvió a la Hamadrías, que en un instante se sintió ahogada. El boa, concentrando toda su vida en aquel abrazo, cerraba progresivamente sus anillos de acero; pero la cobra real no soltaba presa. Hubo aún un instante en que Anaconda sintió crujir su cabeza entre los dientes de la Hamadrías. Pero logró hacer un supremo esfuerzo, y este postrer relámpago de voluntad decidió la balanza a su favor. La boca de la cobra, semi-

asfixiada, se desprendió babeando, mientras la cabeza libre de Anaconda hacía presa en el cuerpo de la Hamadrías.

Poco a poco, segura del terrible abrazo con que inmovilizaba a su rival, su boca fue subiendo a lo largo del cuello, con cortas y bruscas dentelladas, en tanto que la cobra sacudía desesperada la cabeza. Los noventa y seis agudos dientes de Anaconda subían siempre: llegaron al capuchón, treparon, alcanzaron la garganta, subieron aún, hasta que se clavaron por fin en la cabeza de su enemiga, con un sordo y larguísimo crujido de huesos masticados.

Ya estaba concluido. El boa abrió sus anillos y el macizo cuerpo de la cobra real se escurrió pesadamente a tierra, muerta.

—Por lo menos estoy contenta... —murmuró Anaconda, cayendo a su vez exánime sobre el cuerpo de la asiática.

Fue en ese instante cuando las víboras oyeron a menos de cien metros el ladrido agudo del perro.

Y ellas, que diez minutos antes atropellaban aterradas la entrada de la caverna, sintieron subir a sus ojos la llamarada salvaje de la lucha a muerte por la selva entera.

—¡Entremos! —gritaron, sin embargo, algunas.

—¡No, aquí! ¡Muramos aquí! —ahogaron todas con sus silbidos.

Y contra el murallón de piedra que les cortaba toda retirada el cuello y la cabeza erguidos sobre el cuerpo arrollado, los ojos hechos ascua, esperaron.

No fue larga su espera. En el día, aún lívido, y contra el fondo negro del monte, vieron surgir ante ellas las dos altas siluetas del nuevo director y de Fragoso, reteniendo en traílla al perro, que, loco de rabia, se abalanzaba adelante.

—¡Se acabó! ¡Y esta vez definitivamente! —murmuró Ñacaniná, despidiéndose con esas seis palabras de una vida bastante feliz, cuyo sacrificio acababa de decidir.

Y con violento empuje se lanzó

al encuentro del perro, que suelto y con la boca blanca de espuma llegaba sobre ellas. El animal esquivó el golpe y cayó furioso sobre Terrífica, que hundió los colmillos en el hocico del perro. *Daboy* agitó furiosamente la cabeza, sacudiendo en el aire a la de cascabel; pero ésta no soltaba.

Neuwied aprovechó el instante para hundir los colmillos en el vientre del animal; mas también en ese momento llegaban sobre ellas los hombres. En un segundo Terrífica y Neuwied cayeron muertas, con los riñones quebrados.

Urutú Dorado fue partido en dos, y lo mismo Cipó. Lanceolada logró hacer presa en la lengua del perro; pero dos segundos después caía en tres pedazos por el doble golpe de vara, al lado de Esculapia.

El combate, o más bien exterminio, continuaba furioso, entre silbidos y roncos ladridos de *Daboy*, que estaba en todas partes. Cayeron una tras otra, sin perdón —que tampoco pedían—, con el cráneo triturado entre las mandíbulas del perro o aplastadas por los hombres. Fueron quedando masacradas frente a la caverna de su último Congreso. Y de las últimas cayeron Cruzada y Ñacaniná.

No quedaba una ya. Los hombres se sentaron, mirando aquella total masacre de las especies, triunfantes un día. *Daboy*, jadeando a sus pies, acusaba algunos síntomas de envenenamiento, a pesar de estar poderosamente inmunizado. Había sido mordido sesenta y cuatro veces.

Cuando los hombres se levantaban para irse se fijaron por primera vez en Anaconda, que comenzaba a revivir.

—¿Qué hace este boa por aquí? —dijo el nuevo director—. No es éste su país... A lo que parece, ha trabado relación con la cobra real... y nos ha vengado a su manera. Si logramos salvarla haremos una gran cosa, porque parece terriblemente envenenada. Llevémosla. Acaso un día nos salve a nosotros de toda esta chusma venenosa.

Y se fueron, llevando de un palo, que cargaban entre los dos hombres, a Anaconda, que, herida y exhausta de fuerzas, iba pensando en Ñacaniná, cuyo destino, con un poco menos de altivez, podía haber sido semejante al suyo.

Anaconda no murió. Vivió un año con los hombres, curioseando y observándolo todo, hasta que una noche se fue. Pero la historia de este viaje remontando por largos meses el Paraná hasta más allá del Guayra, más allá todavía del golfo letal donde el Paraná toma el nombre de Río Muerto; la vida extraña que llevó Anaconda y el segundo viaje que emprendió con sus hermanos sobre las aguas sucias de una gran inundación, toda esta historia de rebelión y asalto de camalotes pertenece a otro relato.

EL SÍNCOPE BLANCO *

Yo estaba dispuesto a cualquier cosa; pero no a que me dieran cloroformo.

Soy de una familia en que las enfermedades del corazón se han sucedido de padre a hijo con lúgubre persistencia. Algunos han escapado —cuentan en mi familia— y, según el cirujano que debía operarme, yo gozaba de ese privilegio. Lo cierto es que él y sus colegas me examinaron a conciencia, siendo su opinión unánime que mi corazón podía darse por bueno a carta cabal, tan bueno como mi hígado y mis riñones. No quedaban, en consecuencia, sino dejarme aplicar la careta y confiar mis sagradas entrañas al bisturí.

Me di, pues, por vencido, y una tarde de otoño me hallé acostado con la nariz y los labios llenos de vaselina, aspirando ansiosamente el cloroformo, como si el aire me faltara. Y es que realmente no había aire, y sí cloroformo, que entraba

* Muy a diferencia de los que el autor llamaba *cuentos de monte,* de tan escueto e impresionante realismo, éste es interesante ejemplo de curiosa narración imaginativa de mero entretenimiento originalmente dispuesta. Original y muy naturalmente, por la vía de la anestesia aplicada en la sala de operaciones, se pasa de la realidad vivida a las neblinosas visiones de lo imaginativo fantástico. Todo es vago y a la vez muy penetrado de subrayable naturalidad, urdimbre de concreta realidad y de fantasía, en la que, hasta el final muy apropiadamente impreciso, el motivo de ultratumba, sin lo tétrico de muy trillada vulgaridad, conserva y renueva su misterioso atractivo. Aparece en *Plus Ultra,* marzo de 1920, y se incorpora a la serie *El desierto* (1924).

a chorros de insoportable dulzura: chorros de dulce por la nariz, por la boca, por los oídos. La saliva, los pulmones, la extremidad de los dedos, todo era náuseas y dulce a chorros.

Comencé a perder la noción de las cosas, y lo último que vi fue, sobre un fondo negrísimo, fulgurantes cristales de nieve.

. . . .

Estaba en el cielo. Si no lo era, se parecía a él muchísimo. Mi primera impresión al volver en mí fue de que yo había muerto.

—¡Esto es! —me dije—. Allá abajo, quién sabe ahora dónde y a qué distancia, he muerto de resultas de la operación. En una infinita y perdida sala de la Tierra, que es apenas una remota lucecilla en el espacio, está mi cuerpo sin vida, mi cuerpo que ayer había escapado triunfante del examen de los médicos. Ahora ese cuerpo se queda allá; no tengo ya nada que ver con él. Estoy en el cielo, vivo, pues soy un alma viva.

Pero yo me veía, sin embargo, una figura humana, sobre un blanco y bruñido piso. ¿Dónde estaba, pues? Observé entonces el lugar con atención. La vista no pasaba más allá de cien metros, pues una densa bruma cerraba el horizonte. En el ámbito que abarcaban los ojos, la misma niebla, pero vaguísima, velaba las cosas. La luz cenital que había allí parecía de focos eléctricos, muy tamizada. Delante de mí, a 30 o 40 metros, se alzaba un edificio blanco con aspecto de templo griego. A mi izquierda, pero en la misma línea del anterior, y esfumado en la neblina, se alzaba otro templo semejante.

¿Dónde estaba yo, en definitiva? A mi lado, y surgiendo de detrás, pasaban seres, personas humanas como yo, que se encaminaban al edificio de enfrente, donde entraban. Y otras personas salían, emprendiendo el mismo camino de regreso. Más lejos, a la izquierda, idéntico fenómeno se repetía, desde la bruma insondable hasta el templo esfumado. ¿Qué era eso? ¿Quiénes eran esas personas que no se conocían unas a otras, ni se miraban siquiera, y que llevaban todas el mismo rumbo de sonámbulos?

Cuando comenzaba a hallar todo aquello un poco fuera de lo común, aún para el cielo, oí una voz que me decía:

—¿Qué hace usted aquí?

Me volví y vi a un hombre en uniforme de portero o de guardián, con gorra y corto palo en la mano. Le veía perfectamente en su figura humana, pero no estoy seguro de que fuera del todo opaco.

—No sé —le respondí, perplejo yo mismo—. Me encuentro aquí sin saber cómo...

—Pues bien, ése es su camino —dijo el guardián, señalándome el edificio de enfrente—. Es allí donde debe usted ir. ¿Usted no ha sido operado?

Instantáneamente, en una lejanía inmemorial de tiempo y espacio, me vi tendido en una mesa, en un remotísimo pasado...

—En efecto —murmuré nebuloso—. He sido, *fui* operado... Y he muerto.

El guardián sacudió la cabeza.

—Todos dicen lo mismo... Nos dan ustedes más trabajo del que se imaginan... ¿No ha tenido aún tiempo de leer la inscripción?

—¿Qué inscripción?

—En ese edificio —señaló el guardián con su palo corto.

Miré sorprendido hacia el templo griego, y con mayor sorpresa aún leí en el frontispicio, en grandes caracteres de luz tamizada:

SÍNCOPE AZUL

—Éste es su domicilio, por ahora —agregó el guardián—. Todos los que durante una operación con cloroformo caen en síncope, esperan allí. Vamos andando, porque usted hace rato que debía tener su número de orden.

Turbado, me encaminé al edificio en cuestión. Y el guardián iba conmigo.

—Muy bien —le dije, por fin, al llegar—. Aquí debo entrar yo, que he caído en síncope... ¿Pero aquél otro edificio?

—¿Aquél? Es la misma cosa, casi... Lea el letrero... Nunca he visto uno de ustedes los cloroformizados, que lea los letreros. ¿Qué dice ése? Puede leerlo bien, sin embargo.

Y leí:

SÍNCOPE BLANCO

—Así es —confirmó el hombre—. Síncope blanco. Los que entran allí no salen más, porque han caído en síncope blanco. ¿Comprende, por fin?

Yo no comprendía del todo, por lo que el guardián perdió otro minuto en explicármelo, mientras señalaba uno y otro edificio con su corto palo.

Según él, los cloroformizados están expuestos a dos peligros, independientes de un vaso cortado u otro detalle de la operación. En uno de los casos, y al inspirar la primera bocanada de cloroformo, el paciente pierde súbitamente el sentido; una palidez mortal invade el semblante, y el enfermo, con sus labios de cera y su corazón paralizado, queda listo para el entierro. Es el síncope blanco.

El otro peligro se manifiesta en el curso de la operación. El rostro del cloroformizado se congestiona de pronto; los labios, las encías y la lengua se amoratan, y si el organismo del individuo no es bastante fuerte para reaccionar contra la intoxicación, la muerte sobreviene.

Es el síncope azul.

Como se ve, la persona que cae en este último síncope, tiene la vida pendiente de un hilo sumamente fino. En verdad vive aún; pero anda tanteando ya con el pie el abismo de la Muerte.

—Usted está en este estado —concluyó el guardián—. Y allí debe ir usted. Si tiene suerte y los cirujanos logran revivirlo, volverá a salir por la misma puerta que entró. Por el momento, espere allí. Los que entran allá, en cambio —señaló al otro edificio—, no salen más; pasan de largo la sala. Pero son raros los que caen en síncope blanco.

—Sin embargo —objeté— cada dos o tres minutos veo entrar uno.

—Porque son todos los cloroformizados en el mundo. ¿Cuántas personas operadas cree usted que hay un momento dado? Usted no lo sabe, ni yo tampoco. Pero vea, en cambio, los que entran aquí.

En efecto, en el sendero nuestro, era un ir y venir sin tregua, una incesante columna, de hombres, mujeres y niños, entrando y saliendo en orden y sin prisa. La particularidad de aquella avenida de seres-fantasmas era la ignorancia total en que parecían estar unos de otros y del lugar en que actuaban. No se conocían, ni se miraban, ni se veían tal vez. Pasaban con su expresión habitual, acaso distraídos o pensando en algo, pero con preocupaciones de la vida normal —negocios o detalles domésticos—, la expresión de las gentes que se encaminan o salen de una estación.

Antes de entrar en mi sala eché una ojeada a los visitantes del Síncope Blanco. Tampoco ellos parecían darse cuenta de lo que significaba el templo griego esfumado en la bruma. Iban a la muerte vestidos de saco o en femeniles blusas de paseo, con triviales inquietudes de la vida que acababan de abandonar.

Y este mundanal aspecto de estación ferroviaria se hizo más sensible al entrar en el Síncope Azul. Mi guardián me abandonó en la puerta, donde un nuevo guardián, más galoneado que el anterior, me dio y cantó en voz alta mi número: ¡834!, mientras me ponía la palma en el hombro para que entrara de una vez.

El interior era un solo hall, un largo salón con bancos en el centro y a los costados. La luz cenital, muy tamizada, y aun la ligera bruma del ambiente, reforzaban la impresión de sala de espera a altas horas de la noche. Los bancos estaban ocupados ya por personas que entraban y se sentaban a esperar, resignadas a un trámite ineludible, como si se tratara de un simple contratiempo inevitable al que se está acostumbrado. La mayoría ni siquiera se echaban contra el respaldo del banco; esperaban pacientes, rumiando aún alguna preocupación trivial. Otros se recostaban y cerraban los ojos para matar el tiempo. Algunos se acodaban sobre las rodillas y ponían la cara entre las manos.

Nadie —y no salía yo de mi asombro— parecía estar enterado de lo que significaba aquella espera. Nadie hablaba. En el hall no se oía sino el claro paso de los visitantes y la voz de los guardianes cantando el número de orden. Al oírlos, los dueños de los números se levantaban y salían por la puerta de entrada. Pero no todos, porque en el otro extremo del salón había otra puerta también grandemente abierta, con un guardián que cantaba otros números.

Los dueños de estos números se levantaban con igual indiferencia que los otros y se encaminaban a dicha puerta posterior.

Algunos, sobre todo las personas que esperaban con los ojos cerrados o estaban con la cara en las manos, se equivocaban en el primer momento de puerta y se encaminaban a otra. Pero ante un nuevo canto del número, notaban su error y se dirigían con alguna prisa a su puerta, como quien ha sufrido un ligero error de oído. No siempre tampoco se cantaba el número; si la persona estaba cerca o miraba distraída en aquella dirección, el guardián la chistaba y le indicaba su destino con el dedo.

¿La puerta del fondo era entonces?... Para mayor certidumbre me encaminé hasta dicha puerta y abordé al guardián.

—Perdón —le dije—. ¿Puede decirme qué significado concreto tiene esta puerta?

El guardián, al parecer bastante fastidiado de sus propias funciones para tomar sobre sí las del público, me miró como miraría un boletero de estación al sujeto que le preguntara si el lugar donde se hallaba era la misma estación.

—Perdón —le dije de nuevo—. Yo tengo derecho a que los empleados me informen correctamente.

—Muy bien —repuso el hombre, tocándose la gorra y cuadrándose—. ¿Qué desea saber?

—Lo que significa esta puerta.

—En seguida; por ahí salen los que han muerto.

—¿Los que mueren?...

—No; los que han muerto en el Síncope.

—¿En el Síncope Azul?

—Así parece.

No pregunté más, y me asomé a la puerta; más allá no se veía nada, todo era tiniebla. Y se sentía una impresión muy desagradable de frescura.

Volví sobre mis pasos y me senté a mi vez. A mi lado, una joven de traje oscuro esperaba con los ojos cerrados y la cabeza recostada en el respaldo del banco. La miré un largo rato y me acodé con la cara entre las manos.

¡Perfectamente! Yo sabía que de un momento a otro los guardianes debían cantar mi número; pero por encima de esto yo acababa de mirar a la jovencita de falda corta y pies cruzados, que en una remota sala de operaciones acababa de caer en síncope como yo. Y nunca, en los breves días de mi vida anterior, había visto una belleza mayor que la de aquel pálido y distraído encanto en el dintel de la muerte.

Levanté la cabeza y fijé otra vez la mirada en ella. Ella había abierto los ojos y miraba a uno y otro guardián, como extrañada de que no la llamaran de una vez. Cuando iba a cerrarlos de nuevo:

—¿Impaciente? —le dije.

Ella volvió a mí los ojos, me miró un breve momento y sonrió:

—Un poco.

Quiso adormecerse otra vez, pero yo le dije algo más. ¿Qué le dije? ¿Qué sed de belleza y adoración había en mi alma, cuando en aquellas circunstancias hallaba modo de henchirla de aquel amor terrenal?

No lo sé; pero sé que durante tres cuartos de hora —si es posible contar con el tiempo mundano el éxtasis de nuestros propios fantasmas— su voz y la mía, sus ojos y los míos hablaron sin cesar.

Y sin poder cambiar una sola promesa, porque ni ella ni yo conocíamos nuestros mutuos nombres, ni sabíamos si reviviríamos, ni en qué lugar de la tierra habíamos caminado un día con firmes pies.

¿La volvería a ver? ¿Era nuestro viejo mundo bastante grande para ocultar a mis ojos aquella bien amada criatura, que me entregaba su corazón paralizado en el limbo del Síncope Azul? No. Yo volvería a verla —porque no tenía la menor duda de que ella regresaba a la vida—. Por esto cuando el guardián de entrada cantó el número y ella se encaminó a la puerta despidiéndose con una sonrisa, la seguí con los ojos como a una prometida...

¿Pero qué pasa? ¿Por qué la detienen? Aparecen nuevos empleados en cabeza —jefes, seguramente— que observan el número de orden de la joven. Al fin le dejan el paso libre, con un ademán que no alcanzo a comprender. Y oigo algo así como:

—Otro error... Habrá que vigilar a los guardianes de abajo...

¿Qué error? ¿Y quiénes son los guardianes de abajo? Vuelvo a sentarme, indiferente al nocturno vaivén, cuando el guardián de la puerta del fondo grita: ¡124!

Mi vecino, un hombre de rostro enérgico y al parecer de negocios, se levanta indiferente como si fuera a su despacho como todos los días. Y en ese instante, al oír el cuatro final recién cantado, siento por primera vez la probabilidad de que yo puedo ser llamado desde *la otra puerta.*

¿Es posible? Pero ella acaba de levantarse y la veo aún sonriéndome, con su vestido corto y sus medias traslúcidas. Y antes de un segundo, menos quizá, puedo quedar separado de ella para siempre jamás, en el más infinito jamás que establece una puerta abierta detrás de la cual no hay más que tinieblas y una sensación de fresco muy desagradable. ¿Desde dónde se va a cantar mi número? ¿A qué puerta debo volver los ojos? ¿Qué guardián aburrido de su oficio va a indicarme con la cabeza, el rastro aún tibio del vestido oscuro o la Gran Sombra Tiritante?

. . . .

—¡De buena hemos escapado!

—Ya vuelve el mozo... ¡Diablo de corazón incomprensible que tienen estos neurópatas!

Yo volvía en mí, todo zumbante aún del cloroformo. Abrí los ojos y vi los fantasmas blancos que acababan de operarme.

Uno de ellos me palmeó el hombro, diciendo:

—Otra vez trate de tener menos apuro en pasarse de largo, amigo. En fin, dese por muy contento.

Pero yo no lo oía más, porque había vuelto a caer en sopor. Cuando torné a despertar, me hallaba ya en la cama.

¿En la cama?... ¿En un sanatorio?... ¿En el mundo, no es esto?... Mas la luz, el olor a formol, los ruidos metálicos —la vida tal cual— me dañaban los ojos y el alma. Lejos, quién sabe a qué remota eternidad de tiempo y espacio, estaba el salón de espera y la jovencita a mi lado que miraba a uno y otro guardián. Eso sólo había sido, era y sería mi vida en adelante. ¿Dónde hallarla a ella? ¿Cómo buscarla entre el millar de sanatorios del mundo, entre los operados que en todo instante están incubando tras la careta asfixiante el síncope del cloroformo?

¡La hora! ¡Sí! Sólo ese dato preciso tenía, y podía bastarme. Debí comenzar a buscarla en seguida, en el sanatorio mismo. ¿Quién sabe?... Quise llamar a un médico, a mi médico de confianza, que había asistido a la operación.

—Óigame, Fitzsimmons —murmuré—. Tengo un interés muy grande en saber si, al mismo tiempo que a mí, se ha operado a otras personas en este sanatorio.

—¿Aquí? ¿Le interesa mucho saber esto?

—Muchísimo. A la misma hora... O un momento antes, si acaso.

—Pero sí, me parece que sí... ¿Quiere saberlo con seguridad?

—Hágame el favor...

Al quedar solo cerré de nuevo los ojos, porque lo que yo quería saber era muy distinto de los crudos reflejos de la cama laqué y de la mesa giratoria, también laqué.

—Puedo satisfacerlo —me dijo Fitzsimmons, volviendo a entrar—. Se ha operado al mismo tiempo que a usted a tres personas: dos hombres y una mujer. Los hombres...

—No, Fitzsimmons; la mujer sólo me interesa. ¿Usted la ha visto?

—Perfectamente. Pero —se detuvo mirándome a los ojos— ¿qué diablo de pesadilla sigue usted rumiando con el cloroformo?

—No es pesadilla... ¡Después le explicaré! Óigame: ¿la ha visto bien cuando estaba vestida? ¿Puede describírmela en detalles?

Fitzsimmons la había visto bien, y no tuve la menor duda. Era ella. ¡Ella! A despecho de la vida y la muerte y la inmensidad de los mundos, la jovencita estaba a mi lado! Viva, tangible, como lo estaba en un pasado remoto, infinitamente anterior, en la luz tamizada de una sala de espera ultraterrestre.

El médico vio mi cambio de expresión y se mordió los labios.

—¿Usted la conocía?

—¡Sí! Es decir... ¿Sigue bien? Titubeó un instante. Luego:

—No sé si esa joven es la que usted cree. Pero la enferma que han operado... ha muerto.

—¡Muerta!

—Sí... Hoy hemos tenido poca suerte en el sanatorio. Usted, que casi se nos va; y esa chica, con un síncope...

—Azul... —murmuré.

—No, blanco.

—¿Blanco? —me volví aterrado—. ¡No, azul! ¡Estoy seguro...!

Pero mi médico:

—No sé de dónde saca usted ahora sus diagnósticos... Síncope blanco, le digo, de lo más fulminante que se pueda pedir. Y sosiéguese ahora... deje sus sueños de cloroformo que a nada lo conducirán.

Quedé otra vez solo. ¡Síncope blanco! Súbitamente se hizo la luz: volví a ver a los jefes en la sala de espera, revisando el número de la joven; y aprecié ahora en su total alcance las palabras que en aquel momento no había comprendido: *ha habido un error...*

El error consistía en que la jovencita había muerto en la mesa de operaciones del síncope blanco; que había entrado muerta en la sala de espera, por el error de algún guardián; y que yo había estado haciendo el amor, cuarenta minutos, a una joven ya muerta, que por error me sonreía y cruzaba aún los pies.

En el curso de mi vida yo he recorrido sin duda las mismas calles que ella, tal vez con segundos de diferencia; hemos vivido posiblemente en la misma cuadra, y quizás en distintos pisos de la misma casa. ¡Y nunca, nunca nos hemos encontrado! Y lo que nos negó la vida, tan fácil, nos lo concede al fin una estación ultraterrestre, donde por un error he volcado todo el amor de mi vida oscilante sobre el espectro en medias traslúcidas —de un cadáver.

Es o no cierto lo que me dice el médico; pero al cerrar los ojos la veo siempre, despidiéndose con su sonrisa, dispuesta a esperarme. Al salir de la sala ha tomado a la derecha, para entrar en el Síncope Blanco. Jamás volverá a salir. Pero no importa; allí me espera, estoy seguro.

Bien. Mas yo mismo; este cuarto de sanatorio, estos duros ángulos y esta cama laqué, ¿son cosa real? ¿He vuelto en realidad a la vida, o mi despertar y la conversación con mi médico de blanco no son sino nuevas formas de sueño sincopal? ¿No es posible un nuevo error a mi respecto, consecutivo al que ha desviado hacia la derecha a mi Novia-Muerta? ¿No estoy muerto yo mismo desde hace un buen rato, esperando en el Síncope Azul el control que de nuevo efectúan los jefes con mi número?

Ella salió y entró serena, calmada ya su impaciencia, en el edificio blanco, ante la cual toda ilusión humana debe retroceder. Nunca más será ella vista por nadie en la Tierra.

¿Pero yo? ¿Es real esta cama laqué, o sueño con ella definitivamente instalado en la Gran Sombra, donde por fin los jefes me abren paso irritados ante el nuevo error, señalándome el Síncope Blanco, donde yo debía estar desde hace un largo rato?...

JUAN DARIÉN *

Aquí se cuenta la historia de un tigre que se crió y educó entre los hombres, y que se llamaba Juan Darién. Asistió cuatro años a la escuela vestido de pantalón y camisa, y dio sus lecciones correctamente, aunque era un tigre de las selvas; pero esto se debe a que su figura era de hombre, conforme se narra en las siguientes líneas.

Una vez, a principio de otoño, la viruela visitó un pueblo de un país lejano y mató a muchas personas. Los hermanos perdieron a sus hermanitas, y las criaturas que comenzaban a caminar quedaron sin padre ni madre. Las madres perdieron a su vez a sus hijos, y una pobre mujer joven y viuda llevó ella misma a enterrar a su hijito, lo único que tenía en este mundo. Cuando volvió a su casa, se quedó sentada pensando en su chiquillo. Y murmuraba:

—Dios debía haber tenido más compasión de mí, y me ha llevado a mi hijo. En el cielo podrá haber ángeles, pero mi hijo no los conoce. Y a quien él conoce bien es a mí, ¡pobre hijo mío!

Y miraba a lo lejos, pues estaba sentada en el fondo de su casa, frente a un portoncito donde se veía la selva.

Ahora bien; en la selva había muchos animales feroces que rugían al caer la noche y al amanecer. Y la pobre mujer, que continuaba sentada, alcanzó a ver en la oscuridad una cosa chiquita y vacilante que entraba por la puerta, como un gatito que apenas tuviera fuerzas para caminar. La mujer se agachó y le-

vantó en las manos un tigrecito de pocos días, pues aún tenía los ojos cerrados. Y cuando el mísero cachorro sintió contacto de las manos, runruneó de contento, porque ya no estaba solo. La madre tuvo largo rato suspendido en el aire aquel pequeño enemigo de los hombres, a aquella fiera indefensa que tan fácil le hubiera sido exterminar. Pero quedó pensativa ante el desvalido cachorro que venía quién sabe de dónde, y cuya madre con seguridad había muerto. Sin pensar bien en lo que hacía llevó al cachorrito a su seno y lo rodeó con sus grandes manos. Y el tigrecito, al sentir el calor del pecho, buscó postura cómoda, runruneó tranquilo y se durmió con la garganta adherida al seno maternal.

La mujer, pensativa siempre, entró en la casa. Y en el resto de la noche, al oír los gemidos de hambre del cachorrito, y al ver cómo buscaba su seno con los ojos cerrados, sintió en su corazón herido que, ante la suprema ley del Universo, una vida equivale a otra vida...

Y dio de mamar al tigrecito.

El cachorro estaba salvado, y la madre había hallado un inmenso consuelo. Tan grande su consuelo, que vio con terror el momento en que aquél le sería arrebatado, porque si se llegaba a saber en el pueblo que ella amamantaba a un ser salvaje, matarían con seguridad a la pequeña fiera. ¿Qué hacer? El cachorro, suave y cariñoso —pues jugaba con ella sobre su pecho— era ahora su propio hijo.

En estas circunstancias, un hombre que una noche de lluvia pasaba corriendo ante la casa de la mujer oyó un gemido áspero —el ronco gemido de las fieras que, aún re-

* Publicado primeramente en *La Nación*, 25 de abril de 1920, y recogido en la colección *El desierto* (1924).

cién nacidas, sobresaltan al ser humano—. El hombre se detuvo bruscamente, y mientras buscaba a tientas el revólver, golpeó la puerta. La madre, que había oído los pasos, corrió loca de angustia a ocultar al tigrecito en el jardín. Pero su buena suerte quiso que al abrir la puerta del fondo se hallara ante una mansa, vieja y sabia serpiente que le cerraba el paso. La desgraciada mujer iba a gritar de terror, cuando la serpiente habló así:

—Nada temas, mujer —le dijo—. Tu corazón de madre te ha permitido salvar una vida del Universo, donde todas las vidas tienen el mismo valor. Pero los hombres no te comprenderán, y querrán matar a tu nuevo hijo. Nada temas, ve tranquila. Desde este momento tu hijo tiene forma humana; nunca lo reconocerán. Forma su corazón, enséñale a ser bueno como tú, y él no sabrá jamás que no es hombre. A menos... a menos que una madre de entre los hombres lo acuse; a menos que una madre no le exija que devuelva con su sangre lo que tú has dado por él, tu hijo será siempre digno de ti. Ve tranquila, madre, y apresúrate, que el hombre va a echar la puerta abajo.

Y la madre creyó a la serpiente, porque en todas las religiones de los hombres la serpiente conoce el misterio de las vidas que pueblan los mundos. Fue, pues, corriendo a abrir la puerta, y el hombre, furioso, entró con el revólver en la mano y buscó por todas partes sin hallar nada. Cuando salió, la mujer abrió, temblando, el rebozo bajo el cual ocultaba al tigrecito sobre su seno, y en su lugar vio a un niño que dormía tranquilo. Traspasada de dicha, lloró largo rato en silencio sobre su salvaje hijo hecho hombre; lágrimas de gratitud que doce años más tarde ese mismo hijo debía pagar con sangre sobre su tumba.

Pasó el tiempo. El nuevo niño necesitaba un nombre: se le puso Juan Darién. Necesitaba alimentos, ropa, calzado: se le dotó de todo, para lo cual la madre trabajaba día y noche. Ella era aún muy joven, y podría haberse vuelto a casar, si hubiera querido; pero le bastaba el amor entrañable de su hijo, amor que ella devolvía con todo su corazón.

Juan Darién era, efectivamente, digno de ser querido: noble, bueno y generoso como nadie. Por su madre, en particular, tenía una veneración profunda. No mentía jamás. ¿Acaso por ser un ser salvaje en el fondo de su naturaleza? Es posible; pues no se sabe aún qué influencia puede tener en un animal recién nacido la pureza de una alma bebida con la leche en el seno de una santa mujer.

Tal era Juan Darién. E iba a la escuela con los chicos de su edad, los que se burlaban a menudo de él, a causa de su pelo áspero y su timidez. Juan Darién no era muy inteligente; pero compensaba esto con su gran amor al estudio.

Así las cosas, cuando la criatura iba a cumplir diez años, su madre murió. Juan Darién sufrió lo que no es decible, hasta que el tiempo apaciguó su pena. Pero fue en adelante un muchacho triste, que sólo deseaba instruirse.

Algo debemos confesar ahora: a Juan Darién no se le amaba en el pueblo. La gente de los pueblos encerrados en la selva no gustan de los muchachos demasiado generosos y que estudian con toda el alma. Era, además, el primer alumno de la escuela. Y este conjunto precipitó el desenlace con un acontecimiento que dio razón a la profecía de la serpiente.

Aprontábase el pueblo a celebrar una gran fiesta, y de la ciudad distante habían mandado fuegos artificiales. En la escuela se dio un repaso general a los chicos, pues un inspector debía venir a observar las clases. Cuando el inspector llegó, el maestro hizo dar la lección al primero de todos: a Juan Darién. Juan Darién era el alumno más aventajado; pero con la emoción del caso, tartamudeó y la lengua se le trabó con un sonido extraño. El inspector observó al alumno un largo rato, y habló en seguida en voz baja con el maestro.

—¿Quién es ese muchacho? —le preguntó— ¿De dónde ha salido?

—Se llama Juan Darién —respondió el maestro— y lo crió una mujer que ya ha muerto; pero nadie sabe de dónde ha venido.

—Es extraño, muy extraño... —murmuró el inspector, observando el pelo áspero y el reflejo verdoso que tenían los ojos de Juan Darién cuando estaba en la sombra.

El inspector sabía que en el mundo hay cosas mucho más extrañas que las que nadie puede inventar, y sabía al mismo tiempo que con preguntas a Juan Darién nunca podría averiguar si el alumno había sido antes lo que él temía: esto es, un animal salvaje. Pero así como hay hombres que en estados especiales recuerdan cosas que les han pasado a sus abuelos, así era también posible que, bajo una sugestión hipnótica, Juan Darién recordara su vida de bestia salvaje. Y los chicos que lean esto y no sepan de qué se habla, pueden preguntarlo a las personas grandes.

Por lo cual el inspector subió a la tarima y habló así:

—Bien, niño. Deseo ahora que uno de ustedes nos describa la selva. Ustedes se han criado casi en ella y la conocen bien. ¿Cómo es la selva? ¿Qué pasa en ella? Esto es lo que quiero saber. Vamos a ver, tú —añadió dirigiéndose a un alumno cualquiera—. Sube a la tarima y cuéntanos lo que hayas visto.

El chico subió, y aunque estaba asustado, habló un rato. Dijo que en el bosque hay árboles gigantes, enredaderas y florecillas. Cuando concluyó, pasó otro chico a la tarima, después otro. Y aunque todos conocían bien la selva, respondían lo mismo, porque los chicos y muchos hombres no cuentan lo que ven, sino lo que han leído sobre lo mismo que acaban de ver. Y al fin el inspector dijo:

—Ahora le toca al alumno Juan Darién.

Juan Darién dijo más o menos lo que los otros. Pero el inspector, poniéndole la mano sobre el hombro, exclamó:

—No, no. Quiero que tú recuerdes bien lo que has visto. Cierra los ojos.

Juan Darién cerró los ojos.

—Bien —prosiguió el inspector—. Dime lo que ves en la selva.

Juan Darién, siempre con los ojos cerrados, demoró un instante en contestar.

—No veo nada —dijo al fin.

—Pronto vas a ver. Figurémonos que son las tres de la mañana, poco antes del amanecer. Hemos concluido de comer, por ejemplo... Estamos en la selva, en la oscuridad... Delante de nosotros hay un arroyo... ¿Qué ves?

Juan Darién pasó otro momento en silencio. Y en la clase y en el bosque próximo había también un gran silencio. De pronto Juan Darién se estremeció, y con voz lenta, como si soñara, dijo:

—Veo las piedras que pasan y las ramas que se doblan... Y el suelo... Y veo las hojas secas que se quedan aplastadas sobre las piedras...

—¡Un momento! —le interrumpió el inspector— Las piedras y las hojas que pasan ¿a qué altura las ves?

El inspector preguntaba esto porque si Juan Darién estaba "viendo" efectivamente lo que él hacía en la selva cuando era animal salvaje e iba a beber después de haber comido, vería también que las piedras que encuentra un tigre o una pantera que se acercan muy agachados al río pasan a la altura de los ojos. Y repitió:

—¿A qué altura ves las piedras?

Y Juan Darién, siempre con los ojos cerrados, respondió:

—Pasan sobre el suelo... Rozan las orejas... Y las hojas sueltas se mueven con el aliento... Y siento la humedad del barro en...

La voz de Juan Darién se cortó.

—¿En dónde? —preguntó con voz firme el inspector— ¿Dónde sientes la humedad del agua?

—¡En los bigotes! —dijo con voz ronca Juan Darién, abriendo los ojos espantado.

Comenzaba el crepúsculo, y por la ventana se veía cerca la selva ya lóbrega. Los alumnos no comprendieron lo terrible de aquella evocación; pero tampoco se rieron de esos extraordinarios bigotes de Juan Darién, que no tenía bigote alguno. Y no se rieron, porque el rostro de la criatura estaba pálido y ansioso.

La clase había concluido. El inspector no era un mal hombre; pero, como todos los hombres que viven muy cerca de la selva, odiaba ciegamente a los tigres; por lo cual dijo en voz baja al maestro:

—Es preciso matar a Juan Darién. Es una fiera del bosque, posiblemente un tigre. Debemos matarlo, porque si no, él, tarde o temprano, nos matará a todos. Hasta ahora su maldad de fiera no ha despertado; pero explotará un día u otro, y entonces nos devorará a todos, puesto que le permitimos vivir con nosotros. Debemos, pues, matarlo. La dificultad está en que no podemos hacerlo mientras tenga forma humana, porque no podremos probar ante todos que es un tigre. Parece un hombre, y con los hombres hay que proceder con cuidado. Yo sé que en la ciudad hay un domador de fieras. Llamémoslo, y él hallará modo de que Juan Darién vuelva a su cuerpo de tigre. Y aunque no pueda convertirlo en tigre, las gentes nos creerán y podremos echarlo a la selva. Llamemos en seguida al domador, antes que Juan Darién se escape.

Pero Juan Darién pensaba en todo menos en escaparse, porque no se daba cuenta de nada. ¿Cómo podía creer que él no era hombre, cuando jamás había sentido otra cosa que amor a todos, y ni siquiera tenía odio a los animales dañinos?

Mas las voces fueron corriendo de boca en boca, y Juan Darién comenzó a sufrir sus efectos. No le respondían una palabra, se apartaban vivamente a su paso, y lo seguían desde lejos de noche.

—¿Qué tendré? ¿Por qué son así conmigo? —se preguntaba Juan Darién.

Y ya no solamente huían de él, sino que los muchachos le gritaban:

—¡Fuera de aquí! ¡Vuélvete donde has venido! ¡Fuera!

Los grandes también, las personas mayores, no estaban menos enfurecidas que los muchachos. Quién sabe qué llega a pasar si la misma tarde de la fiesta no hubiera llegado por fin el ansiado domador de fieras. Juan Darién estaba en su casa preparándose la pobre sopa que tomaba, cuando oyó la gritería de las gentes que avanzaban precipitadas hacia su casa. Apenas tuvo tiempo de salir a ver qué era: Se apoderaron de él, arrastrándolo hasta la casa del domador.

—¡Aquí está! —gritaban, sacudiéndolo— ¡Es éste! ¡Es un tigre! ¡No queremos saber nada con tigres! ¡Quítele su figura de hombre y lo mataremos!

Y los muchachos, sus condiscípulos a quienes más quería, y las mismas personas viejas, gritaban:

—¡Es un tigre! ¡Juan Darién nos va a devorar! ¡Muera Juan Darién!

Juan Darién protestaba y lloraba porque los golpes llovían sobre él, y era una criatura de doce años. Pero en ese momento la gente se apartó, y el domador, con grandes botas de charol, levita roja y un látigo en la mano, surgió ante Juan Darién. El domador lo miró fijamente, y apretó con fuerza el puño del látigo.

—¡Ah! —exclamó— ¡te reconozco bien! ¡A todos puedes engañar, menos a mí! ¡Te estoy viendo, hijo de tigres! ¡Bajo tu camisa estoy viendo las rayas del tigre! ¡Fuera la camisa, y traigan los perros cazadores! ¡Veremos ahora si los perros te reconocen como hombre o como tigre!

En un segundo arrancaron toda

la ropa a Juan Darién y lo arrojaron dentro de la jaula para fieras.

—¡Suelten los perros, pronto! —gritó el domador— ¡Y encomiéndate a los dioses de tu selva, Juan Darién!

Y cuatro feroces perros cazadores de tigres fueron lanzados dentro de la jaula.

El domador hizo esto porque los perros reconocen siempre el olor del tigre; y en cuanto olfatearan a Juan Darién sin ropa, lo harían pedazos, pues podrían ver con sus ojos de perros cazadores las rayas de tigre ocultas bajo la piel de hombre.

Pero los perros no vieron otra cosa en Juan Darién que al muchacho bueno que quería hasta a los mismos animales dañinos. Y movían apacibles la cola al olerlo.

—¡Devóralo! ¡Es un tigre! ¡Toca! ¡Toca! —gritaban a los perros. Y los perros ladraban y saltaban enloquecidos por la jaula, sin saber a qué atacar.

La prueba no había dado resultado.

—¡Muy bien! —exclamó entonces el domador— Estos son perros bastardos, de casta de tigre. No le reconocen. Pero yo te reconozco, Juan Darién, y ahora nos vamos a ver nosotros.

Y así diciendo entró él en la jaula y levantó el látigo.

—¡Tigre! —gritó— ¡Estás ante un hombre, y tú eres un tigre! ¡Allí estoy viendo, bajo tu piel robada de hombre, las rayas de tigre! ¡Muestra las rayas!

Y cruzó el cuerpo de Juan Darién de un feroz latigazo. La pobre criatura desnuda lanzó un alarido de dolor, mientras las gentes, enfurecidas, repetían:

—¡Muestra las rayas de tigre!

Durante un rato prosiguió el atroz suplicio; y no deseo que los niños que me oyen vean martirizar de este modo a ser alguno.

—¡Por favor! ¡Me muero! —clamaba Juan Darién.

—¡Muestra las rayas! —le respondían.

Por fin el suplicio concluyó. En el fondo de la jaula arrinconado, aniquilado en un rincón, sólo quedaba su cuerpecito sangriento de niño, que había sido Juan Darién. Vivía aún, y aún podía caminar cuando se le sacó de allí; pero lleno de tales sufrimientos como nadie los sentirá nunca.

Lo sacaron de la jaula, y empujándolo por el medio de la calle, lo echaban del pueblo. Iba cayéndose a cada momento, y detrás de él los muchachos, las mujeres y los hombres maduros, empujándolo.

—¡Fuera de aquí, Juan Darién! ¡Vuélvete a la selva, hijo de tigre y corazón de tigre! ¡Fuera, Juan Darién!

Y los que estaban lejos y no podían pegarle, le tiraban piedras.

Juan Darién cayó del todo, por fin, tendiendo en busca de apoyo sus pobres manos de niño. Y su cruel destino quiso que una mujer, que estaba parada a la puerta de su casa sosteniendo en los brazos a una inocente criatura, interpretara mal ese ademán de súplica.

—¡Me ha querido robar a mi hijo! —gritó la mujer— ¡Ha tendido las manos para matarlo! ¡Es un tigre! ¡Matémosle en seguida, antes que él mate a nuestros hijos!

Así dijo la mujer. Y de este modo se cumplía la profecía de la serpiente: Juan Darién moriría cuando una madre de los hombres le exigiera la vida y el corazón de hombre que otra madre le había dado con su pecho.

No era necesaria otra acusación para decidir a las gentes enfurecidas. Y veinte brazos con piedras en la mano se levantaban ya para aplastar a Juan Darién cuando el domador ordenó desde atrás con voz ronca:

—¡Marquémoslo con rayas de fuego! ¡Quemémoslo en los fuegos artificiales!

Ya comenzaba a oscurecer, y cuando llegaron a la plaza era noche cerrada. En la plaza habían levantado un castillo de fuegos de artificio, con ruedas, coronas y luces de bengala. Ataron en lo alto del centro a Juan Darién, y prendieron la mecha desde un extremo. El hilo de fuego corrió velozmente subiendo y bajando, y encendió el castillo entero. Y entre las estrellas fijas y las ruedas gigantes de todos colores, se vio allá arriba a Juan Darién sacrificado.

—¡Es tu último día de hombre, Juan Darién! —clamaban todos— ¡Muestra las rayas!

—¡Perdón, perdón! —gritaba la criatura, retorciéndose entre las chispas, y las nubes de humo. Las ruedas amarillas, rojas y verdes giraban vertiginosamente, unas a la derecha y otras a la izquierda. Los chorros de fuego tangente trazaban grandes circunferencias; y en el medio, quemado por los regueros de chispas que le cruzaban el cuerpo, se retorcía Juan Darién.

—¡Muestra las rayas! —rugían aún de abajo.

—¡No, perdón! ¡Yo soy hombre! —tuvo aún tiempo de clamar la infeliz criatura. Y tras un nuevo surco de fuego, se pudo ver que su cuerpo se sacudía convulsivamente; que sus gemidos adquirían un timbre profundo y ronco, y que su cuerpo cambiaba poco a poco de forma. Y la muchedumbre, con un grito salvaje de triunfo, pudo ver surgir por fin, bajo la piel del hombre, las rayas negras, paralelas y fatales del tigre.

La atroz obra de crueldad se había cumplido; habían conseguido lo que querían. En vez de la criatura inocente de toda culpa, allá arriba no había sino un cuerpo de tigre que agonizaba rugiendo.

Las luces de bengala se iban también apagando. Un último chorro de chispas con que moría una rueda alcanzó la soga atada a las muñecas (no: a las patas del tigre, pues Juan Darién había concluido), y el cuerpo cayó pesadamente al suelo. Las gentes lo arrastraron hasta la linde del bosque, abandonándolo allí para que los chacales devoraran su cadáver y su corazón de fiera.

Pero el tigre no había muerto. Con la frescura nocturna volvió en sí, y arrastrándose presa de horribles tormentos se internó en la selva. Durante un mes entero no abandonó su guarida en lo más tupido del bosque, esperando con sombría paciencia de fiera que sus heridas curaran. Todas cicatrizaron por fin, menos una, una profunda quemadura en el costado, que no cerraba, y que el tigre vendó con grandes hojas.

Porque había conservado de su forma recién perdida tres cosas: el recuerdo vivo del pasado, la habilidad de sus manos, que manejaba como un hombre, y el lenguaje. Pero en el resto, absolutamente en todo, era una fiera, que no se distinguía en lo más mínimo de los otros tigres.

Cuando se sintió por fin curado, pasó la voz a los demás tigres de la selva para que esa misma noche se reunieran delante del gran cañaveral que lindaba con los cultivos. Y al entrar la noche se encaminó silenciosamente al pueblo. Trepó a un árbol de los alrededores y esperó largo tiempo inmóvil. Vio pasar bajo él sin inquietarse a mirar siquiera, pobres mujeres y labradores fatigados, de aspecto miserable; hasta que al fin vio avanzar por el camino a un hombre de grandes botas y levita roja.

El tigre no movió una sola ramita al recogerse para saltar. Saltó sobre el domador; de una manotada lo derribó desmayado, y cogiéndolo entre los dientes por la cintura, lo llevó sin hacerle daño hasta el juncal.

Allí, al pie de las inmensas cañas que se alzaban invisibles, estaban los tigres de la selva moviéndose en la oscuridad, y sus ojos brillaban como luces que van de un lado para otro. El hombre proseguía desmayado. El tigre dijo entonces:

—Hermanos: Yo viví doce años entre los hombres, como un hombre mismo. Y yo soy un tigre. Tal vez pueda con mi proceder borrar más tarde esta mancha. Hermanos: esta noche rompo el último lazo que me liga al pasado.

Y después de hablar así, recogió en la boca al hombre, que proseguía desmayado, y trepó con él a lo más alto del cañaveral, donde lo dejó atado entre dos bambúes. Luego prendió fuego a las hojas secas del suelo, y pronto una llamarada crujiente ascendió. Los tigres retrocedían espantados ante el fuego. Pero el tigre les dijo: "¡Paz, hermanos!" y aquéllos se apaciguaron, sentándose de vientre con las patas cruzadas a mirar.

El juncal ardía como un inmenso castillo de artificio. Las cañas estallaban como bombas, y sus gases se cruzaban en agudas flechas de color. Las llamaradas ascendían en bruscas y sordas bocanadas, dejando bajo ellas lívidos huecos; y en la cúspide, donde aún no llegaba el fuego, las cañas se balanceaban crispadas por el calor.

Pero el hombre, tocado por las llamas, había vuelto en sí. Vio allá abajo a los tigres con los ojos cárdenos alzados a él, y lo comprendió todo.

—¡Perdón, perdóname! —aulló retorciéndose— ¡Pido perdón por todo!

Nadie contestó. El hombre se sintió entonces abandonado de Dios, y gritó con toda su alma:

—¡Perdón, Juan Darién!

Al oír esto, Juan Darién alzó la cabeza y dijo fríamente:

—Aquí no hay nadie que se llame Juan Darién. No conozco a Juan Darién. Éste es un nombre de hombre, y aquí somos todos tigres.

Y volviéndose a sus compañeros, como si no comprendiera, preguntó:

—¿Alguno de ustedes se llama Juan Darién?

Pero ya las llamas habían abrasado el castillo hasta el cielo. Y entre las agudas luces de bengala que entrecruzaban la pared ardiente, se pudo ver allá arriba un cuerpo negro que se quemaba humeando.

—Ya estoy pronto, hermanos —dijo el tigre— Pero aún me queda algo por hacer.

Y se encaminó de nuevo al pueblo, seguido por los tigres sin que él lo notara. Se detuvo ante un pobre y triste jardín, saltó la pared, y pasando al costado de muchas cruces y lápidas, fue a detenerse ante un pedazo de tierra sin ningún adorno, donde estaba enterrada la mujer a quien había llamado madre ocho años. Se arrodilló —se arrodilló como un hombre—, y durante un rato no se oyó nada.

—¡Madre! —murmuró por fin el tigre con profunda ternura— Tú sola supiste, entre todos los hombres, los sagrados derechos a la vida de todos los seres del Universo. Tú sola comprendiste que el hombre y el tigre se diferencian únicamente por el corazón. Y tú me enseñaste a amar, a comprender, a perdonar. ¡Madre! estoy seguro de que me oyes. Soy tu hijo siempre, a pesar de lo que pase en adelante pero de ti sólo. ¡Adiós, madre mía!

Y viendo al incorporarse los ojos cárdenos de sus hermanos que lo observaban tras la tapia, se unió otra vez a ellos.

El viento cálido les trajo en ese momento, desde el fondo de la noche, el estampido de un tiro.

—Es en la selva —dijo el tigre—. Son los hombres. Están cazando, matando, degollando.

Volviéndose entonces hacia el pueblo que iluminaba el reflejo de la selva encendida, exclamó:

—¡Raza sin redención! ¡Ahora me toca a mí!

Y retornando a la tumba en que acababa de orar, arrancóse de un manotón la venda de la herida y escribió en la cruz con su propia sangre, en grandes caracteres, debajo del nombre de su madre:

Y

JUAN DARIÉN

—Ya estamos en paz— dijo. Y enviando con sus hermanos un rugido de desafío al pueblo aterrado, concluyó:

—Ahora, a la selva. ¡Y tigre para siempre!

EL HOMBRE MUERTO *

El hombre y su machete acababan de limpiar la quinta calle del bananal. Faltábanles aún dos calles; pero como en éstas abundaban las chircas y malvas silvestres, la tarea que tenían por delante era muy poca cosa. El hombre echó en consecuencia una mirada satisfecha a los arbustos rozados, y cruzó el alambrado para tenderse un rato en la gramilla.

Mas al bajar el alambre de púa y pasar el cuerpo, su pie izquierdo resbaló sobre un trozo de corteza desprendida del poste, a tiempo que el machete se le escapaba de la mano. Mientras caía, el hombre tuvo la impresión sumamente lejana de no ver el machete de plano en el suelo.

Ya estaba tendido en la gramilla, acostado sobre el lado derecho, tal como él quería. La boca, que acababa de abrírsele en toda su extensión, acababa también de cerrarse. Estaba como hubiera deseado estar, las rodillas dobladas y la mano izquierda sobre el pecho. Sólo que tras el antebrazo, e inmediatamente por debajo del cinto, surgían de su camisa el puño y la mitad de la hoja del machete; pero el resto no se veía.

El hombre intentó mover la cabeza, en vano. Echó una mirada de reojo a la empuñadura del machete, húmeda aún del sudor de su mano. Apreció mentalmente la extensión y la trayectoria del machete dentro de su vientre, y adquirió, fría, matemática e inexorable, la seguri-

dad de que acababa de llegar al término de su existencia.

La muerte. En el transcurso de la vida se piensa muchas veces en que un día, tras años, meses, semanas y días preparatorios, llegaremos a nuestro turno al umbral de la muerte. Es la ley fatal, aceptada y prevista; tanto, que solemos dejarnos llevar placenteramente por la imaginación a ese momento, supremo entre todos, en que lanzamos el último suspiro.

Pero entre el instante actual y esa postrera aspiración, ¡qué de sueños, trastornos, esperanzas y dramas presumimos en nuestra vida! ¡Qué nos reserva aún esta existencia llena de vigor, antes de su eliminación del escenario humano! Es éste el consuelo, el placer y la razón de nuestras divagaciones mortuorias: ¡Tan lejos está la muerte y tan imprevisto lo que debemos vivir aún!

¿Aún?... No han pasado dos segundos: el sol está exactamente a la misma altura; las sombras no han avanzado un milímetro. Bruscamente, acaban de resolverse para el hombre tendido las divagaciones a largo plazo: Se está muriendo.

Muerto. Puede considerarse muerto en su cómoda postura.

Pero el hombre abre los ojos y mira. ¿Qué tiempo ha pasado? ¿Qué cataclismo ha sobrevenido en el mundo? ¿Qué trastorno de la naturaleza trasuda el horrible acontecimiento?

Va a morir. Fría, fatal e ineludiblemente, va a morir.

El hombre resiste —¡es tan imprevisto ese horror! Y piensa: Es una pesadilla; ¡esto es! ¿Qué ha cambiado? Nada. Y mira: ¿No es acaso ese bananal su bananal? ¿No

---

* Monólogo mental convertido en narración que fluctúa entre la realidad y el sueño. En *La Nación*, 27 de junio de 1920, y en *Los desterrados* (1926).

81

viene todas las mañanas a limpiarlo? ¿Quién lo conoce como él? Ve perfectamente el bananal, muy raleado, y las anchas hojas desnudas al sol. Allí están, muy cerca, deshilachadas por el viento. Pero ahora no se mueven... Es la calma de mediodía; pronto deben ser las doce.

Por entre los bananos, allá arriba, el hombre ve desde el duro suelo el techo rojo de su casa. A la izquierda, entrevé el monte y la capuera de canelas. No alcanza a ver más, pero sabe muy bien que a sus espaldas está el camino al puerto nuevo; y que en la dirección de su cabeza, allá abajo, yace en el fondo del valle el Paraná dormido como un lago. Todo, todo exactamente como siempre; el sol de fuego, el aire vibrante y solitario, los bananos inmóviles, el alambrado de postes muy gruesos y altos que pronto tendrá que cambiar.

¡Muerto! ¿Pero es posible! ¿No es éste uno de los tantos días en que ha salido al amanecer de su casa con el machete en la mano? ¿No está allí mismo, a cuatro metros de él, su caballo, su *Malacara*, oliendo parsimoniosamente el alambre de púa?

¡Pero sí! Alguien silba... No puede ver, porque está de espaldas al camino; mas siente resonar en el puentecito los pasos del caballo... Es el muchacho que pasa todas las mañanas hacia el puerto nuevo, a las once y media. Y siempre silbando. Desde el poste descascarado que toca casi con las botas, hasta el cerco vivo de monte que separa el bananal del camino, hay quince metros largos. Lo sabe perfectamente bien, porque él mismo, al levantar el alambrado, midió la distancia

¿Qué pasa, entonces? ¿Es ése o no un natural mediodía de los tantos en Misiones, en su monte, en su potrero, en su bananal ralo? ¡Sin duda! Gramilla corta, conos de hormigas, silencio, sol a plomo.

Nada, nada ha cambiado. Sólo él

es distinto. Desde hace dos minutos su persona, su personalidad viviente, nada tiene ya que ver con el potrero, que formó él mismo a azada, durante cinco meses consecutivos, ni con el bananal, obra de sus solas manos. Ni con su familia. Ha sido arrancado bruscamente, naturalmente, por la obra de una cáscara lustrosa y un machete en el vientre. Hace dos minutos: se muere.

El hombre, muy fatigado y tendido en la gramilla sobre el costado derecho, se resiste siempre a admitir un fenómeno de esa trascendencia, ante el aspecto normal y monótono de cuanto mira. Sabe bien la hora: las once y media... El muchacho de todos los días acaba de pasar sobre el puente.

¡Pero no es posible que haya resbalado...! El mango de su machete (pronto deberá cambiarlo por otro; tiene ya poco vuelo) estaba perfectamente oprimido entre su mano izquierda y el alambre de púa. Tras diez años de bosque, él sabe muy bien cómo se maneja un machete de monte. Está solamente muy fatigado del trabajo de esa mañana, y descansa un rato como de costumbre.

¿La prueba?... ¡Pero esa gramilla que entra ahora por la comisura de su boca la plantó él mismo, en panes de tierra distantes un metro uno de otro! ¡Y ése es su bananal; y ése es su *Malacara*, resoplando cauteloso ante las púas del alambre! Lo ve perfectamente; sabe que no se atreve a doblar la esquina del alambrado, porque él está echado casi al pie del poste. Lo distingue muy bien; y ve los hilos oscuros de sudor que arrancan de la cruz y del anca. El sol cae a plomo, y la calma es muy grande, pues ni un fleco de los bananos se mueve. Todos los días, como *ése*, ha visto las mismas cosas.

...Muy fatigado, pero descansa solo. Deben de haber pasado ya varios minutos... y a las doce menos cuarto, desde allá arriba, desde el chalet de techo rojo, se desprenderán hacia el bananal su mujer y sus dos hijos, a buscarlo para almorzar. Oye siempre, antes que las demás, la voz de su chico menor que quiere soltarse de la mano de su madre: ¡Piapiá! ¡Piapiá!

—¿No es eso...? ¡Claro, oye! Ya es la hora. Oye efectivamente la voz del hijo...

¡Qué pesadilla...! ¡Pero es uno de los tantos días, trivial como todos, claro está! Luz excesiva, sombras amarillentas, calor silencioso de horno sobre la carne, que hace sudar al *Malacara* inmóvil ante el bananal prohibido.

...Muy cansado, mucho, pero nada más. ¡Cuántas veces, a mediodía como ahora, ha cruzado volviendo a casa ese potrero, que era capuera cuando él llegó, y que antes había sido monte virgen! Volvía entonces, muy fatigado también, con su machete pendiente de la mano izquierda, a lentos pasos.

Puede aún alejarse con la mente, si quiere; puede si quiere abandonar un instante su cuerpo y ver desde el tajamar por él construido, el trivial paisaje de siempre: el pedregullo volcánico con gramas rígidas; el bananal y su arena roja; el alambrado empequeñecido en la pendiente, que se acoda hacia el camino. Y más lejos aún ver el potrero, obra sola de sus manos. Y al pie de un bosque descascarado, echado sobre el costado derecho y las piernas recogidas, exactamente como todos los días, puede verse a él mismo, como un pequeño bulto asoleado sobre la gramilla, descansando, porque está muy cansado...

Pero el caballo rayado de sudor, e inmóvil de cautela ante el esquinado del alambrado, ve también al hombre en el suelo y no se atreve a costear el bananal, como desearía. Ante las voces que ya están próximas —¡Piapiá!—, vuelve un largo rato las orejas inmóviles al bulto; y tranquilizado al fin, se decide a pasar entre el poste y el hombre tendido —que ya ha descansado.

EL POTRO SALVAJE *

Era un caballo, un joven potro de corazón ardiente, que llegó del desierto a la ciudad a vivir del espectáculo de su velocidad.

Ver correr a aquel animal era, en efecto, un espectáculo considerable. Corría con la crin al viento y el viento en sus dilatadas narices. Corría, se estiraba; se estiraba más aún, y el redoble de sus cascos en la tierra no se podía medir. Corría sin reglas ni medida, en cualquier dirección del desierto y a cualquier hora del día. No existían pistas para la libertad de su carrera, ni normas para el despliegue de su energía. Poseía extraordinaria velocidad y un ardiente deseo de correr. De modo que se daba todo entero en sus disparadas salvajes —y ésta era la fuerza de aquel caballo.

A ejemplo de los animales muy veloces, el joven potro tenía muy pocas aptitudes para el arrastre. Tiraba mal, sin coraje, ni bríos, ni gusto. Y como en el desierto apenas alcanzaba el pasto para sustentar a los caballos de pesado tiro, el veloz animal se dirigió a la ciudad para vivir de sus carreras.

En un principio entregó gratis el espectáculo de su gran velocidad, pues nadie hubiera pagado una brizna de paja por verlo —ignorantes todos del corredor que había en él—. En las bellas tardes, cuando las gentes poblaban los campos inmediatos a la ciudad —y sobre todo los domingos— el joven potro trotaba a la vista de todos, arrancaba de golpe, deteníase, trotaba de nuevo husmeando el viento, para lan-

zarse al fin a toda velocidad, tendido en una carrera loca que parecía imposible superar y que superaba a cada instante, pues aquel joven potro, como hemos dicho, ponía en sus narices, en sus cascos y en su carrera todo su ardiente corazón.

Las gentes quedaron atónitas ante aquel espectáculo que se apartaba de todo lo que acostumbraban ver, y se retiraron sin apreciar la belleza de aquella carrera.

—No importa —se dijo el potro alegremente—. Iré a ver a un empresario de espectáculos, y ganaré, entretanto, lo suficiente para vivir.

De qué había vivido hasta entonces en la ciudad apenas él podía decirlo. De su propia hambre, seguramente, y de algún desperdicio desechado en el portón de los corralones. Fue, pues, a ver a un organizador de fiestas.

—Yo puedo correr ante el público —dijo el caballo— si me pagan por ello. No sé qué puedo ganar; pero mi modo de correr ha gustado a algunos hombres.

—Sin duda, sin duda... —le respondieron—. Siempre hay algún interesado en estas cosas... No es cuestión, sin embargo, de que se haga ilusiones... Podríamos ofrecerle un poco de sacrificio de nuestra parte...

El potro bajó los ojos hacia la mano del hombre, y vio lo que le ofrecían: era un montón de paja, un poco de pasto ardido y seco.

—No podemos más... Y asimismo...

El joven animal consideró el puñado de pasto con que se pagaban sus extraordinarias dotes de velocidad, y recordó las muecas de los hombres ante la libertad de su ca-

* Publicado primeramente en *La Nación*, 26 de marzo de 1922, y recogido en la serie *El desierto* (1924).

rrera, que cortaba en zigzag las pistas trilladas.

—No importa —se dijo alegremente— Algún día se divertirán. Con este pasto ardido podré, entretanto, sostenerme.

Y aceptó contento, porque lo que él quería era correr.

Corrió, pues, ese domingo y los siguientes, por igual puñado de pasto cada vez dándose con toda el alma en su carrera. Ni un solo momento pensó en reservarse, engañar, seguir las rectas decorativas para halago de los espectadores, que no comprendían su libertad. Comenzaba el trote, como siempre, con las narices de fuego y la cola en arco; hacía resonar la tierra en sus arranques, para lanzarse por fin a escape a campo traviesa, en un verdadero torbellino de ansia, polvo y tronar de cascos. Y por premio, su puñado de pasto seco, que comía contento y descansado después del baño.

A veces, sin embargo, mientras trituraba con su joven dentadura los duros tallos, pensaba en las repletas bolsas de avena que veía en las vidrieras, en la gula de maíz y alfalfa olorosa que desbordaba de los pesebres.

—No importa —se decía alegremente—. Puedo darme por contento con este rico pasto.

Y continuaba corriendo con el vientre ceñido de hambre, como había corrido siempre.

Poco a poco, sin embargo, los paseantes de los domingos se acostumbraron a su libertad de carrera, y comenzaron a decirse unos a otros que aquel espectáculo de velocidad salvaje, sin reglas ni cercas, causaba una bella impresión.

—No corre por las sendas como es costumbre —decían—, pero es muy veloz. Tal vez tiene ese arranque porque se siente más libre fuera de las pistas trilladas. Y se emplea a fondo.

En efecto, el joven potro, de apetito nunca saciado, y que obtenía apenas de qué vivir con su ardiente velocidad, se empleaba a fondo por un puñado de pasto, como si esa carrera fuera la que iba a consagrarlo definitivamente. Y tras el baño, comía contento su ración —la ración basta y mínima del más oscuro de los más anónimos caballos.

—No importa —se decía alegremente—. Ya llegará el día en que se diviertan.

El tiempo pasaba, entretanto. Las voces cambiadas entre los espectadores cundieron por la ciudad, traspasaron sus puertas, y llegó por fin un día en que la admiración de los hombre se asentó confiada y ciega en aquel caballo de carrera. Los organizadores de espectáculos llegaron en tropel a contratarlo, y el potro, ya de edad madura, que había corrido toda su vida por un puñado de pasto, vio tendérsele, en disputa, apretadísimos fardos de alfalfa, macizas bolsas de avena y maíz —todo en cantidad incalculable— por el solo espectáculo de una carrera.

Entonces el caballo tuvo por primera vez un pensamiento de amargura, al pensar en lo feliz que hubiera sido en su juventud si le hubieran ofrecido la milésima parte de lo que ahora le introducían gloriosamente en el gaznate.

—En aquel tiempo —se dijo melancólicamente— un solo puñado de alfalfa como estímulo, cuando mi corazón saltaba de deseos de correr, hubiera hecho de mí el más feliz de los seres. Ahora estoy cansado.

En efecto, estaba cansado. Su velocidad era, sin duda, la misma de siempre, y el mismo el espectáculo de su salvaje libertad. Pero no poseía ya el ansia de correr de otros tiempos. Aquel vibrante deseo de tenderse a fondo, que antes el joven potro entregaba alegre por un montón de paja, precisaba ahora toneladas de exquisito forraje para despertar. El triunfante caballo pensaba largamente las ofertas, calculaba, especulaba finamente con sus descansos. Y cuando los organizadores se entregaban por último a sus exigencias, recién entonces sentía deseos de correr. Corría entonces

como él sólo era capaz de hacerlo;
y regresaba a deleitarse ante la mag-
nificencia del forraje ganado.

Cada vez, sin embargo, el caballo
era más difícil de satisfacer, aunque los organizadores hicieran ver-
daderos sacrificios para excitar, adu-
lar, comprar aquel deseo de correr
que moría bajo la presión del éxito.
Y el potro comenzó entonces a temer por su prodigiosa velocidad, si
la entregaba toda en cada carrera.
Corrió, entonces, por primera vez
en su vida, reservándose, aprove-
chándose cautamente del viento y
las largas sendas regulares. Nadie
lo notó —o por ello fue acaso más
aclamado que nunca— pues se creía
ciegamente en su salvaje libertad
para correr.

Libertad... No, ya no la tenía.
La había perdido desde el primer
instante en que reservó sus fuerzas
para no flaquear en la carrera siguiente. No corrió más a campo
traviesa, ni contra el viento. Corrió
sobre sus propios rastros más fáci-
les, sobre aquellos zigzags que más
ovaciones habían arrancado. Y en

el miedo, siempre creciente, de ago-
tarse, llegó un momento en que el
caballo de carrera aprendió a correr
con estilo, engañando, escarceando
cubierto de espuma por las sendas
más trilladas. Y un clamor de gloria lo divinizó.

Pero dos hombres que contemplaban aquel lamentable espectáculo,
cambiaron algunas tristes palabras.

—Yo lo he visto correr en su juventud —dijo el primero—: y si
uno pudiera llorar por un animal,
lo haría en recuerdo de lo que hizo
este mismo caballo cuando no tenía
qué comer.

—No es extraño que lo haya hecho antes —dijo el segundo—. Juventud y Hambre son el más pre-
ciado don que puede conceder la
vida a un fuerte corazón.

Joven potro: tiéndete a fondo en
tu carrera, aunque apenas se te dé
para comer. Pues si llegas sin valor
a la gloria y adquieres estilo para
trocarlo fraudulentamente por pin-
güe forraje, te salvará el haberte
dado un día todo entero por un
puñado de pasto.

EL DESIERTO *

La canoa se deslizaba costeando el bosque, o lo que podía parecer bosque en aquella oscuridad. Más por instinto que por indicio alguno, Subercasaux sentía su proximidad, pues las tinieblas eran un solo bloque infranqueable, que comenzaban en las manos del remero y subían hasta el cenit. El hombre conocía bastante bien su río, para no ignorar dónde se hallaba; pero en tal noche y bajo amenaza de lluvia era muy distinto atracar entre tacuaras punzantes y pajonales podridos, que en su propio puertito. Y Subercasaux no iba solo en la canoa.

La atmósfera estaba cargada a un grado asfixiante. En lado alguno a que se volviera el rostro, se hallaba un poco de aire que respirar. Y en ese momento, claras y distintas, sonaban en la canoa algunas gotas.

Subercasaux alzó los ojos buscando en vano en el cielo una conmoción luminosa o la fisura de un relámpago. Como en toda la tarde, no se oía tampoco ahora un solo trueno.

—Lluvia para toda la noche —pensó—. Y volviéndose a sus acompañantes, que se mantenían mudos en popa:

—Pónganse las capas —dijo brevemente—. Y sujétense bien.

En efecto, la canoa avanzaba ahora doblando las ramas, y dos o tres veces el remo de babor se había deslizado sobre un gajo sumergido. Pero aun a trueque de romper un remo, Subercasaux no perdía contacto con la fronda, pues de apar-

tarse cinco metros de la costa podía cruzar y recruzar toda la noche delante de su puerto, sin lograr verlo.

Bordeando literalmente el bosque a flor de agua, el remero avanzó un rato aún. Las gotas caían ahora más densas, pero también con mayor intermitencia. Cesaban bruscamente, como si hubieran caído no se sabe de dónde. Y recomenzaban otra vez, grandes, aisladas y calientes, para cortarse de nuevo en la misma oscuridad y la misma depresión de atmósfera.

—Sujétense bien —repitió Subercasaux a sus dos acompañantes—. Ya hemos llegado.

En efecto, acababa de entrever la escotadura de su puerto. Con dos vigorosas remadas lanzó la canoa sobre la greda, y mientras sujetaba la embarcación al piquete, sus dos silenciosos acompañantes saltaban a tierra, la que a pesar de la oscuridad se distinguía bien, por hallarse cubierta de miríadas de gusanillos luminosos que hacían ondular el piso con sus fuegos rojos y verdes.

Hasta lo alto de la barranca, que los tres viajeros treparon bajo la lluvia, por fin uniforme y maciza, la arcilla empapada fosforeció. Pero luego las tinieblas los aislaron de nuevo; y entre ellas, la búsqueda del sulky que habían dejado caído sobre las varas.

La frase hecha: "No se ve ni las manos puestas bajo los ojos", es exacta. Y en tales noches, el momentáneo fulgor de un fósforo, no tiene otra utilidad que apretar en seguida la tiniebla mareante, hasta hacernos perder el equilibrio.

Hallaron, sin embargo, el sulky, mas no el caballo. Y dejando de guardia junto a una rueda a sus dos

---

* Típico ejemplo del estilo sobrio, directo e intenso de Quiroga. Publicado en *Atlántida*, 4 de enero de 1923, y en la serie *El desierto* (1924).

acompañantes, que inmóviles bajo el capuchón caído, crepitaban de lluvia, Subercasaux fue espinándose hasta el fondo de la picada, donde halló a su caballo, naturalmente enredado en las riendas.

No había Subercasaux empleado más de veinte minutos en buscar y traer al animal; pero cuando al orientarse en las cercanías del sulky con un:

—¿Están ahí, chiquitos? —oyó:

—Sí, piapiá.

Subercasaux se dio por primera vez cuenta exacta, en esa noche, de que los dos compañeros que había abandonado a la noche y a la lluvia eran sus dos hijos, de cinco y seis años, cuyas cabezas no alcanzaban al cubo de la rueda, y que, juntitos y chorreando agua del capuchón, esperaban tranquilos a que su padre volviera.

Regresaban por fin a casa, contentos y charlando. Pasados los instantes de inquietud o peligro, la voz de Subercasaux era muy distinta de aquella con que hablaba a sus chiquitos cuando debía dirigirse a ellos como a hombres. Su voz había bajado dos tonos; y nadie hubiera creído allí, al oír la ternura de las voces, que quien reía entonces con las criaturas era el mismo hombre de acento duro y breve de media hora antes. Y quienes en verdad dialogaban ahora eran Subercasaux y su chica, pues el varoncito —el menor— se había dormido en las rodillas del padre.

Subercasaux se levantaba generalmente al aclarar; y aunque lo hacía sin ruido, sabía bien que en el cuarto inmediato, su chico, tan madrugador como él, hacía rato que estaba con los ojos abiertos esperando sentir a su padre para levantarse. Y comenzaba entonces la invariable fórmula de saludo matinal, de uno a otro cuarto:

—¡Buen día, piapiá!

—¡Buen día, mi hijito querido!

—¡Buen día, piapiacito adorado!

—¡Buen día, corderito sin mancha!

—¡Buen día, ratoncito sin cola!

—¡Coaticito mío!

—¡Piapiá tatucito!

—¡Carita de gato!

—¡Colita de víbora!

Y en este pintoresco estilo, un buen rato más. Hasta que, ya vestidos, se iban a tomar café bajo las palmeras, en tanto que la mujercita continuaba durmiendo como una piedra, hasta que el sol en la cara la despertaba.

Subercasaux, con sus dos chiquitos, hechura suya en sentimientos y educación, se consideraba el padre más feliz de la tierra. Pero lo había conseguido a costa de dolores más duros de los que suelen conocer los hombres casados.

Bruscamente, como sobrevienen las cosas que no se conciben por su aterradora injusticia, Subercasaux perdió a su mujer. Quedó de pronto solo, con dos criaturas que apenas lo conocían, y en la misma casa por él construida y por ella arreglada, donde cada clavo y cada pincelada en la pared eran un agudo recuerdo de compartida felicidad.

Supo al día siguiente, al abrir por casualidad el ropero, lo que es ver de golpe la ropa blanca de su mujer ya enterrada; y colgado, el vestido que ella no tuvo tiempo de estrenar.

Conoció la necesidad perentoria y fatal, si se quiere seguir viviendo, de destruir hasta el último rastro del pasado, cuando quemó con los ojos fijos y secos las cartas por él escritas a su mujer, y que ella guardaba desde novia con más amor que sus trajes de ciudad. Y esa misma tarde supo, por fin, lo que es retener en los brazos, deshecho al fin de sollozos, a una criatura que pugna por desasirse para ir a jugar con el chico de la cocinera.

Duro, terriblemente duro aquello... Pero ahora reía con sus dos cachorros que formaban con él una sola persona, dado el modo curioso como Subercasaux educaba a sus hijos.

Las criaturas, en efecto, no te-

mían a la oscuridad, ni a la soledad, ni a nada de lo que constituye
el terror de los bebés criados entre
las polleras de la madre. Más de
una vez la noche cayó sin que Subercasaux hubiera vuelto del río, y
las criaturas encendieron el farol de
viento a esperarlo sin inquietud. O
se despertaban solos en medio de
una furiosa tormenta que los ence-
guecía a través de los vidrios, para
volverse a dormir en seguida, seguros y confiados en el regreso de
papá.

No temían a nada, sino a lo que
su padre les advertía debían temer:
y en primer grado, naturalmente, fi-
guraban las víboras. Aunque libres,
respirando salud y deteniéndose a
mirarlo todo con sus grandes ojos
de cachorros alegres, no hubieran
sabido qué hacer un instante sin la
compañía del padre. Pero si éste, al
salir, les advertía que iba a estar tal
tiempo ausente, los chicos se quedaban entonces contentos a jugar entre ellos. De igual modo, si en sus
mutuas y largas andanzas por el
monte o el río, Subercasaux debía
alejarse minutos u horas, ellos im-
provisaban en seguida un juego y
lo aguardaban indefectiblemente en
el mismo lugar, pagando así, con
ciega y alegre obediencia, la confianza que en ellos depositaba su
padre. Galopaban a caballo por su
cuenta, y esto desde que el varoncito tenía cuatro años. Conocían
perfectamente —como toda criatura
libre— el alcance de sus fuerzas, y
jamás lo sobrepasaban. Llegaban a
veces, solos, hasta el Yabebirí, al
acantilado de arenisca rosa.

—Cerciórense bien del terreno, y
siéntense después —les había dicho
su padre.

El acantilado se alza perpendicu-
lar a veinte metros de una agua
profunda y umbría que refresca las
grietas de su base. Allá arriba, diminutos, los chicos de Subercasaux
se aproximaban tanteando las piedras con el pie. Y seguros, por fin,
se sentaban a dejar jugar las sanda-
lias sobre el abismo.

Naturalmente, todo esto lo había
conquistado Subercasaux en etapas
sucesivas y con las correspondientes
angustias.

—Un día se me mata un chico
—decíase—. Y por el resto de mis
días pasaré preguntándome si tenía
razón al educarlos así.

Sí, tenía razón. Y entre los esca-
sos consuelos de un padre que queda solo con huérfanos, es el más
grande el de poder educar a los hijos de acuerdo con una sola línea
de carácter.

Subercasaux era, pues, feliz, y las
criaturas sentíanse entrañablemente
ligadas a aquel hombrón que jugaba horas enteras con ellos, les enseñaba a leer en el suelo con grandes
letras rojas y pesadas de minio y
les cosía las rasgaduras de sus bombachas con sus tremendas manos endurecidas.

De coser bolsas en el Chaco,
cuando fue allá plantador de algodón, Subercasaux había conservado
la costumbre y el gusto de coser.
Cosía su ropa, la de sus chicos, las
fundas del revólver, las velas de su
canoa, todo con hilo de zapatero y
a puntada por nudo. De modo que
sus camisas podían abrirse por cualquier parte menos por donde él había puesto su hilo encerado.

En punto a juegos, las criaturas
estaban acordes en reconocer en su
padre a un maestro, particularmente
en su modo de correr en cuatro patas, tan extraordinario que los hacía
en seguida gritar de risa.

Como, a más de sus ocupaciones
fijas, Subercasaux tenía inquietudes
experimentales, que cada tres meses
cambiaban de rumbo, sus hijos,
constantemente a su lado, conocían
una porción de cosas que no es habitual conozcan las criaturas de esa
edad. Habían visto —y ayudado a
veces— disecar animales, fabricar
creolina, extraer caucho del monte
para pegar sus impermeables; habían visto teñir las camisas de su
padre de todos los colores, construir palancas de ocho mil kilos
para estudiar cementos; fabricar su-

perfosfatos, vino de naranja, secadoras de tipo Mayfarth, y tender, desde el monte al bungalow, un alambre carril suspendido a diez metros del suelo, por cuyas vagonetas los chicos bajaban volando hasta la casa.

Por aquel tiempo había llamado la atención de Subercasaux un yacimiento o filón de arcilla blanca que la última gran bajada del Yabebirí dejara al descubierto. Del estudio de dicha arcilla había pasado a las otras del país, que cocía en sus hornos de cerámica —naturalmente, construidos por él—. Y si había de buscar índices de cocción, vitrificación y demás, con muestras amorfas, prefería ensayar con cacharros, caretas y animales fantásticos, en todo lo cual sus chicos lo ayudaban con gran éxito.

De noche, y en las tardes muy oscuras de temporal, entraba la fábrica en gran movimiento. Subercasaux encendía temprano el horno, y los ensayistas, encogidos por el frío y restregándose las manos sentábanse a su calor a modelar.

Pero el horno chico de Subercasaux levantaba fácilmente mil grados en dos horas, y cada vez que a este punto se abría su puerta para alimentarlo, partía del hogar albeante un verdadero golpe de fuego que quemaba las pestañas. Por lo cual los ceramistas retirábanse a un extremo del taller, hasta que el viento helado que filtraba silbando por entre las tacuaras de la pared los llevaba otra vez, con mesa y todo, a caldearse de espaldas al horno.

Salvo las piernas desnudas de los chicos, que eran las que recibían ahora las bocanadas de fuego, todo marchaba bien. Subercasaux sentía debilidad por los cacharros prehistóricos; la nena modelaba de preferencia sombreros de fantasía, y el varoncito hacía indefectiblemente, víboras.

A veces, sin embargo, el ronquido monótono del horno no los animaba bastante, y recurrían entonces al gramófono, que tenía los mismos discos

desde que Subercasaux se casó y que los chicos habían aporreado con toda clase de púas, clavos, tacuaras y espinas que ellos mismos aguzaban. Cada uno se encargaba por turno de administrar la máquina, lo cual consistía en cambiar automáticamente de disco sin levantar siquiera los ojos de la arcilla y reanudar en seguida el trabajo. Cuando habían pasado todos los discos, tocaba a otro el turno de repetir exactamente lo mismo. No oían ya la música, por resaberla de memoria; pero les entretenía el ruido.

A las diez, los ceramistas daban por terminada su tarea y se levantaban a proceder por primera vez al examen crítico de sus obras de arte, pues antes de haber concluido todos no se permitía el menor comentario. Y era de ver entonces, el alboroto ante las fantasías ornamentales de la mujercita y el entusiasmo que levantaba la obstinada colección de víboras del nene. Tras lo cual Subercasaux extinguía el fuego del horno, y todos de la mano atravesaban la noche helada hasta su casa.

Tres días después del paseo nocturno que hemos contado, Subercasaux quedó sin sirvienta; y este incidente, ligero y sin consecuencia en cualquier otra parte, modificó hasta el extremo la vida de los tres desterrados.

En los primeros momentos de su soledad, Subercasaux había contado para criar a sus hijos con la ayuda de una excelente mujer, la misma cocinera que lloró y halló la casa demasiado sola a la muerte de su señora.

Al mes siguiente se fue, y Subercasaux pasó todas las penas para reemplazarla con tres o cuatro hoscas muchachas arrancadas al monte y que sólo se quedaban tres días, por hallar demasiado duro el carácter del patrón.

Subercasaux, en efecto, tenía alguna culpa y lo reconocía. Hablaba con las muchachas apenas lo necesario para hacerse entender; y lo que decía tenía precisión y lógica demasiado masculinas. Al barrer aquéllas el comedor, por ejemplo, les advertía que barrieran también alrededor de cada pata de la mesa. Y esto, expresado brevemente, exasperaba y cansaba a las muchachas.

Por el espacio de tres meses no pudo obtener siquiera una chica que le lavara los platos. Y en estos tres meses, Subercasaux aprendió algo más que a bañar a sus chicos.

Aprendió, no a cocinar, porque ya lo sabía, sino a fregar ollas con la misma arena del patio, en cuclillas y al viento helado, que le amorataba las manos. Aprendió a interrumpir a cada instante sus trabajos para correr a retirar la leche del fuego o a abrir el horno humeante, y aprendió también a traer de noche tres baldes de agua del pozo —ni uno menos—, para lavar su vajilla.

Este problema de los tres baldes ineludibles, constituyó una de sus pesadillas, y tardó un mes en darse cuenta de que le eran indispensables. En los primeros días, naturalmente, había aplazado la limpieza de ollas y platos, que amontonaba uno al lado de otro en el suelo, para limpiarlos todos juntos. Pero después de perder una mañana entera en cuclillas raspando cacerolas quemadas (todas se quemaban), optó por cocinar-comer-fregar, tres sucesivas cosas cuyo deleite tampoco conocen los hombres casados.

No le quedaba, en verdad, tiempo para nada, máxime en los breves días de invierno. Subercasaux había confiado a los chicos el arreglo de las dos piezas, que ellos desempeñaban bien que mal. Pero no se sentía él mismo con ánimo suficiente para barrer el patio, tarea científica, radial, circular y exclusivamente femenina, que a pesar de saberla Subercasaux base del bienestar en los ranchos del monte, sobrepasaba su paciencia.

En esa suelta arena sin remover, convertida en laboratorio de cultivo por el tiempo cruzado de lluvias y sol ardiente, los piques se propagaron de tal modo que se les veía trepar por los pies descalzos de los chicos. Subercasaux, aunque siempre de stromboot, pagaba pesado tributo a los piques. Y rengo casi siempre, debía pasar una hora entera después de almorzar, con los pies de su chico entre las manos, en el corredor salpicado de lluvia o en el patio cegado por el sol. Cuando concluía con el varoncito, le tocaba el turno a sí mismo; y al incorporarse por fin, curvaturado, el nene lo llamaba porque tres nuevos piques le habían taladrado a medias la piel de los pies.

La mujercita parecía inmune, por ventura; no había modo de que sus uñitas tentaran a los piques, de diez de los cuales siete correspondían de derecho al nene y sólo tres a su padre. Pero estos tres resultaban excesivos para un hombre cuyos pies eran el resorte de su vida montés.

Los piques son, por lo general, más inofensivos que las víboras, las auras y los mismos bariguís. Caminan empinados por la piel, y de pronto la perforan con gran rapidez, llegan a la carne viva, donde fabrican una bolsita que llenan de huevos. Ni la extracción del pique o la nidada suele ser molesta, ni sus heridas se echan a perder más de lo necesario. Pero de cien piques limpios hay uno que aporta una infección, y cuidado entonces con ella.

Subercasaux no lograba reducir una que tenía en un dedo, en el insignificante meñique del pie derecho. De un agujerillo rosa había llegado a una grieta tumefacta y dolorosísima, que bordeaba la uña. Yodo, bicloruro, agua oxigenada, formol, nada había dejado de probar. Se calzaba, sin embargo, pero no salía de casa, y sus inacabables fatigas del monte se reducían ahora, en las tardes de lluvia, a lentos y taciturnos paseos alrededor del patio, cuando al entrar el sol el cielo se despejaba y el bosque, recortado a contraluz como sombra chinesca, se aproximaba en el aire purísimo hasta tocar los mismos ojos.

Subercasaux reconocía que en

otras condiciones de vida habría
logrado vencer la infección, la que
sólo pedía un poco de descanso. El
herido dormía mal, agitado por escalofríos y vivos dolores en las altas
horas. Al rayar el día, caía por fin
en un sueño pesadísimo, y en ese
momento hubiera dado cualquier
cosa por quedar en cama hasta las
ocho siquiera. Pero el nene seguía
en invierno tan madrugador como
en verano, y Subercasaux se levantaba achuchado a encender el Pri-
mus y preparar el café. Luego el
almuerzo, el restregar ollas. Y por
diversión, al mediodía, la inacabable historia de los piques de su
chico.

—Esto no puede continuar así
—acabó por decirse Subercasaux—.
Tengo que conseguir a toda costa
una muchacha.

Pero ¿cómo? Durante sus años de
casado esta terrible preocupación de
la sirvienta había constituido una
de sus angustias periódicas. Las muchachas llegaban y se iban, como lo
hemos dicho, sin decir por qué, y
esto cuando había una dueña de
casa. Subercasaux abandonaba todos sus trabajos y por tres días no
bajaba del caballo, galopando por
las picadas desde Apariciocué a San
Ignacio, tras de la más inútil muchacha que quisiera lavar los paña-
les. Un mediodía, por fin, Subercasaux desembocaba del monte con
una aureola de tábanos en la cabeza y el pescuezo del caballo deshi-
lado en sangre; pero triunfante. La
muchacha llegaba al día siguiente
en ancas de su padre, con un atado;
y al mes justo se iba con el mismo
atado, a pie. Y Subercasaux dejaba
otra vez el machete y la azada para
ir a buscar su caballo, que ya suda-
ba al sol sin moverse.

Malas aventuras aquéllas, que le
habían dejado un amargo sabor y
que debían comenzar otra vez.
¿Pero hacia dónde?

Subercasaux había ya oído en sus
noches de insomnio, el tronido lejano del bosque, abatido por la lluvia. La primavera suele ser seca en

Misiones, y muy lluvioso el invierno.
Pero cuando el régimen se invierte
—y esto es siempre de esperar en el
clima de Misiones—, las nubes pre-
cipitan en tres meses un metro de
agua, de los mil quinientos milímetros que deben caer en el año.

Hallábanse ya casi sitiados. El
Horqueta, que corta el camino hacia
la costa del Paraná, no ofrecía entonces puente alguno y sólo daba
paso en el vado carretero, donde el
agua caída en espumoso rápido sobre piedras redondas y movedizas,
que los caballos pisaban estreme-
cidos. Esto, en tiempos normales;
porque cuando el riacho se ponía
a recoger las aguas de siete días
de temporal, el vado quedaba sumergido bajo cuatro metros de
agua veloz, estirada en hondas líneas que se cortaban y enroscaban
de pronto en un remolino. Y los
pobladores del Yabebirí, detenidos
a caballo ante el pajonal inundado,
miraban pasar venados muertos, que
iban girando sobre sí mismos. Y
así por diez o quince días.

El Horqueta daba aún paso cuando Subercasaux se decidió a salir;
pero en su estado, no se atrevía a
recorrer a caballo tal distancia. Y
en el fondo, hacia el arroyo del Ca-
zador, ¿qué podía hallar?

Recordó entonces a un muchacho
que había tenido una vez, listo y
trabajador como pocos, quien le había manifestado riendo, el mismo
día de llegar, y mientras fregaba
una sartén en el suelo, que él se
quedaría un mes, porque su patrón
lo necesitaba; pero ni un día más,
porque ése no era un trabajo para
hombres. El muchacho vivía en la
boca del Yabebirí, frente a la isla
del Toro; lo cual representaba un
serio viaje, porque si el Yabebirí
desciende y se remonta jugando,
ocho horas continuas de remo aplas-
tan los dedos de cualquiera que ya
no está en tren.

Subercasaux se decidió, sin embargo. Y a pesar del tiempo ame-
nazante, fue con sus chicos hasta el
río, con el aire feliz de quien ve

por fin el cielo abierto. Las criaturas besaban a cada instante la mano de su padre, como era el hábito en ellos cuando estaban muy contentos. A pesar de sus pies y el resto, Subercasaux conservaba todo su ánimo para sus hijos; pero para éstos era cosa muy distinta atravesar con su piapiá el monte enjambrado de sorpresas y correr luego descalzos a lo largo de la costa, sobre el barro caliente y elástico del Yabebirí.

Allí les esperaba lo ya previsto: la canoa llena de agua, que fue preciso desagotar con el achicador habitual y con los mates guardabichos que los chicos llevaban siempre en bandolera cuando iban al monte.

La esperanza de Subercasaux era tan grande que no se inquietó lo necesario ante el aspecto equívoco del agua enturbiada, en un río que habitualmente da fondo claro a los ojos hasta dos metros.

—Las lluvias —pensó— no se han obstinado aún en el sudeste... Tardará un día o dos en crecer.

Prosiguieron trabajando. Metidos en el agua a ambos lados de la canoa, baldeaban de firme. Subercasaux, en un principio, no se había atrevido a quitarse las botas, que el lodo profundo retenía, al punto de ocasionarle buenos dolores arrancar el pie. Descalzóse, por fin, y con los pies libres y hundidos como cuñas en el barro pestilente, concluyó de agotar la canoa, la dio vuelta y le limpió los fondos, todo en dos horas de febril actividad.

Listos, por fin, partieron. Durante una hora la canoa se deslizó más velozmente de lo que el remero hubiera querido. Remaba mal, apoyado en un solo pie, y el talón desnudo herido por el filo del soporte. Y asimismo avanzaba aprisa, porque el Yabebirí corría ya. Los palitos hinchados de burbujas, que comenzaban a orlear los remansos, y el bigote de las pajas atracadas en un raigón, hicieron por fin comprender a Subercasaux lo que iba a pasar si demoraba un segundo en virar de proa hacia su puerto.

Sirvienta, muchacho, ¡descanso, por fin...!, nuevas esperanzas perdidas. Remó, pues, sin perder una palada. Las cuatro horas que empleó en remontar, torturado de angustias y fatiga, un río que había descendido en una hora, bajo una atmósfera tan enrarecida que la respiración anhelaba en vano, sólo él pudo apreciarlas a fondo. Al llegar a su puerto, el agua espumosa y tibia había subido a dos metros sobre la playa. Y por la canal bajaban a medio hundir las ramas secas, cuyas puntas emergían y se hundían balanceándose.

Los viajeros llegaron al bungalow cuando ya estaba casi oscuro, aunque eran apenas las cuatro, y a tiempo que el cielo, con un solo relámpago desde el cenit al río, descargaba por fin su inmensa provisión de agua. Cenaron en seguida y se acostaron rendidos, bajo el estruendo del cinc, que el diluvio martilló toda la noche con implacable violencia.

Al rayar el día, un hondo escalofrío despertó al dueño de la casa. Hasta ese momento había dormido con pesadez de plomo. Contra lo habitual, desde que tenía el dedo herido, apenas le dolía el pie, no obstante las fatigas del día anterior. Echóse encima el impermeable tirado en el respaldo de la cama, y trató de dormir de nuevo.

Imposible. El frío lo traspasaba. El hielo interior irradiaba hacia afuera, a todos los poros convertidos en agujas de hielo erizadas, de lo que adquiría noción al mínimo roce con su ropa. Apelotonado, recorrido a lo largo de la médula espinal por rítmicas y profundas corrientes de frío, el enfermo vio pasar las horas sin lograr calentarse. Los chicos, felizmente, dormían aún.

—En el estado en que estoy no se hacen pavadas como la de ayer —se repetía—. Éstas son las consecuencias...

Como un sueño lejano, como una dicha de inapreciable rareza que alguna vez poseyó, se figuraba que podía quedar todo el día en cama, caliente y descansado, por fin, mientras oía en las mesas el ruido de las tazas de café con leche que la sirvienta —aquella primera gran sirvienta— servía a los chicos...

¡Quedar en cama hasta las diez, siquiera...! En cuatro horas pasaría la fiebre, y la misma cintura no le dolería tanto... ¿Qué necesitaba, en suma para curarse? Un poco de descanso, nada más. Él mismo se lo había repetido diez veces...

El día avanzaba, y el enfermo creía oír el feliz ruido de las tazas, entre las pulsaciones profundas de su sien de plomo. ¡Qué dicha oír aquel ruido...! Descansaría un poco, por fin...

....

—¡Piapiá!

—Mi hijo querido...

—¡Buen día, piapiacito adorado! ¿No te levantaste todavía? Es tarde, piapiá.

—Sí, mi vida, ya me estaba levantando...

Y Subercasaux se vistió aprisa, echándose en cara su pereza, que lo había hecho olvidar del café de sus hijos.

El agua había cesado, por fin, pero sin que el menor soplo de viento barriera la humedad ambiente. A mediodía la lluvia recomenzó, la lluvia tibia, calma y monótona, en que el valle del Horqueta, los sembrados y los pajonales, se diluían en una brumosa y tristísima capa de agua.

Después de almorzar, los chicos se entretuvieron en rehacer su provisión de botes de papel que habían agotado la tarde anterior... Hacían cientos de ellos, que acondicionaban unos dentro de otros como cartuchos, listos para ser lanzados en la estela de la canoa, en el próximo viaje. Subercasaux aprovechó la ocasión para tirarse un rato en la cama, donde recuperó en seguida su postura de gatillo, manteniéndose inmóvil con las rodillas subidas hasta el pecho.

De nuevo, en la sien, sentía el peso enorme que la adhería a la almohada, al punto de que ésta parecía formar parte integrante de su cabeza. ¡Qué bien estaba así! ¡Quedar uno, diez, cien días sin moverse! El murmullo monótono del agua en el cinc lo arrullaba, y en su rumor oía distintamente, hasta arrancarle una sonrisa, el tintineo de los cubiertos que la sirvienta manejaba a toda prisa en la cocina. ¡Qué sirvienta la suya...! Y oía el ruido de los platos, docenas de platos, tazas y ollas que las sirvientas —¡eran diez ahora!— raspaban y frotaban con rapidez vertiginosa. ¡Qué gozo de hallarse bien caliente, por fin, en la cama, sin ninguna, ninguna preocupación...! ¿Cuándo, en qué época anterior había soñado él estar enfermo, con una preocupación terrible...? ¡Qué zonzo había sido...! Y qué bien se está así, oyendo el ruido de centenares de tazas limpísimas...

....

—¡Piapiá!

—Chiquita...

—¡Ya tengo hambre, piapiá!

—Sí, chiquita; en seguida...

Y el enfermo se fue a la lluvia a aprontar el café a sus hijos.

Sin darse cuenta precisa de lo que había hecho esa tarde, Subercasaux vio llegar la noche con hondo deleite. Recordaba, sí, que el muchacho no había traído esa tarde la leche, y que él había mirado largo rato su herida, sin percibir en ella nada de particular.

Cayó en la cama sin desvestirse siquiera, y en breve tiempo la fiebre lo arrebató otra vez. El muchacho que no había llegado con la leche... ¡Qué locura...! Se hallaba ahora bien, perfectamente bien, descansando.

Con sólo unos días de descanso, con unas horas nada más, se curaría. ¡Claro! ¡Claro...! Hay una justicia a pesar de todo... Y también un poquito de recompensa... para quien había querido a sus hijos como él... Pero se levantaría sano.

Un hombre puede enfermarse a veces... y necesitar un poco de descanso. ¡Y cómo descansaba ahora, al arrullo de la lluvia en el cinc...! ¿Pero no habría pasado un mes ya...? Debía levantarse.

El enfermo abrió los ojos. No veía sino tinieblas, agujeradas por puntos fulgurantes que se retraían e hinchaban alternativamente, avanzando hasta sus ojos, en velocísimo vaivén.

"Debo de tener fiebre muy alta" —se dijo el enfermo.

Y encendió sobre el velador el farol de viento. La mecha, mojada, chisporroteó largo rato, sin que Subercasaux apartara los ojos del techo. De lejos, lejísimo, llegábale el recuerdo de una noche semejante en que él se hallaba muy enfermo... ¡Qué tontería...! Se hallaba sano, porque cuando un hombre nada más que cansado, tiene la dicha de oír desde la cama el tintineo vertiginoso del servicio en la cocina, es porque la madre vela por sus hijos...

Despertóse de nuevo. Vio de reojo el farol encendido, y tras un concentrado esfuerzo de atención, recobró la conciencia de sí mismo.

En el brazo derecho, desde el codo a la extremidad de los dedos, sentía ahora un dolor profundo, quiso recoger el brazo y no lo consiguió. Bajó el impermeable, y vio su mano lívida, dibujada de líneas violáceas, helada, muerta. Sin cerrar los ojos, pensó un rato en lo que aquello significaba dentro de sus escalofríos y del roce de los vasos abiertos de su herida con el fango infecto del Yabebirí, y adquirió entonces, nítida y absoluta comprensión definitiva de que todo él también se moría —que se estaba muriendo.

Hízose en su interior un gran silencio, como si la lluvia, los ruidos y el ritmo mismo de las cosas se hubiera ya desprendido de sí mismo, vio a lo lejos de un país, un bungalow totalmente interceptado de todo auxilio humano, donde dos criaturas, sin leche y solas, quedaban abandonadas de Dios y de los hombres, en el más inicuo y horrendo de los desamparo⁓

Sus hijitos...

Con un supremo esfuerzo pretendió arrancarse a aquella tortura que le hacía palpar hora tras hora, día tras día, el destino de sus adoradas criaturas. Pensaba en vano: la vida tiene fuerzas superiores que no escapan... Dios provee...

"¡Pero no tendrán qué comer!" —gritaba tumultuosamente su corazón. Y él quedaría allí mismo muerto, asistiendo a aquel horror sin precedentes...

Mas, a pesar de la lívida luz del día que reflejaba la pared, las tinieblas recomenzaban a absorberlo otra vez con sus vertiginosos puntos blancos, que retrocedían y volvían a latir en sus mismos ojos... ¡Sí! ¡Claro! ¡Había soñado! No debiera ser permitido soñar tales cosas... Ya se iba a levantar, descansado.

....

—¡Piapiá...! ¡Piapiá...! ¡Mi piapiacito querido...!

—Mi hijo...

—¿No te vas a levantar hoy, piapiá? Es muy tarde. ¡Tenemos mucha hambre, piapiá!

—Mi chiquito... No me voy a levantar todavía... Levántense ustedes y coman galleta... Hay dos todavía en la lata... Y vengan después.

—¿Podemos entrar ya, piapiá?

—No, querido mío... Después haré el café... Yo los voy a llamar.

Oyó aún las risas y el parloteo de sus chicos que se levantaban, y después un rumor in crescendo, un tintineo vertiginoso que irradiaba desde el centro de su cerebro e iba a golpear en ondas rítmicas contra su cráneo dolorosísimo. Y nada más oyó.

....

Abrió otra vez los ojos, y al abrirlos sintió que su cabeza caía hacia la izquierda con una facilidad que le sorprendió. No sentía ya rumor alguno. Sólo una creciente dificultad sin penurias para apreciar la

distancia a que estaban los obje-
tos... Y la boca muy abierta para
respirar.

—Chiquitos... Vengan en seguida...

Precipitadamente, las criaturas
aparecieron en la puerta entreabierta; pero ante el farol encendido y
la fisonomía de su padre, avanzaron
mudos y los ojos muy abiertos.

El enfermo tuvo aún el valor de
sonreír, y los chicos abrieron más
los ojos ante aquella mueca.

—Chiquitos —les dijo Subercasaux, cuando los tuvo a su lado—.
Óiganme bien, chiquitos míos, pór-
que ustedes son ya grandes y pueden comprender todo... Voy a morir, chiquitos... pero no se aflo-
jan... Pronto van a ser ustedes
hombres, y serán buenos y honra-
dos... Y se acordarán entonces de
su piapiá... Comprendan bien, mis
hijitos queridos... Dentro de un
rato me moriré, y ustedes no ten-

drán más padre... Quedarán soli-
tos en casa... Pero no se asusten
ni tengan miedo... Y ahora, adiós
hijitos míos... Me van a dar ahora
un beso... Un beso cada uno...
Pero ligero, chiquitos... Un beso...
a su piapiá...

. . . .

Las criaturas salieron sin tocar
la puerta entreabierta y fueron a
detenerse en su cuarto, ante la llovizna del patio. No se movían de
allí. Sólo la mujercita, con una vis-
lumbre de la extensión de lo que
acababa de pasar, hacía a ratos pu-
cheros con el brazo en la cara,
mientras el nene rascaba distraído
el contramarco, sin comprender.

Ni uno ni otro se atrevían a hacer
ruido.

Pero tampoco les llegaba el menor ruido del cuarto vecino, donde
desde hacía tres horas, su padre,
vestido y calzado bajo el impermeable, yacía muerto a la luz del farol.

LOS DESTILADORES DE NARANJA *

El hombre apareció un mediodía, sin que se sepa cómo ni por dónde. Fue visto en todos los boliches de Iviraromí, bebiendo como no se había visto beber a nadie, si se exceptúan Rivet y Juan Brown. Vestía bombachas de soldado paraguayo, zapatillas sin medias y una mugrienta boina blanca terciada sobre el ojo. Fuera de beber, el hombre no hizo otra cosa que cantar alabanzas a su bastón —un nudoso palo sin cáscara—, que ofrecía a todos los peones para que trataran de romperlo. Uno tras otro los peones probaron sobre las baldosas de piedra el bastón milagroso que, en efecto, resistía a todos los golpes. Su dueño, recostado de espaldas al mostrador y cruzado de piernas, sonreía satisfecho. Al día siguiente el hombre fue visto a la misma hora y en los mismos boliches, con su famoso bastón. Desapareció luego, hasta que un mes más tarde se le vio desde el bar avanzar al crepúsculo por entre las ruinas, en compañía del químico Rivet. Pero esta vez supimos quién era.

Hacia 1800, el gobierno del Paraguay contrató a un buen número de sabios europeos, profesores de universidad, los menos, e industriales, los más. Para organizar sus hospitales, el Paraguay solicitó los servicios del doctor Else, joven y brillante biólogo sueco que en aquel país nuevo halló ancho campo para sus grandes fuerzas de acción. Dotó en cinco años a los hospitales y sus laboratorios de una organización que en veinte años no hubieran conseguido otros tantos profesionales. Luego, sus bríos se aduermen. El ilustre sabio paga al país tropical el pesado tributo que quema como en alcohol la actividad de tantos extranjeros, y el derrumbe no se detiene ya. Durante quince o veinte años nada se sabe de él. Hasta que por fin se lo halla en Misiones, con sus bombachas de soldado y su boina terciada, exhibiendo a todo el mundo la resistencia de su palo.

Éste es el hombre cuya presencia decidió al manco a realizar el sueño de sus últimos meses: la destilación alcohólica de naranjas.

El manco, que ya hemos conocido con Rivet en otro relato, tenía simultáneamente en el cerebro tres proyectos para enriquecerse, y uno o dos para su diversión. Jamás había poseído un centavo ni un bien particular, faltándole además un brazo que había perdido en Buenos Aires con una manivela de auto. Pero con un solo brazo, dos mandiocas cocidas y el soldador bajo el muñón, se consideraba el hombre más feliz del mundo.

—¿Qué me falta? —solía decir con alegría, agitando su solo brazo.

Su orgullo, en verdad, consistía en un conocimiento más o menos hondo de todas las artes y oficios, en su sobriedad ascética y en dos tomos de *"L'Encyclopédie"*. Fuera de esto, de su eterno optimismo y su soldador, nada poseía. Pero su pobre cabeza era en cambio una marmita bullente de ilusiones, en que los inventos industriales le hervían con más frenesí que las mandiocas de su olla. No alcanzándole sus medios para aspirar a grandes cosas, planeaba siempre pequeñas

* Mezcla de lo autobiográfico y lo imaginado. En *Atlántida*, 15 de noviembre de 1923, y en la colección *Los desterrados* (1926).

industrias de consumo local, o bien dispositivos asombrosos para remontar el agua por filtración, desde el bañado del Horqueta hasta su casa.

En el espacio de tres años, el manco había ensayado sucesivamente la fabricación de maíz quebrado, siempre escaso en la localidad; de mosaicos de bleck y arena ferruginosa; de turrón de maní y miel de abejas; de resina de incienso por destilación seca; de cáscaras abrillantadas de apepú, cuyas muestras habían enloquecido de gula a los mensús; de tintura de lapacho, precipitada por la potasa; y de aceite esencial de naranja, industria en cuyo estudio lo hallamos absorbido cuando Else apareció en su horizonte.

Preciso es observar que ninguna de las anteriores industrias había enriquecido a su inventor, por la sencilla razón de que nunca llegaron a instalarse en forma.

—¿Qué me falta? —repetía contento, agitando el muñón—. Doscientos pesos. ¿Pero de dónde los voy a sacar?

Sus inventos, cierto es, no prosperaban por falta de esos miserables pesos. Y bien se sabe que es más fácil hallar en Iviraromí un brazo de más, que diez pesos prestados. Pero el hombre no perdía jamás su optimismo, y de sus contrastes brotaban, más locas aún, nuevas ilusiones para nuevas industrias.

La fábrica de esencia de naranja fue sin embargo una realidad. Llegó a instalarse de un modo tan inesperado como la aparición de Else, sin que para ello se hubiera visto corretear al manco por los talleres yerbateros más de lo acostumbrado. El manco no tenía más material mecánico que cinco o seis herramientas esenciales, fuera de su soldador. Las piezas todas de sus máquinas salían de la casa del uno, del galón del otro, como las palas de su rueda Pelton, para cuya confección utilizó todos los cucharones viejos de la localidad. Tenía que

trotar sin descanso tras de un metro de caño o una chapa oxidada de cinc, que él, con su solo brazo y ayudado del muñón, cortaba, torcía, retorcía y soldaba con su enérgica fe de optimista. Así sabemos que la bomba de su caldera provino del pistón de una vieja locomotora de juguete, que el manco llegó a conquistar de su infantil dueño contándole cien veces cómo había perdido el brazo, y que los platos del alambique (su alambique no tenía refrigerante vulgar de serpentín, sino de gran estilo, de platos) nacieron de las planchas de cinc puro con que un naturalista fabricaba tambores para guardar víboras.

Pero lo más ingenioso de su nueva industria era la prensa para extraer jugo de naranja. Constituíala un barril perforado con clavos de tres pulgadas, que giraba alrededor de un eje horizontal de madera. Dentro de ese erizo, las naranjas rodaban, tropezaban con los clavos y se deshacían brincando; hasta que transformadas en una pulpa amarilla sobrenadada de aceite, iban a la caldera.

El único brazo del manco valía en el tambor medio caballo de fuerza, aun a pleno sol de Misiones, y bajo la gruesísima y negra camiseta de marinero que el manco no abandonaba ni en el verano. Pero como la ridícula bomba de juguete requería asistencia casi continua, el destilador solicitó la ayuda de un aficionado que desde los primeros días pasaba desde lejos las horas observando la fábrica, semioculto tras un árbol.

Llamábase este aficionado Malaquías Ruvidarte. Era un muchachote de veinte años, brasileño y perfectamente negro, a quien suponíamos virgen —y lo era—, y que habiendo ido una mañana a caballo a casarse a Corpus, regresó a los tres días de noche cerrada, borracho y con dos mujeres en ancas.

Vivía con su abuela en un edificio curiosísimo, conglomerado de casillas hechas con cajones de kerosene, y que el negro arpista iba extendiendo y modificando de acuerdo con las novedades arquitectónicas que advertía en los tres o cuatro chalets que se construían entonces. Con cada novedad, Malaquías agregaba o alzaba un ala a su edificio, y en mucho menor escala. Al punto que las galerías de sus chalets de alto tenían cincuenta centímetros de luz, y por las puertas apenas podía entrar un perro. Pero el negro satisfacía así sus aspiraciones de arte, sordo a las bromas de siempre.

Tal artista no era el ayudante por dos mandiocas que precisaba el manco. Malaquías dio vueltas al tambor una mañana entera sin decir una palabra, pero a la tarde no volvió. Y a la mañana siguiente estaba otra vez instalado observando tras el árbol.

Resumamos esta fase: el manco obtuvo muestras de aceite esencial de naranja dulce y agria, que logró remitir a Buenos Aires. De aquí le informaron que su esencia no podía competir con la similar importada, a causa de la alta temperatura a que se la había obtenido. Que sólo con nuevas muestras por presión podrían entenderse con él, vistas las deficiencias de la destilación, etcétera, etcétera.

El manco no se desanimó por esto.

—¡Pero es lo que yo decía! —nos contaba a todos alegremente, cogiéndose el muñón tras la espalda—. ¡No se puede obtener nada a fuego directo! ¡Y qué voy a hacer con la falta de plata!

Otro cualquiera, con más dinero y menos generosidad intelectual que el manco, hubiera apagado los fuegos de su alambique. Pero mientras miraba melancólico su máquina remendada, en que cada pieza eficaz había sido reemplazada por otra sucedánea, el manco pensó de pronto que aquel cáustico barro amarillento que se vertía del tambor, podía servir para fabricar alcohol de naranja. Él no era fuerte en fermentación; pero dificultades más grandes había vencido en su vida. Además, Rivet lo ayudaría.

Fue en este momento preciso cuando el doctor Else hizo su aparición en Iviraromí.

El manco había sido el único individuo de la zona que, como había acaecido con Rivet, respetó al nuevo caído. Pese al abismo en que habían rodado uno y otro, el devoto de la gran *"Encyclopédie"* no podía olvidar lo que ambos ex hombres fueran un día. Cuantas chanzas (¡y cuán duras en aquellos analfabetos de rapiña!) se hicieron al manco sobre sus dos ex hombres, lo hallaron siempre de pie.

—La caña los perdió —respondía con seriedad sacudiendo la cabeza—. Pero saben mucho...

Debemos mencionar aquí un incidente que no facilitó el respeto local hacia el ilustre médico.

En los primeros días de su presencia en Iviraromí un votino había llegado hasta el mostrador del boliche a rogarle un remedio para su mujer que sufría de tal y cual cosa. Else lo oyó con suma atención, y volviéndose al cuadernillo de estraza sobre el mostrador, comenzó a recetar con mano terriblemente pesada. La pluma se rompía. Else se echó a reír, más pesadamente aún, y estrujó el papel, sin que se le pudiera obtener una palabra más.

—¡Yo no entiendo de esto! —repetía tan sólo.

El manco fue algo más feliz cuando acompañándolo esa misma siesta hasta el Horqueta, bajo un cielo blanco de calor, lo consultó sobre las probabilidades de aclimatar la levadura de caña al caldo de naranja; en cuánto tiempo podría aclimatarse, y en qué porcentaje mínimo.

—Rivet conoce esto mejor que yo —murmuró Else.

—Con todo —insistió el manco—. Yo me acuerdo bien de que los sacaromices iniciales...

Y el buen manco se despachó a su gusto.

Else, con la boina sobre la nariz

para contrarrestar la reverberación, respondía en breves observaciones, y como a disgusto. El manco dedujo de ellas que no debía perder el tiempo aclimatando levadura alguna de caña, porque no obtendría sino caña, ni al uno por cien mil. Que debía esterilizar su caldo, fosfatarlo bien, y ponerlo en movimiento con levadura de Borgoña, pedida a Buenos Aires. Podía aclimatarla, si quería perder el tiempo; pero no era indispensable...

El manco trotaba a su lado, ensanchándose el escote de la camiseta de entusiasmo y calor.

—¡Pero soy feliz! —decía—. ¡No me falta ya nada!

¡Pobre manco! Faltábale precisamente lo indispensable para fomentar sus naranjas: ocho o diez bordalesas vacías, que en aquellos días de guerra valían más pesos que los que él podía ganar en seis meses de soldar día y noche.

Comenzó sin embargo a pasar días enteros de lluvia en los almacenes de los yerbales, transformando latas vacías de nafta en envases de grasa quemada o podrida para alimento de los peones; y a trotar por todos los boliches en procura de los barriles más viejos que para nada servían ya. Más tarde Rivet y Else —tratándose de alcohol de noventa grados— lo ayudarían con toda seguridad...

Rivet lo ayudó, en efecto, en la medida de sus fuerzas, pues el químico nunca había sabido clavar un clavo. El manco solo abrió, desarmó, raspó, y quemó una tras otra las viejas bordalesas con medio dedo de poso violeta en cada duela, tarea ligera, sin embargo, en comparación de la de armar de nuevo las bordalesas, y a la que el manco llegaba con su brazo y cuarto tras inacabables horas de sudor.

Else había ya contribuido a la industria con cuanto se sabe hoy mismo sobre fermentos; pero cuando el manco le pidió que dirigiera el proceso fermentativo, el ex sabio se echó a reír, levantándose.

—¡Yo no entiendo nada de esto! —dijo recogiendo su bastón bajo el brazo. Y se fue a caminar por allí, más rubio, más satisfecho y más sucio que nunca.

Tales paseos constituían la vida del médico. En todas las picadas se lo hallaba con sus zapatillas sin medias y su continente eufórico. Fuera de beber en todos los boliches y todos los días, de 11 a 16, no hacía nada más. Tampoco frecuentaba el bar, diferenciándose en esto de su colega Rivet. Pero en cambio solía hallársele a caballo a altas horas de la noche, cogido de las orejas del animal, al que llamaba su padre y su madre, con gruesas risas. Paseaban así horas enteras al tranco, hasta que el jinete caía por fin a reír del todo.

A pesar de esta vida ligera, algo había sin embargo capaz de arrancar al ex hombre de su limbo alcohólico; y esto lo supimos la vez que con gran sorpresa de todos, Else se mostró en el pueblo caminando rápidamente, sin mirar a nadie. Esa tarde llegaba su hija, maestra de escuela en Santo Pipó, y que visitaba a su padre dos o tres veces al año.

Era una muchachita delgada y vestida de negro, de aspecto enfermizo y mirar hosco. Ésta fue por lo menos la impresión nuestra cuando pasó por el pueblo con su padre en dirección al Horqueta. Pero según lo que dedujimos de los informes del manco, aquella expresión de la maestrita era sólo para nosotros, motivada por la degradación en que había caído su padre y a la que asistíamos día a día.

Lo que después se supo confirma esta hipótesis. La chica era muy trigueña y en nada se parecía al médico escandinavo. Tal vez no fuera hija suya; él por lo menos nunca lo creyó. Su modo de proceder con la criatura lo confirma, y sólo Dios sabe cómo la maltratada y abandonada criatura pudo llegar a recibirse de maestra, y continuar queriendo a su padre. No pudiendo tenerlo a su lado, ella se trasladaba a verlo, dondequiera que él estuviese. Y el dinero que el doctor Else gastaba en beber, provenía del sueldo de la maestrita.

El ex hombre conservaba sin embargo un último pudor: no bebía en presencia de su hija. Y este sacrificio en aras de una chinita a quien no creía hija suya, acusa más ocultos fermentos que las reacciones ultracientíficas del pobre manco.

Durante cuatro días, en esta ocasión, no se vio al médico en ninguna parte. Pero aunque cuando apareció otra vez por los boliches estaba más borracho que nunca, se pudo apreciar en los remiendos de toda su ropa, la obra de su hija.

Desde entonces, cada vez que se veía a Else fresco y serio, cruzando rápido en busca de harina y grasa, todos decíamos:

—En estos días debe de llegar su hija.

Entretanto, el manco continuaba soldando a horcajadas techos de lujo, y en los días libres, raspando y quemando duelas de barril.

No fue sólo esto: Habiendo ese año madurado muy pronto las naranjas por las fortísimas heladas, el manco debió también pensar en la temperatura de la bodega, a fin de que el frío nocturno, vivo aún en ese octubre, no trastornara la fermentación. Tuvo así que forrar por dentro su rancho con manojos de paja despeinada, de modo tal que aquello parecía un hirsuto y agresivo cepillo. Tuvo que instalar un aparato de calefacción, cuyo hogar constituíalo un tambor de acaroína, y cuyos tubos de tacuara daban vueltas por entre las pajas de las paredes, a modo de gruesa serpiente amarilla. Y tuvo que alquilar —con arpista y todo, a cuenta del alcohol venidero— el carrito de ruedas macizas del negro Malaquías, quien de este modo volvió a prestar servicios al manco, acarreándole naranjas desde el monte con su mutismo habitual y el recuerdo melancólico de sus dos mujeres.

Un hombre común se hubiera rendido a medio camino. El manco no perdía un instante su alegre y sudorosa fe.

—¡Pero no nos falta ya nada! —repetía haciendo bailar a la par del brazo entero su muñón optimista—: ¡Vamos a hacer una fortuna con esto!

Una vez aclimatada la levadura de Borgoña, el manco y Malaquías procedieron a llenar las cubas. El negro partía las naranjas de un tajo de machete, y el manco las estrujaba entre sus dedos de hierro; todo con la misma velocidad y el mismo ritmo, como si machete y mano estuvieran unidos por la misma biela.

Rivet los ayudaba a veces, bien que su trabajo consistiera en ir y venir febrilmente del colador de semillas a los barriles, a fuer de director. En cuanto al médico, había contemplado con gran atención estas diversas operaciones, con las manos hundidas en los bolsillos y el bastón bajo la axila. Y ante la invitación a que prestara su ayuda, se había echado a reír, repitiendo como siempre:

—¡Yo no entiendo nada de estas cosas!

Y fue a pasearse de un lado a otro frente al camino, deteniéndose en cada extremo a ver si venía un transeúnte.

No hicieron los destiladores en esos duros días más que cortar y cortar, estrujar y estrujar naranjas bajo un sol de fuego y almibarados de zumo desde la barba a los pies. Pero cuando los primeros barriles comenzaron a alcoholizarse en una fermentación tal que proyectaba a dos dedos sobre el nivel una llovizna de color topacio, el doctor Else evolucionó hacia la bodega caldeada, donde el manco se abría el escote de entusiasmo.

—¡Y ya está! —decía—. ¿Qué nos falta ahora? ¡Unos cuantos pesos más, y nos hacemos riquísimos!

Else quitó uno por uno los tapones de algodón de los barriles, y aspiró con la nariz en el agujero el delicioso perfume del vino de naranja en formación, perfume cuya penetrante frescura no se halla en caldo otro alguno de fruta. El médico levantó luego la vista a las paredes, al revestimiento amarillo de erizo, a la cañería de víbora que se desarrollaba oscureciéndose entre las pajas en un vaho de aire vibrante, y sonrió un momento con pesadez. Pero desde entonces no se apartó de alrededor de la fábrica.

Aún más, quedó a dormir allí. Else vivía en una chacra del manco, a orillas del Horqueta. Hemos omitido esta opulencia del manco, por la razón de que el gobierno nacional llama chacras a las fracciones de 25 hectáreas de monte virgen o pajonal, que vende al precio de 75 pesos la fracción, pagaderos en 6 años.

La chacra del manco consistía en un bañado solitario donde no había más que un ranchito aislado entre un círculo de cenizas, y zorros entre las pajas. Nada más. Ni siquiera hojas en la puerta del rancho.

El médico se instaló, pues, en la fábrica de las ruinas, retenido por el bouquet naciente del vino de naranja. Y aunque su ayuda fue la que conocemos, cada vez que en las noches subsiguientes el manco se despertó a vigilar la calefacción, halló siempre a Else sosteniendo el fuego. El médico dormía poco y mal; y pasaba la noche en cuclillas ante la lata de acaroína, tomando mate y naranjas caldeadas en las brasas del hogar.

La conversión alcohólica de las cien mil naranjas concluyó por fin, y los destiladores se hallaron ante ocho bordalesas de un vino muy débil, sin duda, pero cuya graduación les aseguraba asimismo cien litros de alcohol de 50 grados, fortaleza mínima que requería el paladar local.

Las aspiraciones del manco eran también locales; pero un especulativo como él, a quien preocupaba ya la ubicación de los transformadores de corriente en el futuro cable eléctrico desde el Iguazú a Buenos Aires, no podía olvidar el aspecto puramente ideal de su producto. Trotó en consecuencia unos días en procura de algunos frascos de cien gramos para enviar muestras a Buenos Aires, y aprontó unas muestras, que alineó en el banco para enviarlas esa tarde por correo. Pero cuando volvió a buscarlas no las halló, y sí al doctor Else, sentado en la escarpa del camino, satisfechísimo de sí y con el bastón entre las manos, incapaz de un solo movimiento.

La aventura se repitió una y otra vez al punto de que el pobre manco desistió definitivamente de analizar su alcohol: el médico, rojo, lacrimoso y resplandeciente de euforia, era lo único que hallaba.

No perdía por esto el manco su admiración por el ex sabio.

—¡Pero se lo toma todo! —nos confiaba de noche en el bar—. ¡Qué hombre! ¡No me deja una sola muestra!

Al manco faltábale tiempo para destilar con la lentitud debida, e igualmente para desechar las flegmas de su producto. Su alcohol sufría así de las mismas enfermedades que su esencia, el mismo olor viroso, e igual dejo cáustico. Por consejo de Rivet transformó en bitter aquella imposible caña, con el solo recurso de apepú, y orozú, a efectos de la espuma.

En este definitivo aspecto entró el alcohol de naranja en el mercado. Por lo que respecta al químico y su colega, lo bebían sin tasa tal como goteaba de los platos del alambique con sus venenos cerebrales.

Una de esas siestas de fuego, el médico fue hallado tendido de espaldas a través del desamparado camino al puerto viejo, riéndose con el sol a plomo.

—Si la maestrita no llega uno de estos días —dijimos nosotros—, le va a dar trabajo encontrar dónde ha muerto su padre.

Precisamente una semana después

supimos por el manco que la hija de Else llegaba convaleciente de gripe.

—Con la lluvia que se apronta —pensamos otra vez—, la muchacha no va a mejorar gran cosa en el bañado del Horqueta.

Por primera vez, desde que estaba entre nosotros, no se vio al médico Else cruzar firme y apresurado ante la inminente llegada de su hija. Una hora antes de arribar la lancha fue al puerto por el camino de las ruinas, en el carrito del arpista Malaquías, cuya yegua, al paso y todo, jadeaba exhausta con las orejas mojadas de sudor.

El cielo denso y lívido, como paralizado de pesadez, no presagiaba nada bueno, tras mes y medio de sequía. Al llegar la lancha, en efecto, comenzó a llover. La maestrita achuchada pisó la orilla chorreante bajo agua; subió bajo agua en el carrito, y bajo agua hicieron con su padre todo el trayecto, a punto de que cuando llegaron de noche al Horqueta no se oía en el solitario pajonal ni un aullido de zorro, y sí el sordo crepitar de la lluvia en el patio de tierra del rancho.

La maestrita no tuvo esta vez necesidad de ir hasta el bañado a lavar las ropas de su padre. Llovió toda la noche y todo el día siguiente, sin más descanso que la tregua acuosa del crepúsculo, a la hora en que el médico comenzaba a ver alimañas raras prendidas al dorso de sus manos.

Un hombre que ya ha dialogado con las cosas tendido de espaldas al sol, puede ver seres imprevistos al suprimir de golpe el sostén de su vida. Rivet, antes de morir un año más tarde con su litro de alcohol carburado de lámparas, tuvo con seguridad fantasías de ese orden clavadas ante la vista. Solamente que Rivet no tenía hijos; y el error de Else consistió precisamente en ver, en vez de su hija, una monstruosa rata.

Lo que primero vio fue un grande, muy grande ciempiés que daba vueltas por las paredes. Else quedó sentado con los ojos fijos en aquello, y el ciempiés se desvaneció. Pero al bajar el hombre la vista, lo vio ascender arqueado por entre sus rodillas, con el vientre y las patas hormigueantes vueltas a él —subiendo, subiendo interminablemente. El médico tendió las manos delante, y sus dedos apretaron el vacío.

Sonrió pesadamente: Ilusión... nada más que ilusión...

Pero la fauna del *delirium tremens* es mucho más lógica que la sonrisa de un ex sabio, y tiene por hábito trepar obstinadamente por las bombachas, o surgir bruscamente de los rincones.

Durante muchas horas, ante el fuego y con el mate inerte en la mano, el médico tuvo conciencia de su estado. Vio, arrancó y desenredó tranquilo más víboras de las que pueden pisarse en sueños. Alcanzó a oír una dulce voz que decía:

—Papá, estoy un poco descompuesta... Voy un momento afuera.

Else intentó todavía sonreír a una bestia que había irrumpido de golpe en medio del rancho, lanzando horribles alaridos, y se incorporó por fin aterrorizado y jadeante: Estaba en poder de la fauna alcohólica.

Desde las tinieblas comenzaban ya a asomar el hocico bestias innumerables. Del techo se desprendían también cosas que él no quería ver. Todo su terror sudoroso estaba ahora concentrado en la puerta, en aquellos hocicos puntiagudos que aparecían y se ocultaban con velocidad vertiginosa.

Algo como dientes y ojos asesinos de inmensa rata se detuvo un instante contra el marco, y el médico, sin apartar la vista de ella, cogió un pesado leño: La bestia, adivinando el peligro, se había ya ocultado.

Por los flancos del ex sabio, por atrás, hincábanse en sus bombachas cosas que trepaban. Pero el hombre, con los ojos fuera de las órbitas, no veía sino la puerta y los hocicos fatales.

Un instante, el hombre creyó distinguir entre el crepitar de la lluvia, un ruido más sordo y nítido. De golpe la monstruosa rata surgió en la puerta, se detuvo un momento a mirarlo, y avanzó por fin contra él. Else, enloquecido de terror, lanzó hacia ella el leño con todas sus fuerzas.

Ante el grito que lo sucedió, el médico volvió bruscamente en sí, como si el vertiginoso telón de monstruos se hubiera aniquilado con el golpe en el más atroz silencio. Pero lo que yacía aniquilado a sus pies no era la rata asesina, sino su hija.

Sensación de agua helada, escalofrío de toda la médula; nada de esto alcanza a dar la impresión de un espectáculo de semejante naturaleza. El padre tuvo un resto de fuerza para levantar en brazos a la criatura y tenderla en el catre. Y al apreciar de una sola ojeada al vientre el efecto irremisiblemente mortal del golpe recibido, el desgraciado se hundió de rodillas ante su hija.

¡Su hijita! ¡Su hijita abandonada, maltratada, desechada por él! Desde el fondo de veinte años surgieron en explosión de vergüenza, la gratitud y el amor que nunca le había expresado a ella. ¡Chinita, hijita suya!

El médico tenía ahora la cara levantada hacia la enferma: nada, nada que esperar de aquel semblante fulminado.

La muchacha acababa sin embargo de abrir los ojos y su mirada excavada y ebria ya de muerte, reconoció por fin a su padre. Esbozando entonces una dolorosa sonrisa cuyo reproche sólo el lamentable padre podía en esas circunstancias apreciar, murmuró con dulzura:

—¡Qué hiciste, papá...!

El médico hundió de nuevo la cabeza en el catre. La maestrita murmuró otra vez, buscando con la mano la boina de su padre:

—Pobre papá... No es nada... Ya me siento mucho mejor... Mañana me levanto y concluyo todo... Me siento mucho mejor, papá...

La lluvia había cesado; la paz reinaba afuera. Pero al cabo de un momento el médico sintió que la enferma hacía en vano esfuerzos para incorporarse, y al levantar el rostro vio que su hija lo miraba con los ojos muy abiertos en una brusca revelación.

—¡Yo me voy a morir, papá...!

—Hijita... —murmuró sólo el hombre.

La criatura intentó respirar hondamente sin conseguirlo tampoco.

—¡Papá, ya me muero! Papá, hazme caso... una vez en la vida. ¡No tomes más papá...! Tu hijita...

Tras un rato —una inmensidad de tiempo— el médico se incorporó y fue tambaleante a sentarse otra vez en el banco —mas no sin apartar antes con el dorso de la mano una alimaña del asiento, porque la red de monstruos se entretejía vertiginosamente.

Oyó todavía una voz de ultratumba:

—¡No tomes más, papá...!

El ex hombre tuvo aún tiempo de dejar caer ambas manos sobre las piernas, en un desplome y una renuncia más desesperada que el más desesperado de los sollozos de que ya no era capaz. Y ante el cadáver de su hija, el doctor Else vio otra vez asomar en la puerta los hocicos de las bestias que volvían a un asalto final.

EL REGRESO DE ANACONDA *

Cuando Anaconda, en complicidad con los elementos nativos del trópico, meditó y planeó la reconquista del río, acababa de cumplir treinta años.

Era entonces una joven serpiente de diez metros, en la plenitud de su vigor. No había en su vasto campo de caza, tigre o ciervo capaz de sobrellevar con aliento un abrazo suyo. Bajo la contracción de sus músculos toda vida se escurría, adelgazada hasta la muerte. Ante el balanceo de las pajas que delataban el paso del gran boa con hambre, el juncal, todo alrededor, empenachábase de altas orejas aterradas. Y cuando al caer el crepúsculo en las horas mansas, Anaconda bañaba en el río de fuego sus diez metros de oscuro terciopelo, el silencio circundábala como un halo.

---

* A esta pieza narrativa, aunque argumentalmente relacionada, en referencia fugaz, con *Anaconda*, sepáranla de esta última la índole del relato y muy acentuadas diferencias de estilo. *El regreso de Anaconda*, de bien atendido trabajo artístico de la forma, pertenece al escaso grupo de cuentos de Quiroga en que tal carácter se acentúa así como —más o menos subyacentes— notas ambientales, sicológicas y de expresión verbal de ascendencia romántico-modernista. El autor parece complacido en entregarse al doble placer de narrar y describir, en dar libre curso a sus dotes de narrador espontáneo y natural, y, por medio del frecuentado recurso de un viaje, el de Anaconda por las vastas e impresionantes regiones fluviales, complacerse asimismo en la descripción, en síntesis lujosas abarcadoras de la ubérrima, anonadante pluralidad de fuerzas y presencias de aquella Naturaleza, en cuyo seno se agitan la vida y la muerte.

Pero no siempre la presencia de Anaconda desalojaba ante sí la vida, como un gas mortífero. Su expresión y movimientos de paz, insensibles para el hombre, denunciábala desde lejos a los animales. De este modo:

—Buen día —decía Anaconda a los yacarés, a su paso por los fangales.

—Buen día —respondían mansamente las bestias al sol, rompiendo dificultosamente con sus párpados globosos el barro que los soldaba.

—¡Hoy hará mucho calor! —saludábanla los monos trepados, al reconocer en la flexión de los arbustos a la gran serpiente en desliz.

—Sí, mucho calor... —respondía Anaconda, arrastrando consigo la cháchara y las cabezas torcidas de los monos, tranquilos sólo a medias.

Porque mono y serpiente, pájaro y culebra, ratón y víbora, son conjunciones fatales que apenas el pavor de los grandes huracanes y la extenuación de las interminables sequías logran retardar. Sólo la adaptación común a un mismo medio, vivido y propagado desde el remoto inmemorial de la especie, puede sobreponerse en los grandes cataclismos de esta fatalidad del hambre. Así, ante una gran sequía, las angustias del flamenco, de las tortugas, de las ratas y de las anacondas, formarán un solo desolado lamento por una gota de agua.

Cuando encontramos a nuestra Anaconda, la selva hallábase próxima a precipitar en su miseria esta sombría fraternidad.

Desde dos meses atrás no tronaba la lluvia sobre las polvorientas hojas. El rocío mismo, vida y consuelo de la flora abrasada, había desaparecido. Noche a noche, de un crepúsculo a otro, el país continuaba desecándose como si todo él fuera un horno. De lo que había sido cauce de umbríos arroyos sólo quedaban piedras lisas y quemantes; y los esteros densísimos de agua negra y camalotes, hallábanse convertidos en páramos de arcilla surcada de rastros durísimos como estopa, y que era cuanto quedaba de la gran flora acuática. A toda la vera del bosque, los cactus, enhiestos como candelabros, aparecían ahora doblados a tierra, con sus brazos caídos hacia la extrema sequedad del suelo, tan duro que resonaba al menor choque.

Los días, unos tras otros, deslizábanse ahumados por la bruma de las lejanas quemazones, bajo el fuego de un cielo blanco hasta enceguecer, y a través del cual se movía un sol amarillo y sin rayos, que al llegar la tarde comenzaba a caer envuelto en vapores como una enorme brasa asfixiada.

Por las particularidades de su vida vagabunda, Anaconda, de haberlo querido, no hubiera sentido mayormente los efectos de la sequía. Más allá de la laguna y sus bañados enjutos, hacia el sol naciente, estaba el gran río natal, el Paranahyba refrescante, que podía alcanzar en media jornada.

Pero ya no iba el boa a su río. Antes, hasta donde alcanzaba la memoria de sus antepasados, el río había sido suyo. Aguas, cachoeras, lobos, tormentas y soledad, todo le pertenecía.

Ahora no. Un hombre, primero, con su miserable ansia de ver, tocar y cortar, había emergido tras del cabo de arena con su larga piragua. Luego otros hombres, con otros más, cada vez más frecuentes. Y todos ellos sucios de olor, sucios de machetes y quemazones incesantes. Y siempre remontando el río, desde el Sur...

A muchas jornadas de allí, el Paranahyba cobraba otro nombre, ella lo sabía muy bien. Pero más allá todavía, hacia ese abismo incomprensible del agua bajando siempre, ¿no habría un término, una inmensa restinga a través que contuviera las aguas eternamente en descenso?

De allí, sin duda, llegaban los hombres, y las alzaprimas, y las mulas sueltas que infectan la selva. ¡Si ella pudiera cerrar el Paranahyba, devolverle su salvaje silencio, para reencontrar el deleite de antaño, cuando cruzaba el río silbando en las noches oscuras, con la cabeza a tres metros del agua humeante...!

Sí; crear una barrera que cegara el río...

Y bruscamente pensó en los camalotes.

La vida de Anaconda era breve aún; pero ella sabía de dos o tres crecidas que habían precipitado en el Paraná millones de troncos desarraigados, y plantas acuáticas y espumosas y fango. ¿A dónde había ido a pudrirse todo eso? ¿Qué cementerio vegetal sería capaz de contener el desagüe de todos los camalotes que un desborde sin precedentes vaciara en la sima de ese abismo desconocido?

Ella recordaba bien: crecida de 1883; inundación de 1894... Y con los once años transcurridos en grandes lluvias, el régimen tropical debía sentir, como ella en las fauces, sed de diluvio.

Su sensibilidad ofídica a la atmósfera, rizábale las escamas de esperanzas. Sentía el diluvio inminente. Y como otro Pedro el Ermitaño, Anaconda lanzóse a predicar la cruzada a lo largo de los riachos y fuentes fluviales.

La sequía de su habitat no era, como bien se comprende, general a la vasta cuenca. De modo que tras largas jornadas, sus narices se expandieron ante la densa humedad de los esteros, plenos de victorias regias, y al vaho de formol de las pequeñas hormigas que amasaban sus túneles sobre ellas.

Muy poco costó a Anaconda convencer a los animales. El hombre ha sido, es y será el más cruel enemigo de la selva.

—...Cegando, pues, el río —concluyó Anaconda después de exponer largamente su plan—, los hombres no podrán llegar hasta aquí.

—¿Pero las lluvias necesarias? —objetaron las ratas de agua, que no podían ocultar sus dudas—. ¡No sabemos si van a venir!

—¡Vendrán! Y antes de lo que imaginan. ¡Yo lo sé!

—Ella lo sabe —confirmaron las víboras— Ella ha vivido entre los hombres. Ella los conoce.

—Sí, los conozco. Y sé que un solo camalote, uno solo, arrastra a la deriva de una gran creciente, la tumba de un hombre.

—¡Ya lo creo! —sonrieron suavemente las víboras— tal vez de dos...

—O de cinco... —bostezó un viejo tigre desde el fondo de sus ijares—. Pero dime —se desperezó directamente hacia Anaconda—: ¿Estás segura de que los camalotes alcanzarán a cegar el río? Lo pregunto por preguntar.

—Claro que no alcanzarán los de aquí, ni todos los que puedan desprenderse en doscientas leguas a la redonda... Pero te confieso que acabas de hacer la única pregunta capaz de inquietarme. ¡No, hermanos! Todos los camalotes de la cuenca del Paranahyba y del Río Grande con todos sus afluentes, no alcanzarían a formar una barra de diez leguas de largo a través del río. Si no contara más que con ellos, hace tiempo que me hubiera tendido a los pies del primer caipira con machete... Pero tengo grandes esperanzas de que las lluvias sean generales e inunden también la cuenca del Paraguay. Ustedes no lo conocen... Es un gran río. Si llueve allá, como indefectiblemente lloverá aquí, nuestra victoria es segura. Hermanos: ¡Hay allá esteros de camalotes que no alcanzaríamos a recorrer nunca, sumando nuestras vidas!

—Muy bien... —asintieron los yacarés con pesada modorra—. Es

aquél un hermoso país... ¿Pero cómo sabremos si ha llovido también allá? Nosotros tenemos las patitas débiles...

—No, pobrecitos... —sonrió Anaconda, cambiando una irónica mirada con los carpinchos, sentados a diez prudenciales metros—. No los haremos ir tan lejos... Yo creo que un pájaro cualquiera puede venir desde allá en tres volidos a traernos la buena nueva...

—Nosotros no somos pájaros cualesquiera —dijeron los tucanes—, y vendremos en cien volidos, porque volamos muy mal. Y no tenemos miedo a nadie. Y vendremos volando, porque nadie nos obliga a ello, y queremos hacerlo así. Y a nadie tenemos miedo.

Y concluido su aliento, los tucanes miraron impávidos a todos, con sus grandes ojos de oro cercados de azul.

—Somos nosotros quienes tenemos miedo... chilló a la sordina una harpía plomiza esponjándose de sueño.

—Ni a ustedes ni a nadie. Tenemos el vuelo corto; pero miedo, no —insistieron los tucanes, volviendo a poner a todos de testigos.

—Bien, bien... —intervino Anaconda, al ver que el debate se agriaba, como eternamente se ha agriado en la selva toda exposición de méritos—. Nadie tiene miedo a nadie, ya lo sabemos... y los admirables tucanes vendrán, pues, a informarnos del tiempo que reine en la cuenca aliada.

—Lo haremos así porque nos gusta; pero nadie nos obliga a hacerlo —tornaron los tucanes.

De continuar así, el plan de lucha iba a ser muy pronto olvidado, y Anaconda lo comprendió.

—¡Hermanos! —se irguió con vibrante silbido—. Estamos perdiendo el tiempo estérilmente. Todos somos iguales, pero juntos. Cada uno de nosotros, de por sí, no vale gran cosa. Aliados, somos toda la zona tropical. ¡Lancémosla contra el hombre, hermanos! ¡Él todo lo destruye! ¡Nada hay que no corte y ensucie! ¡Echemos por el río nuestra zona entera, con sus lluvias, su fauna, sus camalotes, sus fiebres y sus víboras! ¡Lancemos el bosque por el río, hasta cegarlo! ¡Arranquémonos todos, desarraiguémonos a muerte, si es preciso, pero lancemos el trópico aguas abajo!

El acento de las serpientes fue siempre seductor. La selva, enardecida, se alzó en una sola voz.

—¡Sí, Anaconda! ¡Tienes razón! ¡Precipitemos la zona por el río! ¡Bajemos, bajemos!

Anaconda respiró por fin libremente: la batalla estaba ganada. El alma —diríamos— de una zona entera, con su clima, su fauna y su flora, es difícil de conmover; pero cuando sus nervios se han puesto tirantes en la prueba de una atroz sequía, no cabe entonces mayor certidumbre, que su resolución bienhechora en un gran diluvio.

* * *

Pero su habitat, a que el gran boa regresaba, la sequía llegaba ya a límites extremos.

—¿Y bien? —preguntaron las bestias angustiadas—. ¿Están allá de acuerdo con nosotros? ¿Volverá a llover otra vez, dinos? ¿Estás segura, Anaconda?

—Lo estoy. Antes que concluya esta luna oiremos tronar de agua el monte. ¡Agua, hermanos, y que no cesará tan pronto!

A esta mágica voz: ¡agua!, la selva entera clamó, pasaban las noches sin sueño y sin hambre, aspirando como un eco de desolación:

—¡Agua! ¡Agua!

—¡Sí, e inmensa! Pero no nos precipitemos cuando brame. Contamos con aliados invalorables, y ellos nos enviarán mensajeros cuando llegue el instante. Escudriñen constantemente el cielo, hacia el noroeste. De allí, deben llegar los tucanes. Cuando ellos lleguen, la victoria es nuestra. Hasta entonces, paciencia.

¿Pero cómo exigir paciencia a seres cuya piel se abría en grietas de sequedad, que tenían los ojos rojos por las conjuntivitis, y cuyo trote vital era ahora un arrastre de patas, sin brújula?

Día tras día, el sol se levantó sobre el barro de intolerable resplandor, y se hundió asfixiado en vapores de sangre, sin una sola esperanza. Cerrada la noche, Anaconda deslizábase hasta el Paranahyba a sentir en la sombra el menor estremecimiento de lluvia que debía llegar sobre las aguas desde el implacable Norte. Hasta la costa, por lo demás, se habían arrastrado los animales menos exhaustos. Y juntos todos, pasaban las noches sin sueño y sin hambre, aspirando en la brisa, como la vida misma, el más leve olor a tierra mojada.

Hasta que una noche, por fin, realizóse el milagro. Inconfundible con otro alguno, el viento precursor trajo a aquellos míseros un sutil vaho de hojas empapadas.

—¡Agua! ¡Agua! —oyóse clamar de nuevo en el desolado ámbito. Y la dicha fue definitiva cuando cinco horas después al romper el día, se oyó en el silencio, lejanísimo aún, el sordo tronar de la selva bajo el diluvio que se precipitaba por fin.

Esa mañana el sol brilló, pero no amarillo sino anaranjado, y a mediodía no se le vio más. Y la lluvia llegó espesísima y opaca y blanca como plata oxidada, a empapar la tierra sedienta.

Diez noches y diez días continuos, el diluvio cernióse sobre la selva flotando en vapores; y lo que fuera páramo de insoportable luz, tendíase ahora hasta el horizonte en sedante napa líquida. La flora acuática rebrotaba en planísimas balsas verdes que a simple vista se veía dilatar sobre el agua, hasta lograr contacto con sus hermanas. Y cuando nuevos días pasaron sin traer a los emisarios del noroeste, la inquietud tornó a asaltar a los futuros cruzados.

—¡No vendrán nunca! —clamaban—. ¡Lancémonos, Anaconda!

Dentro de poco no será ya tiempo. Las lluvias cesan.

—Y recomenzarán. ¡Paciencia, hermanitos! Es imposible que no llueva allá! Los tucanes vuelan mal; ellos mismos lo dicen. Acaso están en camino. ¡Dos días más!

Pero Anaconda estaba muy lejos de la fe que aparentaba. ¿Y si los tucanes se habían extraviado en los vapores de la selva humeante? ¿Y si por una inconcebible desgracia, el noroeste no había acompañado al diluvio del Norte? A media jornada de allí, el Paranahyba atronaba con las cataratas pluviales que le vertían sus afluentes.

Como ante la espera de una paloma de arca, los ojos de las ansiosas bestias estaban sin cesar vueltos al noroeste, hacia el cielo anunciador de su gran empresa. Nada. Hasta que en las brumas de un chubasco, mojados y ateridos, los tucanes llegaron graznando.

—¡Grandes lluvias! ¡Lluvia general en toda la cuenca! ¡Todo blanco de agua!

Y un alarido salvaje azotó la zona entera.

—¡Bajemos! ¡El triunfo es nuestro! ¡Lancémonos en seguida!

Y ya era tiempo, podría decirse, porque el Paranahyba desbordaba hasta allí mismo, fuera de cauce. Desde el río a la gran laguna, los bañados eran ahora un tranquilo mar, que se balanceaba de tiernos camalotes. Al Norte, bajo la presión del desbordamiento, el mar verde cedía dulcemente, trazaba una gran curva lamiendo el bosque, y derivaba lentamente hacia el sur succionado por la veloz corriente.

Había llegado la hora. Ante los ojos de Anaconda, la zona al asalto desfiló. Victorias nacidas ayer, y viejos cocodrilos rojizos, hormigas y tigres; camalotes y víboras; espumas, tortugas y fiebres, y el mismo clima diluviano que descargaba otra vez—, la selva pasó, aclamando al boa, hacia el abismo de las grandes crecidas.

Y cuando Anaconda lo hubo vis-to así, dejóse a su vez arrastrar flotando hasta el Paranahyba, donde arrollada sobre un cedro arrancado de cuajo, que descendía girando sobre sí mismo en las corrientes encontradas, suspiró por fin con una sonrisa, cerrando lentamente a la luz crepuscular sus ojos de vidrio.

Estaba satisfecha.

* * *

Comenzó entonces el viaje milagroso hacia lo desconocido, pues de lo que pudiera haber detrás de los grandes cantiles de asperón rosa que mucho más allá del Guayra entrecierran el río, ella lo ignoraba todo. Por el Tacuarí había llegado una vez hasta la cuenca del Paraguay, según lo hemos visto. Del Paraná medio e inferior nada conocía.

Serena, sin embargo, a la vista de la zona que bajaba triunfal y danzando sobre las aguas encajonadas, refrescada de mente y de lluvia la gran serpiente se dejó llevar hamacada bajo el diluvio blanco que la adormecía.

Descendió en este estado el Paranahyba natal, entrevió el aplacamiento de los remolinos al salvar el río Muerto, y apenas tuvo conciencia de sí cuando la selva entera flotante, y el cedro y ella misma, fueron precipitados a través de la bruma en la pendiente del Guayra, cuyos saltos en escalera se hundían por fin en un plano inclinado abismal. Por largo tiempo el río estrangulado revolvió profundamente sus aguas rojas. Pero dos jornadas más adelante, los altos ribazos separábanse otra vez, y las aguas, en estiramiento de aceite, sin un remolino, ni un rumor, fiiaban por el canal a nueve millas por hora.

A nuevo país, nuevo clima. Cielo despejado ahora y sol radiante, que apenas alcanzaban a velar un momento los vapores matinales. Como una serpiente muy joven, Anaconda abrió curiosamente los ojos al día de Misiones, en un confuso y casi desvanecido recuerdo de su primera juventud.

Tornó a ver la playa, al primer rayo de sol, elevarse y flotar sobre una lechosa niebla que poco a poco se disipaba, para persistir en las ensenadas umbrías, en largos chales prendidos a las popas mojadas de las piraguas. Volvió aquí a sentir, al abordar los grandes remansos de las restingas, el vértigo del agua a flor de ojo, girando en curvas lisas y mareantes, que al hervir de nuevo al tropiezo de la corriente, borbotaban enrojecidas por la sangre de las palometas. Vio tarde a tarde al sol recomenzar su tarea de fundidor, incendiando los crepúsculos en abanico, con el centro vibrando al rojo albeante, mientras allá arriba, en el alto cielo, blancos cúmulos bogaban solitarios, mordidos en todo el contorno por chispas de fuego.

Todo le era conocido, pero como en la niebla de un ensueño. Sintiendo, particularmente de noche el pulso caliente de la inundación que descendía con él, el boa dejábase llevar a la deriva, cuando súbitamente se arrolló con una sacudida de inquietud.

El cedro acababa de tropezar con algo inesperado o, por lo menos, poco habitual en el río.

Nadie ignora todo lo que arrastra, a flor de agua o semisumergido, una gran crecida. Ya varias veces habían pasado a la vista de Anaconda, ahogados allá en el extremo norte, animales desconocidos por ella misma, y que se le hundían poco a poco bajo un aleteante picoteo de cuervos. Había visto a los caracoles trepando a centenares a las altas ramas columpiadas por la corriente y a los annós rompiéndolos a picotazos. Y al resplandor de la luna, había asistido al desfile de los carambatás remontando el río con la aleta dorsal a flor de agua, para hundirse todos de pronto con una sacudida de cañonazo.

Como en las grandes crecidas.

Pero lo que acababa de trabar contacto con ella, era un cobertizo de dos aguas, como el techo de un rancho caído a tierra, y que la corriente arrastraba sobre un embalsado de camalotes.

¿Rancho construido a pique sobre un estero, y minado por las aguas? ¿Habitado tal vez por un náufrago que alcanzara hasta él?

Con infinitas precauciones, escama tras escama, Anaconda recorrió la isla flotante. Se hallaba habitada, en efecto, y bajo el cobertizo de paja estaba acostado un hombre. Pero enseñaba una larga herida en la garganta, y se estaba muriendo.

Durante largo tiempo, sin mover siquiera un milímetro la extremidad de la cola, Anaconda mantuvo la mirada fija en su enemigo.

En ese mismo gran golfo del río, obstruido por los cantiles de arenisca rosa, el boa había conocido al hombre. No guardaba de aquella historia recuerdo alguno preciso; sí una sensación de disgusto, una gran repulsión de sí misma, cada vez que la casualidad, y sólo ella, despertaba en su memoria algún vago detalle de su aventura.

Amigos de nuevo, jamás. Enemigos, desde luego, puesto que contra ellos estaba desencadenada la lucha.

Pero, a pesar de todo, Anaconda no se movía; y las horas pasaban. Reinaban todavía las tinieblas cuando la gran serpiente desenrollóse de pronto, y fue hasta el borde del embalsado a tender la cabeza hacia las negras aguas.

Había sentido la proximidad de las víboras en su olor a pescado.

En efecto, las víboras llegaban a montones.

—¿Qué pasa? —preguntó Anaconda—. Saben ustedes bien que no deben abandonar sus camalotes en una inundación.

—Lo sabemos —respondieron las intrusas—. Pero aquí hay un hombre. Es un enemigo de la selva. Apártate, Anaconda.

—¿Para qué? No se pasa. Ese hombre está herido... Está muerto.

—¿Y a ti qué te importa? Si no

está muerto lo estará en seguida...
¡Danos paso, Anaconda!

El gran boa se irguió, arqueando hondamente el cuello.

—¡No se pasa he dicho! ¡Atrás! He tomado a ese hombre enfermo bajo mi protección. ¡Cuidado con la que se acerque!

—¡Cuidado tú! —gritaron en un agudo silbido las víboras, hinchando las parótidas asesinas.

—¿Cuidado de qué?

—De lo que haces. ¡Te has vendido a los hombres...! ¡Iguana de cola larga!

Apenas acababa la serpiente de cascabel de silbar la última palabra, cuando la cabeza del boa iba, como un terrible ariete, a destrozar las mandíbulas del crótalo, que flotó en seguida muerto, con el lacio vientre al aire.

—¡Cuidado! —Y la voz del boa se hizo agudísima—. ¡No va a quedar víbora en todo Misiones, si se acerca una sola! ¡Vendida yo, miserables...! ¡Al agua! Y téngalo bien presente: Ni de día, ni de noche, ni a hora alguna, quiero víboras alrededor del hombre. ¿Entendido?

—¡Entendido! —repuso desde las tinieblas la voz sombría de un gran yararacusú—. Pero algún día te hemos de pedir cuenta de esto, Anaconda.

—En otra época —contestó Anaconda— rendí cuenta a algunas de ustedes... Y no quedó contenta. ¡Ciudado tú misma, hermosa yarará! Y ahora, mucho ojo... ¡Y feliz viaje!

Tampoco esta vez Anaconda sentíase satisfecha. ¿Por qué había procedido así? ¿Qué le ligaba ni podía ligar jamás a ese hombre —un desgraciado mensú, a todas luces— que agonizaba con la garganta abierta?

El día clareaba ya.

—¡Bah! —murmuró por fin el gran boa, contemplando por última vez al herido— Ni vale la pena que me moleste por ese sujeto... Es un pobre individuo, como todos los otros, a quien queda apenas una hora de vida...

Y con una desdeñosa sacudida de cola, fue a arrollarse en el centro de su isla flotante.

Pero en todo el día sus ojos no dejaron un instante de vigilar los camalotes.

Apenas entrada la noche, altos conos de hormigas que derivaban sostenidas por los millones de hormigas ahogadas en la base, se aproximaron al embalsado.

—Somos las hormigas, Anaconda —dijeron— y venimos a hacerte un reproche. Ese hombre que está sobre la paja es un enemigo nuestro. Nosotros no lo vemos, pero las víboras saben que está allí. Ellas lo han visto, y el hombre está durmiendo bajo el techo. Mátalo, Anaconda.

—No, hermanas. Vayan tranquilas.

—Haces mal, Anaconda. Deja entonces que las víboras lo maten.

—Tampoco. ¿Conocen ustedes las leyes de las crecidas? Este embalsado es mío, y yo estoy en él. Paz, hormigas.

—Pero es que las víboras lo han contado a todos... Dicen que te has vendido a los hombres... No te enojes, Anaconda.

—¿Y quiénes lo creen?

—Nadie, es cierto... Sólo los tigres no están contentos.

—¡Ah...! ¿Y por qué no vienen ellos a decírmelo?

—No lo sabemos, Anaconda.

—Yo sí lo sé. Bien, hermanitas: Apártense tranquilas y cuiden de no ahogarse todas, porque harán pronto mucha falta. No teman nada de su Anaconda. Hoy y siempre, soy y seré la fiel hija de la selva. Díganselo a todos así. Buenas noches, compañeras.

—¡Buenas noches, Anaconda! —se apresuraron a responder las hormiguitas. Y la noche las absorbió.

Anaconda había dado sobradas pruebas de inteligencia y lealtad, para que una calumnia viperina le enajenara el respeto y el amor de la selva. Aunque su escasa simpatía a cascabeles y yararás de toda especie no se ocultaba a nadie, las víboras desempeñaban en la inundación tal inestimable papel, que el mismo boa se lanzó en largas nadadas a conciliar los ánimos.

—Yo no busco guerra —dijo a las víboras—. Como ayer, y mientras dure la campaña, pertenezco en alma y cuerpo a la crecida. Solamente que el embalsado es mío, y hago de él lo que quiero. Nada más.

Las víboras no respondieron una palabra, ni volvieron siquiera los fríos ojos a su interlocutora, como si nada hubieran oído.

—¡Mal síntoma! —croaron los flamencos juntos, que contemplaban desde lejos el encuentro.

—¡Bah! —lloraron trepando en un tronco los yacarés chorreantes—. Dejemos tranquila a Anaconda... Son cosas de ella. Y el hombre debe estar ya muerto.

Pero el hombre no moría. Con gran extrañeza de Anaconda, tres nuevos días habían pasado, sin llevar consigo el hipo final del agonizante. No dejaba ella un instante de montar guardia; pero aparte de que las víboras no se·aproximaban más, otros pensamientos preocupaban a Anaconda.

Según sus cálculos —toda serpiente de agua sabe más de hidrografía que hombre alguno— debían hallarse ya próximos al Paraguay. Y sin el fantástico aporte de camalotes que este río arrastra en sus grandes crecidas, la lucha estaba concluida al comenzar. ¿Qué significaban para colmar y cegar el Paraná en su desagüe, los verdes manchones que bajaban del Paranahyba, al lado de los 180,000 kilómetros cuadrados de camalotes de los grandes bañados de Xarayes? La selva que derivaba en ese momento lo sabía también, por los relatos de Anaconda en su cruzada. De modo que cobertizo de paja, hombre herido y rencores, fueron olvidados ante el ansia de los viajeros, que hora tras hora auscultaban las aguas para reconocer la flora aliada.

¿Y si los tucanes —pensaba Anaconda— habían errado, apresurándose a anunciar una mísera llovizna?

—¡Anaconda! —oíase en las tinieblas desde distintos puntos—. ¿No reconoces las aguas todavía? ¿Nos habrán engañado, Anaconda?

—No lo creo —respondía el boa, sombrío—. Un día más, y las encontraremos.

—¡Un día más! Vamos perdiendo las fuerzas en este ensanche del río. ¡Un nuevo día...! ¡Siempre dices lo mismo, Anaconda!

—¡Paciencia, hermanos! Yo sufro mucho más que ustedes.

Fue al día siguiente un duro día, al que se agregó la extrema sequedad del ambiente, y que el gran boa sobrellevó inmóvil de vigía en su isla flotante, encendida al caer la tarde por el reflejo del sol tendido como una barra de metal fulgurante a través del río, y que la acompañaba.

En las tinieblas de esa misma noche, Anaconda, que desde horas atrás andaba entre los embalsados sorbiendo ansiosamente sus aguas, lanzó de pronto un grito de triunfo:

Acababa de reconocer en una inmensa balsa a la deriva, el salado sabor de los camalotes del Olidén.

—¡Salvados, hermanos! —exclamó—. ¡El Paraguay baja ya con nosotros! ¡Grandes lluvias allá también!

Y la moral de la selva, remontada como por encanto, aclamó a la inundación limítrofe, cuyos camalotes, densos como tierra firme, entraban por fin en el Paraná.

* * *

El sol iluminó al día siguiente esta epopeya en las dos grandes cuencas aliadas que se vertían en las mismas aguas.

La gran flora acuática bajaba, soldada en islas extensísimas que cubrían el río. Una misma voz de entusiasmo flotaba sobre la selva cuando los camalotes próximos a la costa, absorbidos por un remanso, giraban indecisos sobre el rumbo a tomar.

—¡Paso! ¡Paso! —oíase pulsar a la crecida entera ante el obstáculo. Y los camalotes, los troncos con su carga de asaltantes, escapaban por fin a la succión, filando como un rayo por la tangente.

—¡Sigamos! ¡Paso ¡Paso! —oíase desde una orilla a la otra—. ¡La victoria es nuestra!

Así lo creía también Anaconda. Su sueño estaba a punto de realizarse. Y envanecida de orgullo, echó hacia la sombra del cobertizo una mirada triunfal.

El hombre había muerto. No había el herido cambiado de posición ni encogido un solo dedo, ni su boca se había cerrado. Pero estaba bien muerto, y posiblemente desde horas atrás.

Ante esa circunstancia, más que natural y esperada, Anaconda quedó inmóvil de extrañeza, como si el oscuro mensú hubiera debido conservar para ella, a despecho de su raza y sus heridas, su miserable existencia.

¿Qué le importaba ese hombre? Ella lo había defendido, sin duda; habíalo resguardado de las víboras, velando y sosteniendo a la sombra de la inundación un resto de vida hostil.

¿Por qué? Tampoco le importaba saberlo. Allí quedaría el muerto bajo su cobertizo, sin que ella volviera a acordarse más de él. Otras cosas la inquietaban.

En efecto, sobré el destino de la gran crecida cerníase una amenaza que Anaconda no había previsto. Macerado por los largos días de flote en las aguas calientes, el sargazo fermentaba. Gruesas burbujas subían a la superficie entre los intersticios de aquél, y las semillas reblandecidas adheríanse aglutinadas todo al contorno del sargazo. Por un momento, las costas altas habían contenido el desbordamiento, y la selva acuática había cubierto entonces totalmente el río, al punto

de no verse agua sino un mar verde en todo el cauce. Pero ahora, en las costas bajas, la crecida, cansada y falta del coraje de los primeros días, defluía agonizante hacia el interior anegadizo que, como una trampa, le tendía la tierra a su paso.

Más abajo todavía los grandes embalsados rompíanse aquí y allá, sin fuerzas para vencer los remansos, e iban a gestar en las profundas ensenadas su ensueño de fecundidad. Embriagados por el vaivén y la dulzura del ambiente, los camalotes cedían dóciles a las contracorrientes de la costa, remontaban suavemente el Paraná en dos grandes curvas, y paralizábanse por fin a lo largo de la playa a florecer.

Tampoco el gran boa escapaba a esta fecunda molicie que saturaba la inundación. Iba de un lado a otro en su isla flotante, sin hallar sosiego en parte alguna. Cerca de ella, a su lado casi, el hombre muerto se descomponía. Anaconda aproximábase a cada instante, aspiraba, como en un rincón de la selva, el calor de la fermentación, e iba a deslizar por largo trecho el cálido vientre sobre el agua, como en los días de su primavera natal.

Pero no era esa agua, ya demasiado fresca, el sitio propicio. Bajo la sombra del techo, yacía un mensú muerto. ¿Podía no ser esa muerte más que la resolución final y estéril del ser que ella había velado? ¿Y nada, nada le quedaría de él?

Poco a poco, con la lentitud que ella habría puesto ante un santuario natural, Anaconda fue arrollándose. Y junto al hombre que ella había defendido como su vida propia, al fecundo calor de su descomposición —póstumo tributo de agradecimiento, que quizá la selva hubiera comprendido— Anaconda comenzó a poner sus huevos.

De hecho, la inundación estaba vencida. Por vastas que fueran las cuencas aliadas, y violentos hubieran sido los diluvios, la pasión de la flora había quemado el brío de la gran crecida. Pasaban aún los camalotes, sin duda; pero la voz de aliento: ¡Paso! ¡Paso!, habíase extinguido totalmente.

Anaconda no soñaba más. Estaba convencida del desastre. Sentía, inmediata, la inmensidad en que la inundación iba a diluirse, sin haber cerrado el río. Fiel al calor del hombre, continuaba poniendo sus huevos vitales, propagadores de su especie, sin esperanza alguna para ella misma.

En un infinito de agua, fría ahora, los camalotes se disgregaban, desparramándose por la superficie sin fin. Largas y redondas olas balanceaban sin concierto la selva desgarrada, cuya fauna terrestre, muda y sin oriente, se iba hundiendo aterida en la frialdad del estuario.

Grandes buques —los vencedores—, ahumaban a lo lejos el cielo límpido, y un vaporcito empenachado de blanco curioseaba entre las islas rotas. Más lejos todavía, en la infinidad celeste, Anaconda destacábase erguida sobre su embalsado, y aunque disminuidos por la distancia, sus robustos diez metros llamaron la atención de los curiosos.

—¡Allá! —alzóse de pronto una voz en el vaporcito—. ¡En aquel embalsado! ¡Una enorme víbora!

—¡Qué monstruo! —gritó otra voz—. ¡Y fíjense! ¡Hay un rancho caído! seguramente ha matado a su habitante.

—¡O lo ha devorado vivo! Estos monstruos no perdonan a nadie. Vamos a vengar al desgraciado con una buena bala.

—¡Por Dios, no nos acerquemos!

—clamó el que primero había hablado—. El monstruo debe estar furioso. Es capaz de lanzarse contra nosotros en cuanto nos vea. ¿Está seguro de su puntería desde aquí?

—Veremos... No cuesta nada probar un primer tiro.

Allá, al sol naciente que doraba el estuario puntillado de verde, Anaconda había visto la lancha con su penacho de vapor. Miraba indiferente hacia aquello, cuando distinguió un pequeño copo de humo en la proa del vaporcito—, y su cabeza golpeó contra los palos del embalsado.

El boa irguióse de nuevo, extrañado. Había sentido un golpecito seco en alguna parte de su cuerpo, tal vez en la cabeza. No se explicaba cómo. Tenía, sin embargo, la impresión de que algo le había pasado. Sentía el cuerpo dormido, primero; y luego, una tendencia a balancear el cuello, como si las cosas, y no su cabeza, se pusieran a danzar, oscureciéndose.

Vio de pronto ante sus ojos la selva natal en un viviente panorama, pero invertida; y transparentándose sobre ella, la cara sonriente del mensú.

Tengo mucho sueño... —pensó Anaconda, tratando de abrir todavía los ojos. Inmensos y azulados ahora, sus huevos desbordaban del cobertizo y cubrían la balsa entera.

—Debe de ser hora de dormir... —murmuró Anaconda. Y pensando deponer suavemente la cabeza a lo largo de sus huevos, la aplastó contra el suelo en el sueño final.

MÁS ALLÁ *

Yo estaba desesperada —dijo la voz—. Mis padres se oponían rotundamente a que tuviera amores con él, y habían llegado a ser muy crueles conmigo. Los últimos días no me dejaban ni asomarme a la puerta. Antes, lo veía siquiera un instante parado en la esquina, aguardándome desde la mañana. ¡Después, ni siquiera eso!

Yo le había dicho a mamá la semana antes:

—¿Pero qué le hallan tú y papá, por Dios, para torturarnos así? ¿Tienen algo que decir de él? ¿Por qué se han opuesto ustedes, como si fuera indigno de pisar esta casa, a que me visite?

Mamá, sin responderme, me hizo salir. Papá, que entraba en ese momento, me detuvo del brazo, y enterado por mamá de lo que yo había dicho, me empujó del hombro afuera, lanzándome de atrás:

—Tu madre se equivoca; lo que ha querido decir es que ella y yo —¿lo oyes bien?— preferimos verte muerta antes que en los brazos de ese hombre. Y ni una palabra más sobre esto.

Esto dijo papa.

—Muy bien —le respondí volviéndome, más pálida, creo, que el

mantel mismo—; nunca más les volveré a hablar de él.

Y entré en mi cuarto despacio y profundamente asombrada de sentirme caminar y de ver lo que veía, porque en ese instante había decidido morir.

¡Morir! ¡Descansar en la muerte de ese infierno de todos, sabiendo que él estaba a dos pasos esperando verme y sufriendo más que yo! Porque papá jamás consentiría en que me casara con Luis. ¿Qué le hallaba?, me pregunto todavía. ¿Que era pobre? Nosotros lo éramos tanto como él.

¡Oh! La terquedad de papá yo la conocía, como la había conocido mamá. —Muerta mil veces— decía él, antes que darla a ese hombre.

Pero él, papá, ¿qué me daba en cambio, si no era la desgracia de amar con todo mi ser sabiéndome amada, y condenarme a no asomarme siquiera a la puerta para verlo un instante?

Morir era preferible, sí, morir juntos.

Yo sabía que él era capaz de matarse; pero yo, que sola no hallaba fuerzas para cumplir mi destino, sentía que una vez a su lado preferiría mil veces la muerte juntos, a la desesperación de no volverlo a ver más.

Le escribí una carta, dispuesta a todo. Una semana después nos hallábamos en el sitio convenido y ocupábamos una pieza del mismo hotel.

No puedo decir que me sentía orgullosa de lo que iba a hacer, ni tampoco feliz de morir. Era algo más fatal, más frenético, más sin remisión, como si desde el fondo del pasado mis abuelos, mis bisa-

---

* Incursión en lo imaginativo fantástico con inesperadas repercusiones modernistas, decadentes, de sensibilidad, ambiente y estilo. Publicado el cuento en *La Nación*, 6 de septiembre de 1925, cuando el autor entraba en sus años de mayor bienestar y actividad literaria y social, al incorporarse y dar título, en 1935, a la última colección, *Más allá*, la selección de ese nombre, más que un hecho literario, muy bien puede asociarse autobiográficamente al acercamiento de Quiroga a lo sombrío del final de su vida.

buelos, mi infancia misma, mi primera comunión, mis ensueños, como si todo esto no hubiera tenido otra finalidad que impulsarme al suicidio.

No nos sentíamos felices, vuelvo a repetirlo, de morir. Abandonábamos la vida porque ella nos había abandonado ya, al impedirnos ser el uno del otro. En el primero, puro y último abrazo que nos dimos sobre el lecho, vestidos y calzados como al llegar, comprendí, mareada de dicha entre sus brazos, cuán grande hubiera sido mi felicidad de haber llegado a ser su novia, su esposa.

A un tiempo tomamos el veneno. En el brevísimo espacio de tiempo que media entre el recibir de su mano el vaso y llevarlo a la boca, aquellas mismas fuerzas de los abuelos que me precipitaban a morir, se asomaron de golpe al borde de mi destino, a contenerme... ¡tarde ya! Bruscamente, todos los ruidos de la calle, de la ciudad misma, cesaron. Retrocedieron vertiginosamente ante mí, dejando en su hueco un sitio enorme, como si hasta ese instante el ámbito hubiera estado lleno de mil gritos conocidos.

Permanecí dos segundos más inmóvil, con los ojos abiertos. Y de pronto me estreché convulsivamente a él, libre por fin de mi espantosa soledad.

¡Sí, estaba con él; e íbamos a morir dentro de un instante!

El veneno era atroz, y Luis inició el primer paso que nos llevaba juntos y abrazados a la tumba.

—Perdóname —me dijo oprimiéndome todavía la cabeza contra su cuello—. Te amo tanto, que te llevo conmigo.

—Y yo te amo —le respondí— y muero contigo.

No pude hablar más. ¿Pero qué ruido de pasos, qué voces venían del corredor a contemplar nuestra agonía? ¿Qué golpes frenéticos resonaban en la puerta misma?

—Me han seguido y nos vienen a separar... —murmuré aún—. Pero yo soy toda tuya.

Al concluir, me di cuenta de que yo había pronunciado esas palabras mentalmente, pues en ese momento perdía el conocimiento.

....

Cuando volví en mí tuve la impresión de que iba a caer si no buscaba donde apoyarme. Me sentía leve y tan descansada, que hasta la dulzura de abrir los ojos me fue sensible. Yo estaba de pie, en el mismo cuarto del hotel, recostada casi a la pared del fondo. Y allá, junto a la cama, estaba mi madre desesperada.

¿Me habían salvado, pues? Volví la vista a todos lados, y junto al velador, de pie como yo, lo vi a él, a Luis, que acababa de distinguirme a su vez y venía sonriendo a mi encuentro. Fuimos rectamente uno hacia el otro, a pesar de la gran cantidad de personas que rodeaban el lecho, y nada nos dijimos, pues nuestros ojos expresaban toda la felicidad de habernos encontrado.

Al verlo, diáfano y visible a través de todo y de todos, acababa de comprender que yo estaba como él —muerta.

Habíamos muerto, a pesar de mi temor de ser salvada cuando perdí el conocimiento. Habíamos perdido algo más, por dicha... Y allí, en la cama, mi madre desesperada me sacudía a gritos, mientras el mozo del hotel apartaba de mi cabeza los brazos de mi amado.

Alejados al fondo, con las manos unidas, Luis y yo veíamoslo todo en una perspectiva nítida, pero remotamente fría y sin pasión. A tres pasos, sin duda, estábamos nosotros, muertos por suicidio, rodeados por la desolación de mis parientes, del dueño del hotel y por el vaivén de los policías. ¿Qué nos importaba eso?

—¡Amada mía...! —me decía Luis—. ¡A qué poco precio hemos comprado la felicidad de ahora!

—Y yo —le respondí— te amaré siempre como te amé antes. Y no nos separaremos más, ¿verdad?

—¡Oh, no...! Ya lo hemos probado.

—¿E irás todas las noches a visitarme?

Mientras cambiábamos así nuestras promesas oíamos los alaridos de mamá que debían ser violentos, pero que nos llegaban con una sonoridad inerte y sin eco, como si no pudieran traspasar en más de un metro el ambiente que rodeaba a mamá.

Volvimos de nuevo la vista a la agitación de la pieza. Llevaban por fin nuestros cadáveres, y debía de haber transcurrido un largo tiempo desde nuestra muerte, pues pudimos notar que tanto Luis como yo teníamos ya las articulaciones muy duras y los dedos muy rígidos.

Nuestros cadáveres... ¿Dónde pasaba eso? ¿En verdad había algo de nuestra vida, nuestra ternura, en aquellos pesadísimos cuerpos que bajaban por las escaleras, amenazando hacer rodar a todos con ellos? ¡Muertos! ¡Qué absurdo! Lo que había vivido en nosotros, más fuerte que la vida misma, continuaba viviendo con todas las esperanzas de un eterno amor.

Antes... no había podido asomarme siquiera a la puerta para verlo; ahora hablaría regularmente con él, pues iría a casa como novio mío.

—¿Desde cuándo irás a visitarme? —le pregunté.

—Mañana —repuso él—. Dejemos pasar hoy.

—¿Por qué mañana? —pregunté angustiada—. ¿No es lo mismo hoy? ¡Ven esta noche, Luis! ¡Tengo tantos deseos de estar contigo en la sala!

—¡Y yo! ¿A las nueve, entonces?

—Sí. Hasta luego, amor mío...

Y nos separamos. Volví a casa lentamente, feliz y desahogada como si regresara de la primera cita de amor que se repetiría esa noche.

A las nueve en punto corría a la puerta de la calle y recibí yo misma a mi novio. ¡Él, en casa, de visita!

—¿Sabes que la sala está llena de gente? —le dije. —Pero no nos incomodarán...

—Claro que no... ¿Estás tú allí?

—Sí.

—¿Muy desfigurada?

—No mucho, ¿creerás...? ¡Ven, vamos a ver!

Entramos en la sala. A pesar de la lividez de mis sienes, de las aletas de la nariz muy tensas y las ventanillas muy negras, mi rostro era casi el mismo que Luis esperaba ver durante horas y horas desde la esquina.

—Estás muy parecida —dijo él.

—¿Verdad? —le respondí yo, contenta. Y nos olvidamos de todo, arrullándonos.

Por ratos, sin embargo, suspendíamos nuestra conversación y mirábamos con curiosidad el entrar y salir de la gente. En uno de esos momentos llamé la atención de Luis.

—¡Mira! —le dije—. ¿Qué pasara?

En efecto, la agitación de la gente, muy viva desde unos minutos antes se acentuaba con la entrada en la sala de un nuevo ataúd. Nuevas personas, no vistas aún allí, lo acompañaban.

—Soy yo —dijo Luis con ligera sorpresa—. Vienen también mis hermanas...

—¡Mira Luis! —observé yo. —Ponen nuestros cadáveres en el mismo cajón... Como estábamos al morir.

—Como debíamos estar siempre —agregó él—. Y fijando los ojos por largo rato en el rostro excavado de dolor de sus hermanas:

—Pobres chicas... —murmuró con grave ternura. Yo me estreché a él, ganada a mi vez por el homenaje tardío, pero sangriento de expiación, que venciendo quién sabe qué dificultades, nos hacían mis padres enterrándonos juntos.

Enterrándonos... ¡Qué locura! Los amantes que se han suicidado sobre una cama de hotel, puros de cuerpo y alma, viven siempre. Nada nos ligaba a aquellos dos fríos y duros cuerpos, ya sin nombre, en

que la vida se había roto de dolor.
Y a pesar de todo, sin embargo, nos
habían sido demasiado queridos en
otra existencia para que no depu-
siéramos una larga mirada llena de
recuerdos sobre aquellos dos cada-
véricos fantasmas de un amor.

—También ellos —dijo mi amado— estarán eternamente juntos.

—Pero yo estoy contigo —murmuré, alzando a él mis ojos, feliz.

Y nos olvidamos otra vez de todo.

* * *

Durante tres meses —prosiguió
la voz— viví en plena dicha. Mi
novio me visitaba dos veces por semana. Llegaba a las nueve en punto, sin que una sola noche se hubiera retrasado un solo segundo, y sin
que una sola vez hubiera yo dejado
de ir a recibirlo a la puerta. Para
retirarse no siempre observaba mi
novio igual puntualidad. Las once
y media y aun las doce sonaron a
veces, sin que él se decidiera a sol-
tarme las manos, y sin que lograra
yo arrancar mi mirada de la suya.
Se iba por fin, y yo quedaba dicho-
samente rendida, paseándome por
la sala con la cara apoyada en la
palma de la mano.

Durante el día acortaba las horas
pensando en él. Iba y venía de un
cuarto a otro, asistiendo sin interés
alguno al movimiento de mi familia, aunque alguna vez me detuve
en la puerta del comedor a contemplar el hosco dolor de mamá, que
rompía a veces en desesperados sollozos ante el sitio vacío de la mesa
donde se había sentado su hija
menor.

Yo vivía —sobrevivía—, le he
repetido, por el amor y para el
amor. Fuera de él, de mi amado,
de su presencia, de su recuerdo,
todo actuaba para mí en un mundo
aparte. Y aun encontrándome inmediata a mi familia, entre ella y yo,
se abría un abismo invisible y transparente, que nos separaba mil leguas.

Salíamos también de noche, Luis
y yo, como novios oficiales que éramos. No existe paseo que no hayamos recorrido juntos, ni crepúsculo
en que no hayamos deslizado nuestro idilio. De noche, cuando había
luna y la temperatura era dulce, gus-
tábamos de extender nuestros paseos hasta las afueras de la ciudad,
donde nos sentíamos más libres, más
puros y más amantes.

Una de esas noches, como si nuestros paseos nos hubieran llevado a
la vista del cementerio, sentimos curiosidad de ver el sitio en que yacía
bajo tierra lo que habíamos sido.
Entramos en el vasto recinto y nos
detuvimos ante un trozo de tierra
sombría, donde brillaba una lápida
de mármol. Ostentaba nuestros dos
solos nombres, y debajo la fecha de
nuestra muerte; nada más.

—Como recuerdo de nosotros
—observó Luis— no puede ser más
breve. Así y todo —añadió después
de una pausa—, encierra más lágrimas y remordimientos que muchos largos epitafios.

Dijo, y quedamos otra vez ca-
llados.

Acaso en aquel sitio y a aquella
hora, para quien nos observara hubiéramos dado la impresión de ser
fuegos fatuos. Pero mi novio y yo
sabíamos bien que lo fatuo y sin
redención eran aquellos dos espectros de un doble suicidio encerrados
a nuestros pies, y la realidad, la
vida depurada de errores, elevábase
pura y sublimada en nosotros como
dos llamas de un mismo amor.

Nos alejamos de allí, dichosos y
sin recuerdos, a pasear por la carre-
tera blanca nuestra felicidad, sin
nubes.

Ellas llegaron, sin embargo. Ais-
lados del mundo y de toda impresión extraña, sin otro pensamiento
que vernos para volvernos a ver,
nuestro amor ascendía, no diré so-
brenaturalmente, pero sí con la pasión en que debió abrasarnos nuestro noviazgo, de haberlo conseguido en la otra vida. Comenzamos a

sentir ambos una melancolía muy dulce cuando estábamos juntos, y muy tristes cuando nos hallábamos separados. He olvidado decir que mi novio me visitaba entonces todas las noches; pero pasábamos casi todo el tiempo sin hablar, como si ya nuestras frases de cariño no tuvieran valor alguno para expresar lo que sentíamos. Cada vez se retiraba él más tarde, cuando ya en casa todos dormían, y cada vez al irse, acortábamos más la despedida.

Salíamos y retornábamos mudos, porque yo sabía bien que lo que él pudiera decirme no respondía a su pensamiento, y él estaba seguro de que yo le contestaría cualquier cosa, para evitar mirarlo.

Una noche en que nuestro desasosiego había llegado a un límite angustioso, Luis se despidió de mí más tarde que de costumbre. Y al tenderme sus dos manos, y entregarle yo las mías heladas, leí en sus ojos, con una transparencia intolerable, lo que pasaba por nosotros. Me puse pálida como la muerte misma, y como sus manos no soltaran las mías:

—¡Luis! —murmuré espantada, sintiendo que mi vida incorpórea buscaba desesperadamente apoyo, como en otra circunstancia. Él comprendió lo horrible de nuestra situación, porque soltándome las manos, con su valor que ahora me doy cuenta, sus ojos recobraron la clara ternura de otras veces.

—¡Hasta mañana, amor...! —murmuré yo, palideciendo todavía más al decir esto.

Porque en ese instante, acababa de comprender que no podría pronunciar esa palabra nunca más.

Luis volvió a la noche siguiente: salimos juntos, hablamos, hablamos como nunca antes lo habíamos hecho, y como lo hicimos en las noches subsiguientes. Todo en vano: no podíamos mirarnos ya. Nos despedíamos brevemente, sin darnos la mano, alejados a un metro uno del otro.

¡Ah! Preferible era...

La última noche, mi novio cayó de pronto ante mí y apoyó su cabeza en mis rodillas.

—Mi amor... —murmuró.

—¡Cállate! —le dije yo.

—Amor mío... —recomenzó él.

—¡Luis! ¡Cállate! —lancé yo aterrada. —Si repites eso otra vez...

Su cabeza se alzó, y nuestros ojos de espectros —¡es horrible decir esto!— se encontraron por primera vez desde muchos días atrás.

—¿Qué? —preguntó Luis. —¿Qué pasa si repito?

—Tú lo sabes bien —respondí yo.

—¡Dímelo!

—¡Lo sabes! ¡Me muero...!

Durante quince segundos nuestras miradas quedaron ligadas con tremenda fijeza. En ese tiempo, pasaron por ellas, corriendo como por el hilo del destino, infinitas historias de amor truncas, reanudadas, rotas, redivivas, vencidas y hundidas finalmente en el pavor de lo imposible.

—Me muero... —torné a murmurar—, respondiendo con ello a su mirada. Él lo comprendió también, pues hundiendo de nuevo la frente en mis rodillas, alzó la voz al largo rato.

—No nos queda sino una cosa que hacer... —dijo.

—Eso pienso —repuse yo.

—¿Me comprendes? —insistió Luis.

—Sí, te comprendo —contesté, deponiendo sobre su cabeza mis manos para que me dejara incorporarme. Y sin volvernos a mirar nos encaminamos al cementerio.

—¡Ah! ¡No se juega al amor, a los novios, cuando se quemó en un suicidio la boca que podía besar! ¡No se juega a la vida, a la pasión sollozante, cuando desde el fondo de un ataúd dos espectros substanciales nos piden cuenta de nuestro remedo y nuestra falsedad! ¡Amor! ¡Palabra ya impronunciable si se la trocó por una copa de cianuro, al goce de morir! ¡Substancial del ideal, sensación de la dicha, y que

solamente es posible recordar y llorar, cuando lo que se posee bajo
los labios y se estrecha en los brazos no es más que el espectro de
un amor!

* * *

Ese beso nos cuesta la vida —concluye la voz—, y lo sabemos. Cuando se ha muerto una vez de amor,
se debe morir de nuevo. Hace un
rato, al recogerme Luis a sí, hubiera dado el alma por poder ser be-
sada. Dentro de un instante me
besará, y lo que en nosotros fue
sublime e insostenible niebla de ficción, descenderá, se desvanecerá al
contacto substancial y siempre fiel
de nuestros restos mortales.

Ignoro lo que nos espera más
allá. Pero si nuestro amor fue un
día capaz de elevarse sobre nuestros
cuerpos envenenados, y logró vivir
tres meses en la alucinación de un
idilio, tal vez ellos, urna primitiva
y esencial de ese amor, hayan resis-
tido a las contingencias vulgares, y
nos aguarden.

De pie sobre la lápida, Luis y yo
nos miramos larga y libremente ya.
Sus brazos ciñen mi cintura, su boca
busca mi boca, y yo le entrego la
mía con una pasión tal, que me
desvanezco...

EL CONDUCTOR DEL RÁPIDO *

"Desde 1905 hasta 1925 han ingresado en el Hospicio de las Mercedes 108 maquinistas atacados de alienación mental."

"Cierta mañana llegó al manicomio un hombre escuálido, de rostro macilento, que se tenía malamente en pie. Estaba cubierto de andrajos y articulaba tan mal sus palabras que era necesario descubrir lo que decía. Y, sin embargo, según afirmaba con cierto alarde su mujer al internarlo, ese maquinista había guiado su máquina hasta pocas horas antes."

"En un momento dado de aquel lapso, un señalero y un cambista alienados trabajaban en la misma línea y al mismo tiempo que dos conductores, también alienados."

"Es hora, pues, dados los copiosos hechos apuntados, de meditar ante las actitudes fácilmente imaginables en que podría incurrir un maquinista alienado que conduce un tren."

Tal es lo que leo en una revista de criminología, psiquiatría y medicina legal, que tengo bajo mis ojos mientras me desayuno.

Perfecto. Yo soy uno de esos maquinistas. Más aún: soy conductor del rápido del Continental. Leo, pues, el anterior estudio con una atención también fácilmente imaginable.

Hombres, mujeres, niños, niñitos, presidentes y estabiloques: desconfiad de los psiquiatras como de toda policía. Ellos ejercen el contralor mental de la humanidad, y ganan con ello: ¡ojo! Yo no conozco las estadísticas de alienación en el personal de los hospicios; pero no cambio los posibles trastornos que mi locomotora con un loco a horcajadas pudiera discurrir por los caminos, con los de cualquier deprimido psiquiatra al frente de un manicomio.

Cumple advertir, sin embargo, que el especialista cuyos son los párrafos apuntados comprueba que 108 maquinistas y 186 fogoneros alienados en el lapso de veinte años, establecen una proporción en verdad poco alarmante: algo más de cinco conductores locos por año. Y digo exprofeso conductores refiriéndome a los dos oficios, pues nadie ignora que un fogonero posee capacidad técnica suficiente como para manejar su máquina, en caso de cualquier accidente fortuito.

Visto esto, no deseo sino que este tanto por ciento de locos al frente del destino de una parte de la humanidad, sea tan débil en nuestra profesión como en la de ellos.

Con lo cual concluyo en calma mi café, que tiene hoy un gusto extrañamente salado.

Esto lo medité hace quince días. Hoy he perdido ya la calma de entonces. Siento cosas perfectamente definibles si supiera a ciencia cierta qué es lo que quiero definir. A veces, mientras hablo con alguno mirándolo a los ojos, tengo la impresión de que los gestos de mi interlocutor y los míos se han detenido en extática dureza, aunque la acción

---

* Entre sus cuentos que tienen motivación en formas subyacentes de anormalidad siquiátrica, distínguese éste por el refinado dominio de la trama en la conversión de la lectura de un caso clínico en extenso y excitante relato de entrecruzamiento de los planos de locura y cordura. Apareció en *La Nación*, 21 de noviembre de 1926, y fue coleccionado en *Más allá* (1935).

prosigue; y que entre palabra y palabra media una eternidad de tiempo, aunque no cesamos de hablar
aprisa.

Vuelvo en mí, pero no ágilmente,
como se vuelve de una momentánea
obnubilación, sino con hondas y mareantes oleadas de corazón que se
recobra. Nada recuerdo de ese estado; y conservo de él, sin embargo, la impresión y el cansancio que
dejan las grandes emociones sufri-
das.

Otras veces pierdo bruscamente
el contralor de mi yo, y desde un
rincón de la máquina, transformado
en un ser tan pequeño, concentrado
en líneas y luciente como un bulón
octogonal, me veo a mí mismo ma-
niobrando con angustiosa lentitud.

¿Qué es esto? No lo sé. Llevo 18
años en la línea. Mi vista continúa
siendo normal. Desgraciadamente
uno sabe siempre de patología más
de lo razonable, y acudo al consul-
torio de la empresa.

—Yo nada siento en órgano alguno —he dicho—, pero no quiero
concluir epiléptico. A nadie conviene ver inmóviles las cosas que se
mueven.

—¿Y eso? —me ha dicho el médico mirándome. —¿Quién le ha definido esas cosas?

—Las he leído alguna vez —respondo—. Haga el favor de exami-
narme, le ruego.

El doctor me examina el estómago, el hígado, la circulación y la
vista, por descontado.

—Nada veo —me ha dicho—, fuera de la ligera depresión que acusa
usted viniendo aquí. . . Piense poco,
fuera de lo indispensable para sus
maniobras, y no lea nada. A los
conductores de rápidos no les conviene ver cosas dobles, y menos tratar de explicárselas.

—¿Pero no sería prudente —insisto— solicitar un examen completo a la empresa? Yo tengo una responsabilidad demasiado grande sobre mis espaldas para que me bas-
te. . .

—. . .el breve examen a que lo

he sometido, concluya usted. Tiene
razón, amigo maquinista. Es no sólo
prudente, sino indispensable hacerlo
así. Vaya tranquilo a su examen;
los conductores que un día confun-
den las palancas no suelen discurrir como usted lo hace.

Me he encogido de hombros a
sus espaldas, y he salido más deprimido aún.

¿Para qué ver a los médicos de
la empresa si por todo tratamiento
racional me impondrán régimen de
ignorancia?

Cuando un hombre posee una cultura superior a su empleo, mucho
antes que a sus jefes se ha hecho
sospechoso a sí mismo. Pero si estas
suspensiones de vida prosiguen, y se
acentúa este ver doble y triple a
través de una lejanísima transparencia, entonces sabré perfectamente lo
que conviene en tal estado a un
conductor de tren.

Soy feliz. Me he levantado al
rayar el día, sin sueño ya y con tal
conciencia de mi bienestar que mi
casita, las calles, la ciudad entera
me han parecido pequeñas para asistir a mi plenitud de vida. He ido
afuera, cantando por dentro, con los
puños cerrados de acción y una ligera sonrisa externa, como procede
en todo hombre que se siente esti-
mable ante la vasta creación que
despierta.

Es curiosísimo cómo un hombre
puede de pronto darse vuelta y
comprobar que arriba, abajo, al este,
al oeste, no hay más que claridad
potente, cuyos iones infinitesimales
están constituidos de satisfacción:
simple y noble satisfacción que col-
ma el pecho y hace levantar bea-
tamente la cabeza.

Antes, no sé en qué remoto tiempo y distancia, yo estuve deprimido, tan pesado de ansia que no alcanzaba a levantarme un milímetro
del chato suelo. Hay gases que se
arrastran así por la baja tierra sin
lograr alzarse de ella, y rastrean asfixiados porque no pueden respirar
ellos mismos.

Yo era uno de esos gases. Ahora

puedo erguirme solo, sin ayuda de nadie, hasta las más altas nubes. Y si yo fuera hombre de extender las manos y bendecir, todas las cosas y el despertar de la vida proseguirían su rutina iluminada, pero impregnadas de mí: ¡Tan fuerte es la expansión de la mente en un hombre de verdad!

Desde esta altura y esta perfección radial me acuerdo de mis miserias y colapsos que me mantenían a ras de tierra, como un gas. ¿Cómo pudo esta firme carne mía y esta insolente plenitud de contemplar, albergar tales incertidumbres, sordideces, manías y asfixias por falta de aire?

Miro alrededor, y estoy solo, seguro, musical y riente de mi armónico existir. La vida, pesadísima tractora y furgón al mismo tiempo, ofrece estos fenómenos: ¡una locomotora se yergue de pronto sobre sus ruedas traseras y se halla a la luz del sol! ¡De todos lados! ¡Bien erguida y al sol!

¡Cuán poco se necesita a veces para decidir de un destino: a la altura henchida, tranquila y eficiente, o a ras del suelo como un gas!

Yo fui ese gas. Ahora soy lo que soy, y vuelvo a casa despacio y maravillado.

He tomado café con mi hija en las rodillas, y en una actitud que ha sorprendido a mi mujer.

—Hace tiempo que no te veía así —me dice con su voz seria y triste.

—Es la vida que renace —le he respondido—. ¡Soy otro, hermana!

—Ojalá estés siempre como ahora —murmura.

—Cuando Fermín compró su casa, en la empresa nada le dijeron. Había una llave de más.

—¿Qué dices? —pregunta mi mujer levantando la cabeza. Yo la miro, más sorprendido de su pregunta que ella misma, y respondo:

—Lo que te dije: ¡que seré siempre así!

Con lo cual me levanto y salgo de nuevo —huevo.

Por lo común, después de almor-

zar paso por la oficina a recibir órdenes y no vuelvo a la estación hasta la hora de tomar servicio. No hay hoy novedad alguna, fuera de las grandes lluvias. A veces, para emprender ese camino, he salido de casa con inexplicable somnolencia; y otras he llegado a la máquina con extraño anhelo.

Hoy lo hago todo sin prisa, con el reloj ante el cerebro y las cosas que debía ver, radiando en su exacto lugar.

* * *

En esta dichosa conjunción del tiempo y los destinos, arrancamos. Desde media hora atrás vamos corriendo el tren 248. Mi máquina, la 129. En el bronce de su cifra se reflejan al paso los pilares del andén Perendén.

Yo tengo 18 años de servicio, sin una pena, sin una culpa. Por esto el jefe me ha dicho al salir:

—Van ya dos accidentes en este mes, y es bastante. Cuide del empalme 3, y pasado él ponga atención en la trocha 296-315. Puede ganar más allá el tiempo perdido. Sé que podemos confiar en su calma, y por eso se lo advierto. Buena suerte, y en seguida de llegar informe el movimiento.

—¡Calma! ¡Calma! ¡No es preciso!, ¡oh jefes, que recomendéis calma a mi alma! ¡Yo puedo correr el tren con los ojos vendados, y el balasto está hecho de rayas y no de puntos, cuando pongo mi calma en la punta del miriñaque a rayar el balasto! Lascazes no tenía cambio para pagar los cigarrillos que compró en el puente...

Desde hace un rato presto atención al fogonero que palea con lentitud abrumadora. Cada movimiento suyo parece aislado, como si estuviera constituido de un material muy duro. ¿Qué compañero me confió la empresa para salvar el empal...?

—¡Amigo! —le grito— ¿Y ese valor? ¿No le recomendó calma el

jefe? El tren va corriendo como una cucaracha. —¿Cucaracha? —responde él. Vamos bien a presión... y con dos libras más. Este carbón no es como el del mes pasado.

—¡Es que tenemos que correr, amigo! ¿Y su calma? ¡La mía, yo sé dónde está!

—¿Qué? —murmura el hombre.

—El empalme. Parece que allí hay que palear de firme. Y después, del 296 al 315.

—¿Con estas lluvias encima? —objeta el timorato.

—El jefe... ¡Calma! En 18 años de servicio no había comprendido el significado completo de esta palabra. ¡Vamos a correr a 110, amigo!

—Por mí... —concluye mi hombre, ojeándome un buen momento de costado.

¡Lo comprendo! ¡Ah, plenitud de sentir en el corazón, como un universo hecho exclusivamente de luz y fidelidad, esta calma que me exalta! ¡Qué es sino un mísero, diminuto y maniatado ser por los reglamentos y el terror, un maquinista de tren del cual se pretendiera exigir calma al abordar un cierto empalme! No es el mecánico azul, con gorra, pañuelo y sueldo, quien puede gritar a sus jefes: ¡La calma soy yo! ¡Se necesita ver cada cosa en el cenit aisladísimo en su existir! ¡Comprenderla con pasmada alegría! ¡Se necesita poseer un alma donde cada cual posee un sentido, y ser el factor inmediato de todo lo sediento que para ser aguarda nuestro contacto! ¡Ser yo!

Maquinista. Echa una ojeada afuera. La noche es muy negra. El tren va corriendo con su escalera de reflejos a la rastra, y los remaches del ténder están hoy hinchados. Delante el pasamano de la caldera parte inmóvil desde el ventanillo y ondula cada vez más, hasta barrer en el tope la vía de uno a otro lado.

Vuelvo la cabeza adentro: en este instante el resplandor del hogar abierto centellea todo alrededor del suéter del fogonero, que está inmó-

vil. Se ha quedado inmóvil con la pala hacia atrás, y el suéter erizado de pelusa al rojo blanco.

—¡Miserable! ¡Ha abandonado su servicio! —rujo lanzándome del arenero.

. . . .

Calma espectacular. ¡En el campo, por fin, fuera de la rutina ferroviaria!

Ayer, mi hija moribunda. ¡Pobre hija mía!. Hoy, en franca convalecencia. Estamos detenidos junto al alambrado viendo avanzar la mañana dulce. A ambos lados del cochecito de nuestra hija, que hemos arrastrado hasta allí, mi mujer y yo miramos en lontananza felices.

—Papá, un tren —dice mi hija extendiendo sus flacos dedos que tantas noches besamos a dúo con su madre.

—Sí, pequeña —afirmo—. Es el rápido de las 7.45.

—¡Qué ligero va, papá! —observó ella.

—¡Oh!, aquí no hay peligro alguno; puede correr. Pero al llegar al em...

. . . .

Como una explosión sin ruido, la atmósfera que rodea mi cabeza huye en velocísimas ondas, arrastrando en su succión parte de mi cerebro, —y me veo otra vez sobre el arenero, conduciendo mi tren.

Sé que algo he hecho, algo cuyo contacto multiplicado en torno de mí se asedia, y no puedo recordarlo. Poco a poco mi actitud se recoge, mi espalda se enarca, mis uñas se clavan en la palanca... ¡y lanzo un largo, estertoroso maullido!

Súbitamente entonces, en un ¡trac! y un lívido relámpago cuyas conmociones venía sintiendo desde semanas atrás, comprendo que me estoy volviendo loco.

¡Loco! ¡Es preciso sentir el golpe de esta impresión en plena vida, y el clamor de suprema separación, mil veces peor que la muerte, para comprender el alarido totalmente animal con que el cerebro aúlla el escape de sus resortes!

¡Loco, en este instante, y para siempre! ¡Yo he gritado como un gato!

—¡Mi calma, amigo! ¡Esto es lo que yo necesito...! ¡Listo jefes!

Me lanzo otra vez al suelo. —¡Fogonero maniatado! —le grito a través de su mordaza. ¡Amigo! ¿Usted nunca vio un hombre que se vuelve loco? Aquí está: ¡Prrrrr...!

"Porque usted es un hombre de calma le confiamos el tren... ¡Ojo a la trocha 4004! Gato". Así dijo el jefe.

—¡Fogonero! ¡Vamos a palear firme, y nos comeremos la trocha 29000000003!

* * *

Suelto la mano de la llave y me veo otra vez, oscuro e insignificante, conduciendo mi tren. Las tremendas sacudidas de la locomotora me punzan el cerebro: estamos pasando el empalme 3.

Surgen entonces ante mis pestañas mismas las palabras del psiquiatra:

"...las actitudes fácilmente imaginables en que podría incurrir un maquinista alienado que conduce su tren..."

¡Oh! Nada es estar alienado. ¡Lo horrible es sentirse incapaz de contener, no un tren, sino una miserable razón humana que huye con sus válvulas sobrecargadas a todo vapor! ¡Lo horrible es tener conciencia de que este último kilate de razón se desvanecerá a su vez, sin que la tremenda responsabilidad que se esfuerza sobre ella alcance a contenerlo! ¡Pido sólo una hora! ¡Diez minutos nada más! Porque de aquí a un instante... ¡Oh, si aún tuviera tiempo de desatar al fogonero y de enterarlo...!

—¡Ligero ¡Ayúdeme usted mismo...!

Y al punto de agacharme veo levantarse la tapa de los areneros y a una bandada de ratas volcarse en el hogar.

¡Malditas bestias... me van a

apagar los fuegos! Cargo el hogar de carbón, sujeto al timorato sobre un arenero y yo me siento sobre el otro.

—¡Amigo! —le grito, con una mano en la palanca y la otra en el ojo —cuando se desea retrasar un tren, se busca otros cómplices, ¿eh? ¿Qué va a decir el jefe cuando lo informe de su conducta de ratas? Dirá: ¡ojo a la trocha mm... —millón! ¿Y quién la pasa a 113 kilómetros? Un servidor. Pelo de castor. ¡Éste soy yo! Yo no tengo más que certeza delante de mí, y la empresa se desvive por gentes como yo. ¿Qué es usted?, dicen. ¡Actitud discreta y preponderancia esencial!, respondo yo. ¡Amigo! ¡Oiga el tembleque del tren...! Pasamos la trocha...

¡Calma, jefes! No va a saltar, yo lo digo... ¡Salta, amigo, ahora lo veo! Salta...

¡No saltó! ¡Buen susto se llevó usted, míster! ¿Y por qué?, pregunte. ¿Quién merece sólo la confianza de sus jefes?, pregunte. ¡Pregunte, estabiloque del infierno, o le hundo el hurgón en la panza!

....

—Lo que es este tren —dice el jefe de la estación mirando el reloj— no va a llegar atrasado. Lleva doce minutos de adelanto.

Por la línea se ve avanzar al rápido como un monstruo tumbándose de un lado a otro, avanzar, llegar, pasar rugiendo y huir a 110 por hora.

—Hay quien conoce —digo yo al jefe pavoneándome con las manos sobre el pecho— hay quien conoce el destino de ese tren.

—¿Destino? —se vuelve el jefe al maquinista— Buenos Aires, supongo...

El maquinista yo sonríe negando suavemente, guiña un ojo al jefe de estación y levanta los dedos movedizos hacia las partes más altas de la atmósfera.

....

Y tiro a la vía el hurgón, bañado en sudor: el fogonero se ha salvado.

Pero el tren, no. Sé que esta última tregua será más breve aún que las otras. Si hace un instante no tuve tiempo —no material: mental— para desatar a mi asistente y confiarle el tren, no lo tendré tampoco para detenerlo... Pongo la mano sobre la llave para cerrarlaarla, ¡cluf cluf, amigo! ¡Otra rata!

Último resplandor... ¡Y qué horrible martirio! ¡Dios de la Razón y de mi pobre hija! ¡Concédeme tan sólo tiempo para poner la mano sobre la palanca-blanca-piriblanca, ¡miau!

* * *

El jefe de la estación anteterminal tuvo apenas tiempo de oír al conductor del rápido 248, que echado casi fuera de la portezuela le gritaba con acento que nunca aquél ha de olvidar:

—¡Deme desvío...!

Pero lo que descendió luego del tren, cuyos frenos al rojo habíanlo detenido junto a los paragolpes del desvío; lo que fue arrancado a la fuerza de la locomotora, entre horribles maullidos y debatiéndose como una bestia, eso no fue por el resto de sus días sino un pingajo de manicomio. Los alienistas opinan que en la salvación del tren —y 125 vidas— no debe verse otra cosa que un caso de automatismo profesional, no muy raro, y que los enfermos de este género suelen recuperar el juicio.

Nosotros consideramos que el sentimiento del deber, profundamente arraigado en una naturaleza de hombre, es capaz de contener por tres horas el mar de demencia que lo está ahogando. Pero de tal heroísmo mental, la razón no se recobra.

EL HIJO *

Es un poderoso día de verano en Misiones, con todo el sol, el calor y la calma que puede deparar la estación. La naturaleza, plenamente abierta, se siente satisfecha de sí.

Como el sol, el calor y la calma ambiente, el padre abre también su corazón a la naturaleza.

—Ten cuidado, chiquito —dice a su hijo abreviando en esa frase todas las observaciones del caso y que su hijo comprende perfectamente.

—Sí, papá —responde la criatura mientras coge la escopeta y carga de cartuchos los bolsillos de su camisa, que cierra con cuidado.

—Vuelve a la hora de almorzar —observa aún el padre.

—Sí, papá —repite el chico.

Equilibra la escopeta en la mano, sonríe a su padre, lo besa en la cabeza y parte.

Su padre lo sigue un rato con los ojos y vuelve a su quehacer de ese día, feliz con la alegría de su pequeño.

Sabe que su hijo, educado desde su más tierna infancia en el hábito y la precaución del peligro, puede manejar un fusil y cazar no importa qué. Aunque es muy alto para su edad, no tiene sino trece años. Y parecería tener menos, a juzgar por la pureza de sus ojos azules, frescos aún de sorpresa infantil.

No necesita el padre levantar los ojos de su quehacer para seguir con la mente la marcha de su hijo. Ha cruzado la picada roja y se encamina rectamente al monte a través del abra de espartillo.

Para cazar en el monte —caza de pelo— se requiere más paciencia de la que su cachorro puede rendir. Después de atravesar esa isla de monte, su hijo costeará la linde de cactus hasta el bañado, en procura de palomas, tucanes o tal cual casal de garzas, como las que su amigo Juan ha descubierto días anteriores.

Solo ahora, el padre esboza una sonrisa al recuerdo de la pasión cinegética de las dos criaturas. Cazan sólo a veces un yacútoro, un surucuá —menos aún— y regresan triunfales, Juan a su rancho con el fusil de nueve milímetros que él le ha regalado, y su hijo a la meseta con la gran escopeta Saint-Etienne, calibre 16, cuádruple cierre y pólvora blanca.

Él fue lo mismo. A los trece años hubiera dado la vida por poseer una escopeta. Su hijo, de aquella edad, la posee ahora —y el padre sonríe.

No es fácil, sin embargo, para un padre viudo, sin otra fe ni esperanza que la vida de su hijo, educarlo

---

* Uno de los más valiosos cuentos de Quiroga, y de los más felizmente representativos de su estilo en lo más alto de su evolución. Particularmente admirable por el entrelazamiento de las ondas de ternura paternal y de tensa simplicidad en el avance hacia lo trágico, por los puentes de alucinación tendidos entre lo imaginado y lo real, hasta que desaparecido, esfumado, ese nexo de ilusión entre ambos planos, se concreta e impone la conciencia de la realidad con su abrumadora, inexorable tragedia. Ejemplo típico superior de eliminación de todo lo superfluo, de creciente intensidad y de tan sencillos como originales recursos en el anheloso acercamiento al desenlace trágico. Apareció con el nombre de *El padre* en *La Nación*, 15 de enero de 1928, y con el que definitivamente hubo de conocérsele, *El hijo*, en la colección *Más allá* (1935).

como lo ha hecho él, libre en su corto radio de acción, seguro de sus pequeños pies y manos desde que tenía cuatro años, consciente de la inmensidad de ciertos peligros y de la escasez de sus propias fuerzas.

Ese padre ha debido luchar fuertemente contra lo que él considera su egoísmo. ¡Tan fácilmente una criatura calcula mal, sienta un pie en el vacío y se pierde un hijo!

El peligro subsiste siempre para el hombre en cualquier edad; pero su amenaza amengua si desde pequeño se acostumbra a no contar sino con sus propias fuerzas.

De este modo ha educado el padre a su hijo. Y para conseguirlo ha debido resistir no sólo a su corazón, sino a sus tormentos morales; porque ese padre, de estómago y vista débiles, sufre desde hace un tiempo de alucinaciones.

Ha visto, concretados en dolorosísima ilusión, recuerdos de una felicidad que no debía surgir más de la nada en que se recluyó. La imagen de su propio hijo no ha escapado a este tormento. Lo ha visto una vez rodar envuelto en sangre cuando el chico percutía en la morsa del taller una bala de parabellum, siendo así que lo que hacía era limar la hebilla de su cinturón de caza.

Horribles cosas... Pero hoy, con el ardiente y vital día de verano, cuyo amor su hijo parece haber heredado, el padre se siente feliz, tranquilo y seguro del porvenir.

En ese instante, no muy lejos, suena un estampido.

—La Saint-Etienne... —piensa el padre al reconocer la detonación. Dos palomas de menos en el monte...

Sin prestar más atención al nimio acontecimiento, el hombre se abstrae de nuevo en su tarea.

El sol, ya alto, continúa ascendiendo. Adonde quiera que se mire —piedras, tierra, árboles—, el aire, enrarecido como en un horno, vibra con el calor. Un profundo zumbido que llena el ser entero e impregna el ámbito hasta donde la vista alcanza, concentra a esa hora toda la vida tropical.

El padre echa una ojeada a su muñeca: las doce. Y levanta los ojos al monte.

Su hijo debía estar ya de vuelta. En la mutua confianza que depositan el uno en el otro —el padre de sienes plateadas y la criatura de trece años—, no se engañan jamás. Cuando su hijo responde:

—Sí, papá, haré lo que dice. Dijo que volvería antes de las doce, y el padre ha sonreído al verlo partir.

Y no ha vuelto.

El hombre torna a su quehacer, esforzándose en concentrar la atención en su tarea. ¡Es tan fácil, tan fácil perder la noción de la hora dentro del monte, y sentarse un rato en el suelo mientras se descansa inmóvil...!

El tiempo ha pasado: son las doce y media. El padre sale de su taller, y al apoyar la mano en el banco de mecánica sube del fondo de su memoria el estallido de una bala de parabellum, e instantáneamente, por primera vez en las tres horas transcurridas, piensa que tras el estampido de la Saint-Etienne no ha oído nada más. No ha oído rodar el pedregullo bajo un paso conocido. Su hijo no ha vuelto, y la naturaleza se halla detenida a la vera del bosque, esperándolo...

¡Oh! No son suficientes un carácter templado y una ciega confianza en la educación de un hijo para ahuyentar el espectro de la fatalidad que un padre de vista enferma ve alzarse desde la línea del monte. Distracción, olvido, demora fortuita: ninguno de estos nimios motivos que pueden retardar la llegada de su hijo, hallan cabida en aquel corazón.

Un tiro, un solo tiro ha sonado, y hace ya mucho. Tras él el padre no ha oído un ruido, no ha visto un pájaro, no ha cruzado el abra una sola persona a anunciarle que al cruzar un alambrado, una gran desgracia...

La cabeza al aire y sin machete, el padre va. Corta el abra de espartillo, entra en el monte, costea la línea de cactus sin hallar el menor rastro de su hijo.

Pero la naturaleza prosigue detenida. Y cuando el padre ha recorrido las sendas de caza conocidas y ha explorado el bañado en vano, adquiere la seguridad de que cada paso que da en adelante lo lleva, fatal e inexorablemente, al cadáver de su hijo.

Ni un reproche que hacerse, es lamentable. Sólo la realidad fría, terrible y consumada: Ha muerto su hijo al cruzar un...

¡Pero, dónde, en qué parte! ¡Hay tantos alambrados allí, y es tan, tan sucio el monte...! ¡Oh, muy sucio...! Por poco que no se tenga cuidado al cruzar los hilos con la escopeta en la mano...

El padre sofoca un grito. Ha visto en el aire... ¡Oh, no es su hijo, no...! Y vuelve a otro lado, y a otro y a otro...

Nada se ganaría con ver el color de su tez y la angustia de sus ojos. Ese hombre aún no ha llamado a su hijo. Aunque su corazón clama por él a gritos, su boca continúa muda. Sabe bien que el solo acto de pronunciar su nombre, de llamarlo en voz alta, será la confesión de su muerte.

—¡Chiquito! —se le escapa de pronto. Y si la voz de un hombre de carácter es capaz de llorar, tapémonos de misericordia los oídos ante la angustia que clama en aquella voz.

Nadie ni nada ha respondido. Por las picadas rojas de sol, envejecido en diez años, va el padre buscando a su hijo que acaba de morir.

—¡Hijito mío...! ¡Chiquito mío...! —clama en un diminutivo que se alza del fondo de sus entrañas.

Ya antes, en plena dicha y paz, ese padre ha sufrido la alucinación de su hijo rodando con la frente abierta por una bala al cromo níquel. Ahora, en cada rincón sombrío del bosque ve centelleos de alambre; y al pie de un poste, con la escopeta descargada al lado, ve a su...

—¡Chiquito...! ¡Mi hijo...!

Las fuerzas que permiten entregar un pobre padre alucinado a la más atroz pesadilla tienen también un límite. Y el nuestro siente que las suyas se le escapan, cuando ve bruscamente desembocar de un pique lateral a su hijo.

A un chico de trece años bástale ver desde cincuenta metros la expresión de su padre sin machete dentro del monte, para apresurar el paso con los ojos húmedos.

—Chiquito... —murmura el hombre. Y, exhausto, se deja caer sentado en la arena albeante, rodeando con los brazos las piernas de su hijo.

La criatura, así ceñida, queda de pie; y como comprende el dolor de su padre, le acaricia despacio la cabeza:

—Pobre papá...

En fin, el tiempo ha pasado. Ya van a ser las tres. Juntos, ahora, padre e hijo emprenden el regreso a la casa.

—¿Cómo no te fijaste en el sol para saber la hora...? —murmura aún el primero.

—Me fijé, papá... pero cuando iba a volver vi las garzas de Juan y las seguí...

—¡Lo que me has hecho pasar chiquito!

—Piapiá... —murmura también el chico.

Después de un largo silencio:

—Y las garzas ¿las mataste? —pregunta el padre.

—No.

Nimio detalle, después de todo. Bajo el cielo y el aire candentes, a la descubierta por el abra de espartillo, el hombre vuelve a casa con su hijo, sobre cuyos hombros, casi del alto de los suyos, lleva pasado su feliz brazo de padre. Regresa

empapado de sudor, y aunque que-
brantado de cuerpo y alma, sonríe
de felicidad...

. . . .

Sonríe de alucinada felicidad...
Pues ese padre va solo. A nadie ha
encontrado, y su brazo se apoya en
el vacío. Porque tras él, al pie de
un poste y con las piernas en alto,
enredadas en el alambre de púa, su
hijo bien amado yace al sol, muerto
desde las diez de la mañana.

LAS MOSCAS
RÉPLICA DEL HOMBRE MUERTO *

Al rozar el monte, los hombres tumbaron el año anterior este árbol, cuyo tronco yace en toda su extensión aplastado contra el suelo. Mientras sus compañeros han perdido gran parte de la corteza en el incendio del rozado, aquél conserva la suya casi intacta. Apenas si a todo lo largo una franja carbonizada habla muy claro de la acción del fuego.

Esto era el invierno pasado. Han transcurrido cuatro meses. En medio del rozado perdido por la sequía, el árbol tronchado yace siempre en un páramo de cenizas. Sentado contra el tronco, el dorso apoyado en él, me hallo también inmóvil. En algún punto de la espalda tengo la columna vertebral rota. He caído allí mismo, permanezco sentado —quebrado, mejor dicho— contra el árbol.

Desde hace un instante siento un zumbido fijo —el zumbido de la lesión medular— que lo inunda todo, y en el que mi aliento parece defluirse. No puedo ya mover las manos, y apenas si uno que otro dedo alcanza a remover la ceniza.

Clarísima y capital, adquiero desde este instante mismo la certidumbre de que, a ras del suelo, mi vida está aguardando la instantaneidad de unos segundos para extinguirse de una vez.

Ésta es la verdad. Como ella, jamás se ha presentado a mi mente una más rotunda. Todas las otras flotan, danzan en una como reverberación lejanísima de otro yo, en un pasado que tampoco me pertenece. La única percepción de mi existir, pero flagrante como un gran golpe asestado en silencio, es que de aquí a un instante voy a morir.

¿Pero cuándo? ¿Qué segundo y qué instante son éstos en que esta exasperada conciencia de vivir todavía dejará paso a un sosegado cadáver?

Nadie se acerca a este rozado; ningún pique de monte lleva hasta él desde propiedad alguna. Para el hombre allí sentado, como para el tronco que lo sostiene, las lluvias se sucederán mojando corteza y ropa, y los soles sacarán líquenes y cabellos, hasta que el monte rebrote y unifique árboles y potasa, huesos y cuero de calzado.

¡Y nada, nada en la serenidad del ambiente que denuncie y grite tal acontecimiento! Antes bien, a través de los troncos y negros gajos del rozado, desde aquí o allá, sea cual fuere el punto de observación, cualquiera puede contemplar con perfecta nitidez al hombre cuya vida está a punto de detenerse sobre la ceniza, atraída como un péndulo por ingente gravedad: tan pequeño es el lugar que ocupa en el rozado y tan clara su situación: se muere.

Ésta es la verdad. Mas para la oscura animalidad resistente, para el latir y el alentar amenazados de muerte, ¿qué vale ella ante la bárbara inquietud del instante preciso en que este resistir de la vida y esta tremenda tortura psicológica estallarán como un cohete, dejando por todo residuo un ex hombre con el rostro fijo para siempre adelante?

El zumbido aumenta cada vez más. Ciérnese ahora sobre mis ojos

---

* De 1923, según Quiroga en una lista cronológica inexacta, fiándose en sus recuerdos. Recogido en *Más allá* (1935).

velo de densa tiniebla en que se destacan rombos verdes. Y en seguida veo la puerta amurallada de un zoco marroquí, por una de cuyas hojas sale a escape una tropilla de potros blancos, mientras por la otra entra corriendo una teoría de hombres decapitados.

Quiero cerrar los ojos, y no lo consigo ya. Veo ahora un cuartito de hospital, donde cuatro médicos amigos se empeñan en convencerme de que no voy a morir. Yo los observo en silencio, y ellos se echan a reír, pues siguen mi pensamiento.

—Entonces —dice uno de aquéllos— no le queda más prueba de convicción que la jaulita de moscas. Yo tengo una.

—¿Moscas...?

—Sí —responde—; moscas verdes de rastreo. Usted no ignora que las moscas verdes olfatean la descomposición de la carne mucho antes de producirse la defunción del sujeto. Vivo aún el paciente, ellas acuden, seguras de su presa. Vuelan sobre ella sin prisa mas sin perderla de vista, pues ya han olido su muerte. Es el medio más eficaz de pronóstico que se conozca. Por eso yo tengo algunas de olfato afinadísimo por la selección, que alquilo a precio módico. Donde ellas entran, presa asegura. Puedo colocarlas en el corredor cuando usted quede solo, y abrir la puerta de la jaulita que, dicho sea de paso, es un pequeño ataúd. A usted no le queda más tarea que atisbar el ojo de la cerradura. Si una mosca entra y la oye usted zumbar, esté seguro de que las otras hallarán también el camino hasta usted. Las alquilo a precio módico.

¿Hospital...? Súbitamente el cuartito blanqueado, el botiquín, los médicos y su risa se desvanecen en un zumbido...

Y bruscamente, también, se hace en mí la revelación: ¡las moscas!

Son ellas las que zumban. Desde que he caído han acudido sin demora. Amodorradas en el monte por el ámbito de fuego, las moscas han tenido, no sé cómo, conocimiento de una presa segura en la vecindad. Han olido ya la próxima descomposición del hombre sentado, por los caracteres inapreciables para nostros, tal vez en la exhalación a través de la carne de la médula espinal cortada. Han acudido sin demora y revolotean sin prisa, midiendo con los ojos las proporciones del nido que la suerte acaba de deparar a sus huevos.

El médico tenía razón. No puede su oficio ser más lucrativo.

Mas he aquí que esta ansia desesperada de resistir se aplaca y cede el paso a una beata imponderabilidad. No me siento ya un punto fijo en la tierra, arraigado a ella por gravísima tortura. Siento que fluye de mí como la vida misma, la ligereza del vaho ambiente, la luz del sol, la fecundidad de la hora. Libre del espacio y el tiempo, puedo ir aquí, allá, a este árbol, a aquella liana. Puedo ver, lejanísimo ya, como un recuerdo de remoto existir, puedo todavía ver, al pie de un tronco, un muñeco de ojos sin parpadeo, un espantapájaros de mirar vidrioso y piernas rígidas. Del seno de esta expansión, que el sol dilata desmenuzando mi conciencia en un billón de partículas, puedo alzarme y volar, volar...

Y vuelo, y me poso con mis compañeras sobre el tronco caído, a los rayos del sol que prestan su fuego a nuestra obra de renovación vital.

LOS DESTERRADOS *

Misiones, como toda región de frontera, es rica en tipos pintorescos. Suelen serlo extraordinariamente, aquellos que a semejanza de las bolas de billar, han nacido con efecto. Tocan normalmente banda, y emprenden los rumbos más inesperados. Así Juan Brown, que habiendo ido por sólo unas horas a mirar las ruinas, se quedó 25 años allá; el doctor Else, a quien la destilación de naranjas llevó a confundir a su hija con una rata; el químico Rivet, que se extinguió como una lámpara, demasiado repleto de alcohol carburado; y tantos otros que, gracias al efecto, reaccionaron del modo más imprevisto.

En los tiempos heroicos del obraje y la yerba mate, el Alto Paraná sirvió de campo de acción a algunos tipos riquísimos de color, dos o tres de los cuales alcanzamos a conocer nosotros, treinta años después.

Figura a la cabeza de aquéllos un

bandolero de un desenfado tan grande en cuestión de vidas humanas, que probaba sus wínchester sobre el primer transeúnte. Era correntino, y las costumbres y habla de su patria formaban parte de su carne misma. Llamábase Sidney-Patrick, y poseía una cultura superior a la de un egresado de Oxford.

A la misma época pertenece el cacique Pedrito, cuyas indiadas mansas compraron en los obrajes los primeros pantalones. Nadie le había oído a este cacique de faz poco india una palabra en lengua cristiana, hasta el día en que al lado de un hombre que silbaba una aria de Traviata, el cacique prestó un momento atención, diciendo luego en perfecto castellano:

—Traviata... Yo asistí a su estreno en Montevideo, el 59...

Naturalmente, ni aun en las regiones del oro o el caucho abundan tipos de este romántico color. Pero en las primeras avanzadas de la civilización al norte del Iguazú, actuaron algunas figuras nada despreciables, cuando los obrajes y campamentos de verba del Guayra se abastecían por medio de grandes lanchones izados durante meses y meses a la sirga contra una corriente de infierno, y hundidos hasta la borda bajo el peso de mercancías averiadas, charques, mulas y hombres, que a su vez tiraban como forzados, y que alguna vez regresaron solos sobre diez tacuaras a la deriva, dejando a la embarcación en el más grande silencio.

De estos primeros mensús formó parte el negro Joao Pedro, uno de los tipos de aquella época que alcanzaron hasta nosotros.

Joao Pedro había desembocado

---

* Formado por la fusión de la anécdota y la semblanza, este relato inicia una serie dedicada a tipos de legendario colorido, gráfica, certeramente llamados *los desterrados* de Misiones. El estilo es de llaneza coloquial, de expresiva y agradable naturalidad, eficaz en la sencilla composición del cuadro y en el modo de presentar y hacer destacables las figuras, todo lo cual, lejos de impedir, obliga a lamentar caídas, por descuido e inexcusable pereza, del vulgarismo expresivo en prosaico, incoloro avulgaramiento —*dejando a la embarcación EN EL MÁS GRANDE silencio*— e incorrecciones elementales injustificadas —*una aria*— tan fácilmente evitables. Publicado el relato en la serie *Los desterrados* (1926), la única de lograda unidad artística, muy precisamente definida y particularizada, de todos los libros de Quiroga.

un mediodía del monte con el pantalón arremangado sobre la rodilla, y el grado de general, al frente de 8 ó 10 brasileños en el mismo estado que su jefe.

En aquel tiempo —como ahora—, el Brasil desbordaba sobre Misiones, a cada revolución, hordas fugitivas cuyos machetes no siempre concluían de enjugarse en tierra extranjera. Joao Pedro, mísero soldado, debía a su gran conocimiento del monte su ascenso a general. En tales condiciones, y después de semanas de bosque virgen que los fugitivos habían perforado como diminutos ratones, los brasileños guiñaron los ojos enceguecidos ante el Paraná, en cuyas aguas albeantes hasta hacer doler los ojos, el bosque se cortaba por fin.

Sin motivos de unión ya, los hombres se desbandaron. Joao Pedro remontó el Paraná hasta los obrajes, donde actuó breve tiempo, sin mayores peripecias para sí mismo. Y advertimos esto último, porque cuando un tiempo después Joao Pedro acompañó a un agrimensor hasta el interior de la selva, concluyó en esta forma y en esta lengua de frontera el relato del viaje:

—Después tivemos um disgusto... E dos dois, volvió um solo.

Durante algunos años, luego, cuidó del ganado de un extranjero, allá en los pastizales de la sierra, con el exclusivo objeto de obtener sal gratuita para cebar los barreros de caza, y atraer tigres. El propietario notó al fin que sus terneras morían como exprofeso enfermas en lugares estratégicos para cazar tigres, y tuvo palabras duras para su capataz. Éste no respondió en el momento; pero al día siguiente los pobladores hallaban en la picada al extranjero, terriblemente azotado a machetazos, como quien cancha yerba de plano.

También esta vez fue breve la confidencia de nuestro hombre:

—Olvidóse de que eu era home como ele... E canchei o francéis.

El propietario era italiano; pero lo mismo daba, pues la nacionalidad atribuida por Joao Pedro era entonces genérica para todos los extranjeros.

Años después, y sin motivo alguno que explique el cambio del país, hallamos al ex general dirigiéndose a una estancia del Iberá, cuyo dueño gozaba fama de pagar de extraño modo a los peones que reclamaban su sueldo.

Joao Pedro ofreció sus servicios, que el estanciero aceptó a estos términos:

—A vos, negro, por tus motas, te voy a pagar dos pesos y la rapadura. No te olvidés de venir a cobrar a fin de mes.

Joao Pedro salió mirándolo de reojo; y cuando a fin de mes fue a cobrar su sueldo, el dueño de la estancia le dijo:

—Tendé la mano, negro, y apretá fuerte.

Y abriendo el cajón de la mesa, le descargó encima el revólver.

Joao Pedro salió corriendo con su patrón detrás que lo tiroteaba, hasta lograr hundirse en una laguna de aguas podridas, donde arrastrándose bajo los camalotes y pajas, pudo alcanzar un tacurú que se alzaba en el centro como un cono.

Guareciéndose tras él, el brasileño esperó, atisbando a su patrón con un ojo.

—No te movás, moreno —le gritó el otro, que había concluido sus municiones.

Joao Pedro no se movió, pues tras él el Iberá borbotaba hasta el infinito. Y cuando asomó de nuevo la nariz, vio a su patrón que regresaba al galope con el wínchester cogido por el medio.

Comenzó entonces para el brasileño una prolija tarea, pues el otro corría a caballo buscando hacer blanco en el negro, y éste giraba a la par alrededor del tacurú, esquivando el tiro.

—Ahí va tu sueldo, macaco —gritaba el estanciero al galope. Y la cúspide del tacurú volaba en pedazos.

Llegó un momento en que Joao

Pedro no pudo sostenerse más, y en un instante propicio se hundió de espaldas en el agua pestilente, con los labios estirados a flor de camalotes y mosquitos, para respirar. El otro, al paso ahora, giraba alrededor de la laguna buscando al negro. Al fin se retiró, silbando en voz baja y con las riendas sueltas sobre la cruz del caballo.

En la alta noche el brasileño abordó el ribazo de la laguna, hinchado y tiritando, y huyó de la estancia, poco satisfecho al parecer del pago de su patrón, pues se detuvo en el monte a conversar con otros peones prófugos, a quienes se debía también dos pesos y la rapadura. Dichos peones llevaban una vida casi independiente, de día en el monte, y de noche en los caminos.

Pero como no podían olvidar a su ex patrón, resolvieron jugar entre ellos a la suerte el cobro de sus sueldos, recayendo dicha misión en el negro Joao Pedro, quien se encaminó por segunda vez a la estancia, montado en una mula.

Felizmente —pues ni uno ni otro desdeñaban la entrevista—, el peón y su patrón se encontraron; éste con su revólver al cinto, aquél con su pistola en la pretina.

Ambos detuvieron sus cabalgaduras a veinte metros.

—Está bien, moreno —dijo el patrón— ¿Venís a cobrar tu sueldo? Te voy a pagar en seguida.

—Eu vengo —respondió Joao Pedro— a quitar a vocé de en medio. Atire vocé primeiro, e nao erre.

—Me gusta, macaco. Sujétate entonces bien las motas...

—Atire.

—¿Pois nao? —dijo aquél.

—Pois é —asintió el negro, sacando la pistola.

El estanciero apuntó, pero erró el tiro y también esta vez, de los dos hombres regresó uno solo.

* * *

El otro tipo pintoresco que alcanzó hasta nosotros, era también brasileño, como lo fueron casi todos los primeros pobladores de Misiones. Se le conoció siempre por Tirafogo, sin que nadie haya sabido de él nombre otro alguno, ni aun la policía, cuyo dintel por otro lado nunca llegó a pisar.

Merece este detalle mención, porque a pesar de haber sorbido nuestro hombre más alcohol del que pueden soportar tres jóvenes fuertes, logró siempre esquivar, fresco o borracho, el brazo de los agentes.

Las chacotas que levanta la caña en las bailantas del Alto Paraná, no son cosa de broma. Un machete de monte, animado de un revés de muñeca de mensú, parte hasta el bulbo el cráneo de un jabalí; y una vez, tras un mostrador, hemos visto al mismo machete, y del mismo revés, quebrar como una caña el antebrazo de un hombre, después de haber cortado limpiamente en su vuelo el acero de una trampa de ratas, que pendía del techo.

Si en bromas de esta especie o en otras más ligeras, Tirafogo fue alguna vez actor, la policía lo ignora. Viejo ya, esta circunstancia le hacía reír, al recordarla por cualquier motivo:

—¡Eu nunca estive na policía!

Por sobre todas sus actividades, fue domador. En los primeros tiempos del obraje se llevaban allá mulas chúcaras, y Tirafogo iba con ellas. Para domar, no había entonces más espacio que los rozados de la playa, y presto las mulas de Tirafogo partían a estrellarse contra los árboles o caían en los barrancos, con el domador debajo. Sus costillas se habían roto y soldado infinidad de veces, sin que su propietario guardara por ello el menor rencor a las mulas.

—¡Eu gosto mesmo —decía— de lidiar con elas!

El optimismo era su cualidad específica. Hallaba siempre ocasión de manifestar su satisfacción de haber vivido tanto tiempo. Una de sus vanidades era el pertenecer a los antiguos pobladores de la región, que solíamos recordar con agrado.

—¡Eu só antiguo! —exclamaba, riendo y estirando desmesuradamente el cuello adelante—. ¡Antiguo!

En el período de las plantaciones reconocíasele desde lejos por sus hábitos para carpir mandioca. Este trabajo, a pleno sol de verano, y en hondonadas a veces donde no llega un soplo de aire, se lleva a cabo en las primeras horas de la mañana y en las últimas de la tarde. Desde las once a las dos, el paisaje se calcina solitario en un vaho de fuego.

Éstas eran las horas que elegía Tirafogo para carpir descalzo la mandioca. Quitábase la camisa, arremangábase el calzoncillo por encima de la rodilla, y sin más protección que la de su sombrero orlado entre paño y cinta de puchos de chala, se doblaba a carpir concienzudamente su mandioca, con la espalda deslumbrante de sudor y reflejos.

Cuando los peones volvían de nuevo al trabajo a favor del ambiente ya respirable, Tirafogo había concluido el suyo. Recogía la azada, quitaba un pucho de su sombrero, y se retiraba fumando y satisfecho.

—¡Eu gosto —decía— de poner os yuyos pés arriba ao sol!

En la época en que yo llegué allá, solíamos hallar al paso a un negro muy viejo y flaquísimo, que caminaba con dificultad y saludaba siempre con un trémulo "Bon día, patrón" quitándose humildemente el sombrero ante cualquiera.

Era Joao Pedro.

Vivía en un rancho, lo más pequeño y lamentable que puede verse en el género, aun en un país de obrajes, al borde de un terrenito anegadizo de propiedad ajena. Todas las primaveras sembraba un poco de arroz —que todos los veranos perdía—, y las cuatro mandiocas indispensables para subsistir, y cuyo cuidado le llevaba todo el año, arrastrando las piernas.

Sus fuerzas no daban para más.

En el mismo tiempo, Tirafogo no carpía más para los vecinos. Aceptaba todavía algún trabajo de lonja que demoraba meses en entregar, y no se vanagloriaba ya de ser antiguo en un país totalmente transformado.

Las costumbres, en efecto, la población y el aspecto mismo del país, distaban, como la realidad de un sueño, de los primeros tiempos vírgenes, cuando no había límite para la extensión de los rozados, y éstos se efectuaban entre todos y para todos, por el sistema cooperativo. No se conocía entonces la moneda, ni el Código Rural, ni las tranqueras con candado, ni los breches. Desde el Pequirí al Paraná, todo era Brasil y lengua materna, hasta con los franceís de Posadas.

Ahora el país era distinto, nuevo, extraño y difícil. Y ellos, Tirafogo y Joao Pedro, estaban ya muy viejos para reconocerse en él.

El primero había alcanzado los ochenta años, y Joao Pedro sobrepasaba de esa edad.

El enfriamiento del uno, a que el primer día nublado relegaba a quemarse las rodillas y las manos junto al fuego, y las articulaciones endurecidas del otro, hiciéronles acordarse por fin, en aquel medio hostil, del dulce calor de la madre patria.

—E' —decía Joao Pedro a su compatriota, mientras se resguardaban ambos del humo con la mano—. Estemos lejos de nossa terra, seu Tirá... E un día temos de morrer.

—E' —asentía Tirafogo, moviendo a su vez la cabeza—. Temos de morrer, seu Joao... E lonje da terra...

Visitábanse ahora con frecuencia, y tomaban mate en silencio, enmudecidos por aquella tardía sed de la patria. Algún recuerdo, nimio por lo común, subía a veces a los labios de alguno de ellos, suscitado por el calor del hogar.

—Havíamos na casa dois vacas...
—decía el uno muy lentamente—. E eu brinqué mesmo com os cachorros de papae...

—Pois nao, seu Joao... —apoyaba el otro, manteniendo fijos en el fuego sus ojos en que sonreía una ternura casi infantil.

E eu me lembro de todo... E de mamae... A mamae moza...

Las tardes pasaban de este modo, perdidos ambos de extrañeza en la flamante Misiones.

Para mayor extravío, iniciábase en aquellos días el movimiento obrero, en una región que no conserva del pasado jesuítico sino dos dogmas: la esclavitud del trabajo, para el nativo, y la inviolabilidad del patrón. Viéronse huelgas de peones que esperaban a Boycott, como a un personaje de Posadas, y manifestaciones encabezadas por un bolichero a caballo que llevaba la bandera roja, mientras los peones analfabetos cantaban apretándose alrededor de uno de ellos, para poder leer la Internacional que aquél mantenía en alto. Viéronse detenciones sin que la caña fuera su motivo —y hasta se vio la muerte de un sahib.

Joao Pedro, vecino del pueblo, comprendió de todo esto menos aún que el bolichero de trapo rojo, y aterido por el otoño ya avanzado, se encaminó a la costa del Paraná.

También Tirafogo había sacudido la cabeza ante los nuevos acontecimientos. Y bajo su influjo, y el del viento frío que rechazaba el humo, los dos proscritos sintieron por fin concretarse los recuerdos natales que acudían a sus mentes con la facilidad y transparencia de los de una criatura.

Sí; la patria lejana, olvidada durante ochenta años. Y que nunca, nunca...

—¡Seu Tirá! —dijo de pronto Joao Pedro, con lágrimas fluidísimas a lo largo de sus viejos carrillos— Eu nao quero morrer sin ver a minha terra... E' muito lonje o que eu tegno vivido...

A lo que Tirafogo respondió:

—Agora mesmo eu tenía pensado proponer a vocé... Agora mesmo, seu Joao Pedro... eu vía na ceniza a casinha... O pinto bataraz de que eu so cuidei...

Y con un puchero, tan fluido como las lágrimas de su compatriota, balbuceó:

—Eu quero ir lá...! A nossa terra é lá, seu Joao Pedro...! A mamae do velho Tirafogo...

El viaje, de este modo, quedó resuelto. Y no hubo en cruzado alguno mayor fe y entusiasmo que los de aquellos dos desterrados casi caducos, en viaje hacia su tierra natal.

Los preparativos fueron breves, pues breve era lo que dejaban y lo que podían llevar consigo. Plan en verdad, no poseían ninguno, si no es el marchar perseverante, ciego y luminoso a la vez, como de sonámbulos, y que los acercaba día a día a la ansiada patria. Los recuerdos de la edad infantil subían a sus mentes con exclusión de la gravedad del momento. Y caminando, y sobre todo cuando acampaban de noche, uno y otro partían en detalles de la memoria que parecían dulces novedades, a juzgar por el temblor de la voz.

—Eu nunca dije para vocé, seu Tirá... ¡O meu irmao más piqueno estuvo uma vez muito doente!

O, si no, junto al fuego con una sonrisa que había acudido ya a los labios desde largo rato:

—O mate de papae cayose uma vez de nim... ¡E batióme, seu Joao!

Iban así, riquísimos de ternura y cansancio, pues la sierra central de Misiones no es propicia al paso de los viejos desterrados. Su instinto y conocimiento del bosque proporcionábales el sustento y el rumbo por los senderos menos escarpados.

Pronto, sin embargo, debieron internarse en el monte cerrado, pues había comenzado uno de esos períodos de grandes lluvias que inundan la selva de vapores entre uno y otro chaparrón, y transforman las picadas en sonantes torrenteras de agua roja.

Aunque bajo el bosque virgen, y por violentos que sean los diluvios, el agua no corre jamás sobre la capa de humus, la miseria y la humedad ambiente no favorecen tampoco el bienestar de los que avanzan por él. Llegó pues una mañana en que los dos viejos proscriptos, abatidos por la consunción y la fiebre, no pudieron ponerse de pie.

Desde la cumbre en que se hallaban, y al primer rayo de sol que rompía tardísimo la niebla, Tirafogo, con un resto más de vida que su compañero, alzó los ojos, reconociendo los pinares nativos. Allá lejos vio en el valle, por entre los altos pinos, un viejo rozado cuyo dulce verde llenábase de luz entre las sombrías araucarias.

—¡Seu Joao! —murmuró, sosteniéndose apenas sobre los puños— ¡E a terra o que vocé ver lá! ¡Temos chegado, seu Joao Pedro!

Al oír esto, Joao Pedro abrió los ojos fijándolos inmóviles en el vacío, por largo rato.

—Eu cheguei ya, meu compatricio... —dijo.

Tirafogo no apartaba la vista del rozado.

—Eu vi a terra... —murmuraba.

—Eu cheguei —respondió todavía el moribundo—. Vocé viu a terra... E eu estó lá.

—O que é... seu Joao Pedro —dijo Tirafogo— o que é, é que vocé está de morrer... Vocé nao chegou!

Joao Pedro no respondió esta vez. Ya había llegado.

Durante largo tiempo Tirafogo quedó tendido de cara contra el suelo mojado, removiendo de tarde en tarde los labios. Al fin abrió los ojos, y sus facciones se agrandaron de pronto en una expresión de infantil alborozo.

—¡Ya cheguei, mamae...! O Joao Pedro tinha razón... ¡Vou con ele...!

ÍNDICE

Se acabó de imprimir esta obra el día
10 de abril de 1980, en los talleres de:

IMPRENTA ALDINA
Rosell y Sordo Noriega, S. de R. L.
Obrero Mundial 201 — México 12, D. F.

La edición consta de 20,000 ejemplares,
más sobrantes para reposicion.

EN LA MISMA COLECCION "SEPAN CUANTOS..." *

* Los números que aparecen a la izquierda corresponden a la numeración de la Colección.

PRECIOS SUJETOS A VARIACIÓN SIN PREVIO AVISO

EDITORIAL PORRUA, S. A.